LA HERMANITA DE LAS NIÑERAS

EL PEOR DÍA DE KAREN

¡NO TE PIERDAS OTRAS NOVELAS GRÁFICAS DE LA SERIE "LA HERMANITA DE LAS NIÑERAS"!

LA BRUJA DE KAREN

LOS PATINES DE KAREN

ANN M. MARTIN

LA HERMANITA DE LAS NIÑERAS

EL PEOR DÍA DE KAREN

UNA NOVELA GRÁFICA DE
KATY FARINA
CON COLOR DE BRADEN LAMB

Un sello editorial de
SCHOLASTIC

Este libro es para
Read Marie Marcus,
la hermanita de Josh
A. M. M.

A mi esposo Rian, quien puede transformar
los peores días en los mejores
K. F.

Originally published in English as *Baby-Sitters Little Sister #3: Karen's Worst Day*

Text copyright © 2021 by Ann M. Martin
Art copyright © 2021 by Katy Farina
Translation copyright © 2021 by Scholastic Inc.

ISBN 978-1-338-76753-7

10 9 8 7 6 5 4 3 2 1   21 22 23 24 25

Printed in China   62

First Spanish printing, 2021

Edited by Cassandra Pelham Fulton and David Levithan
Spanish translation edited by María Domínguez and Abel Berriz
Book design by Phil Falco and Shivana Sookdeo
Publisher: David Saylor

CAPÍTULO 1

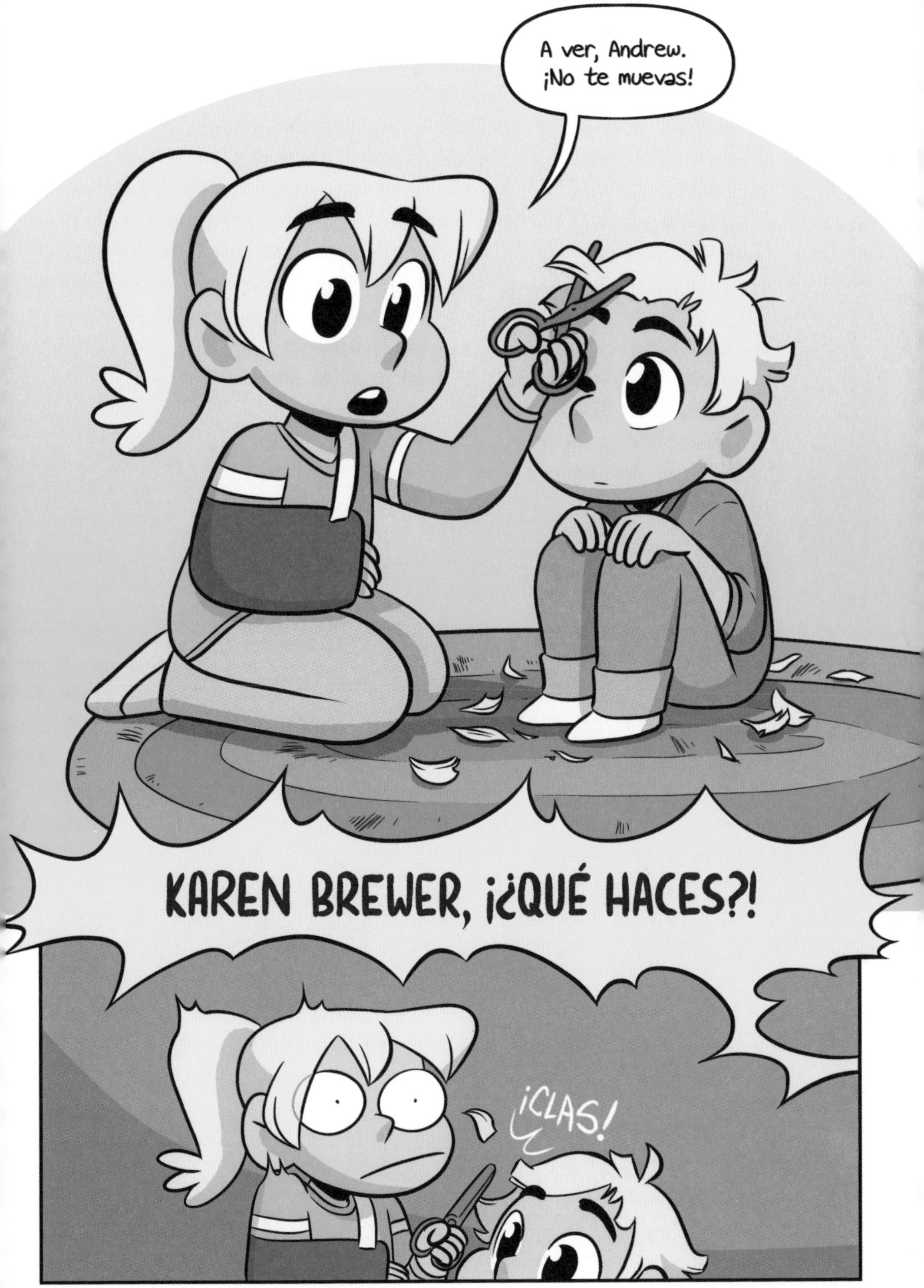
A ver, Andrew. ¡No te muevas!
KAREN BREWER, ¡¿QUÉ HACES?!
¡CLAS!

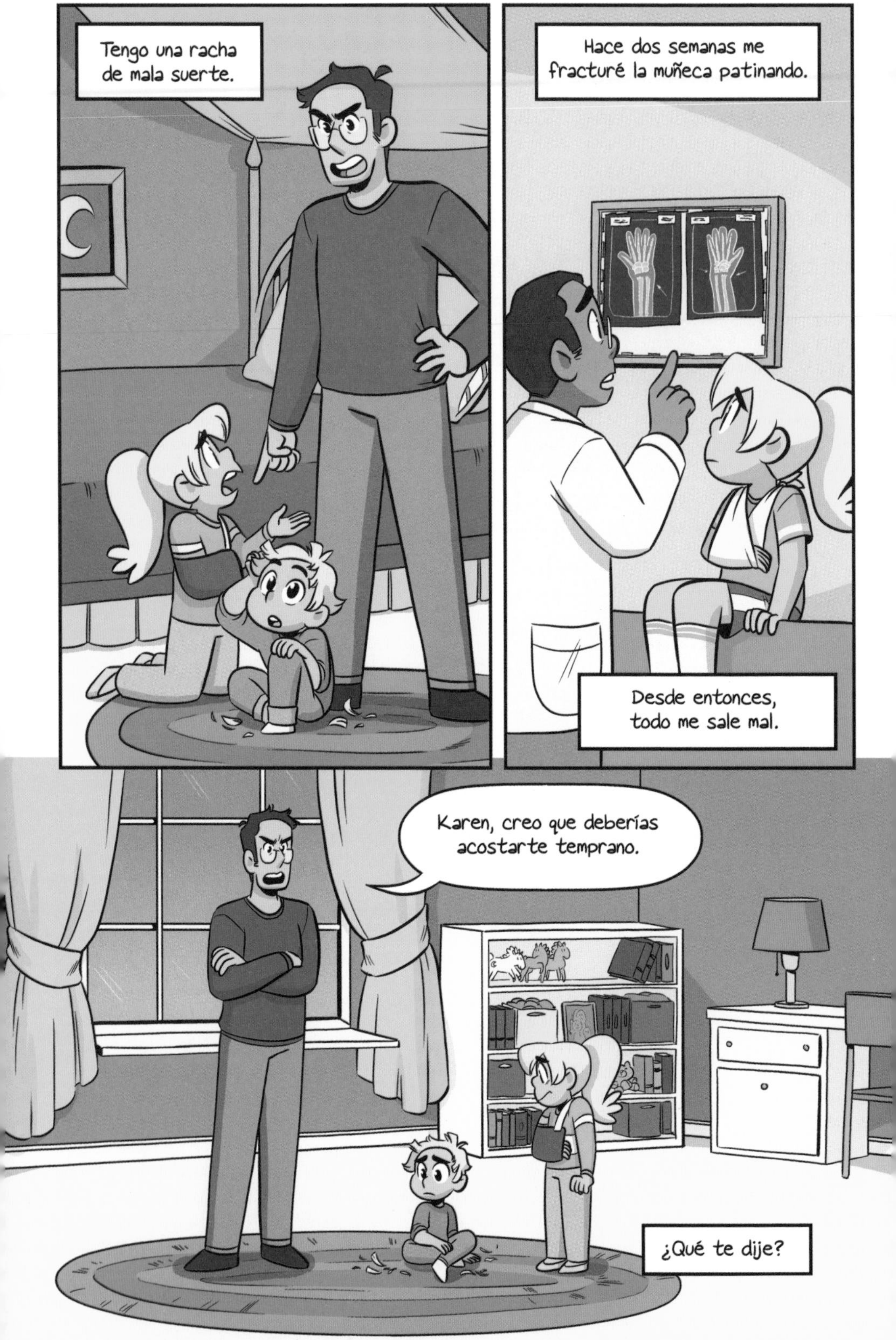
Tengo una racha de mala suerte.
Hace dos semanas me fracturé la muñeca patinando.
Desde entonces, todo me sale mal.
Karen, creo que deberías acostarte temprano.
¿Qué te dije?

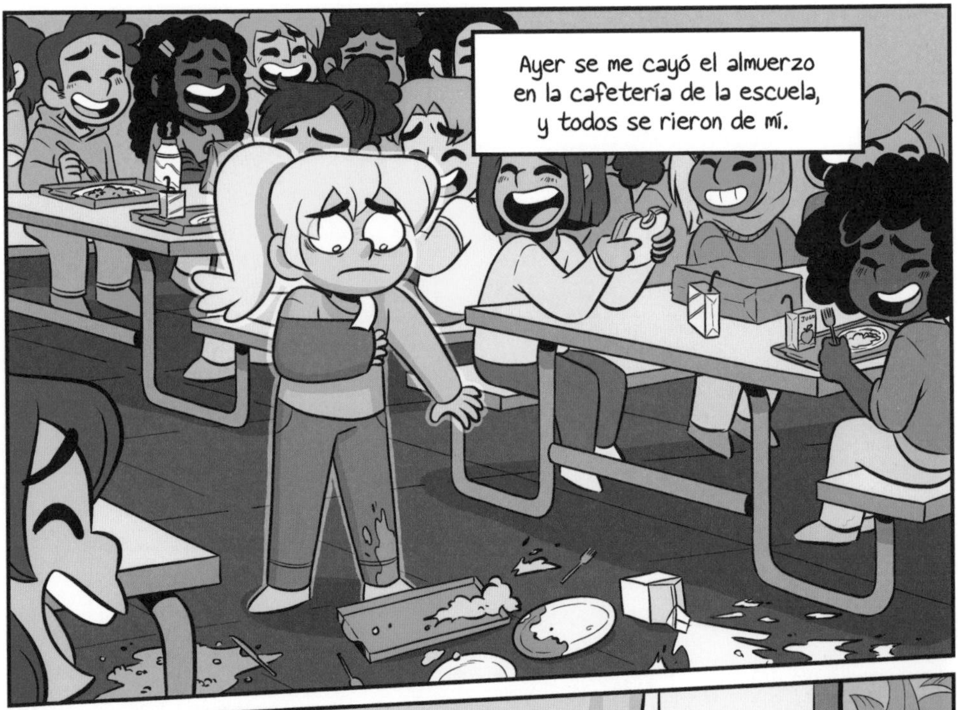
Ayer se me cayó el almuerzo en la cafetería de la escuela, y todos se rieron de mí.

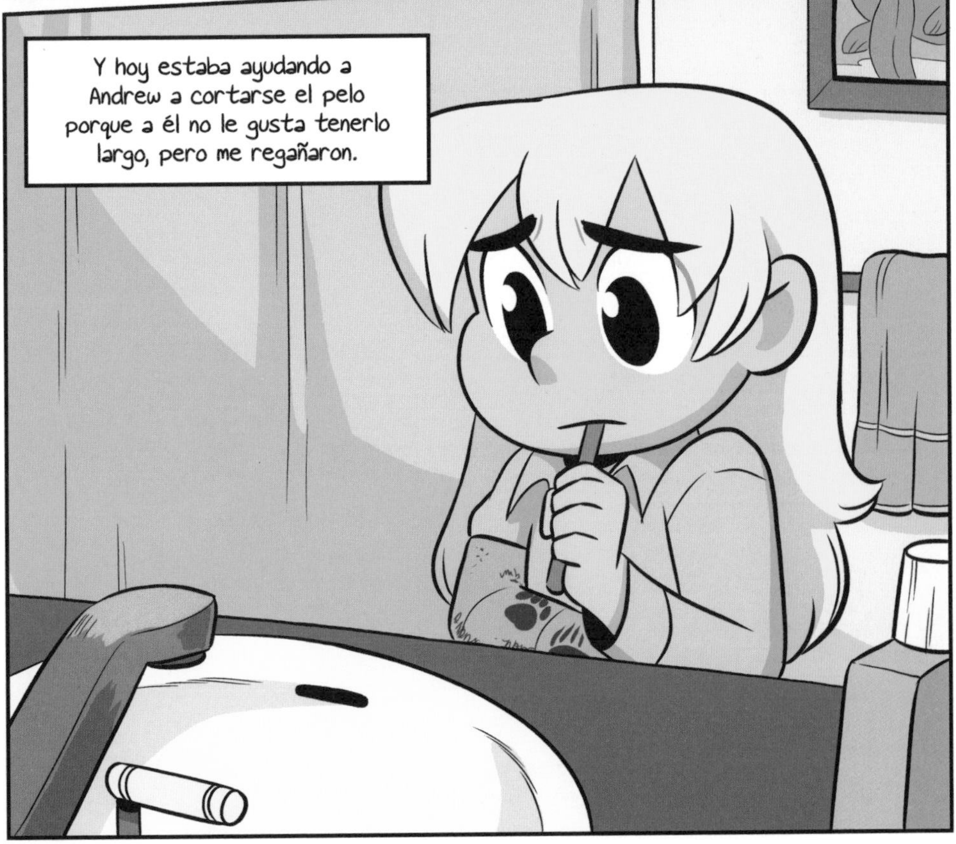
Y hoy estaba ayudando a Andrew a cortarse el pelo porque a él no le gusta tenerlo largo, pero me regañaron.

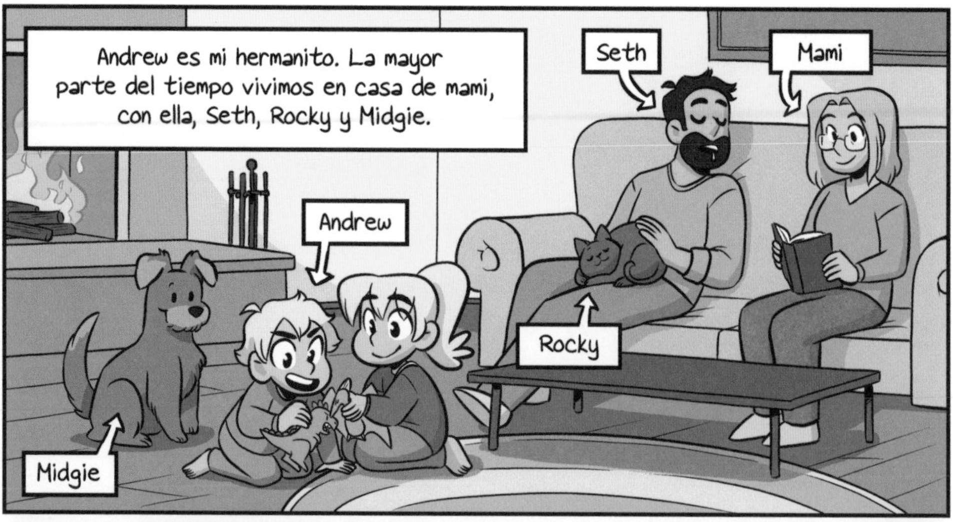
Andrew es mi hermanito. La mayor parte del tiempo vivimos en casa de mami, con ella, Seth, Rocky y Midgie.
Seth
Mami
Andrew
Rocky
Midgie

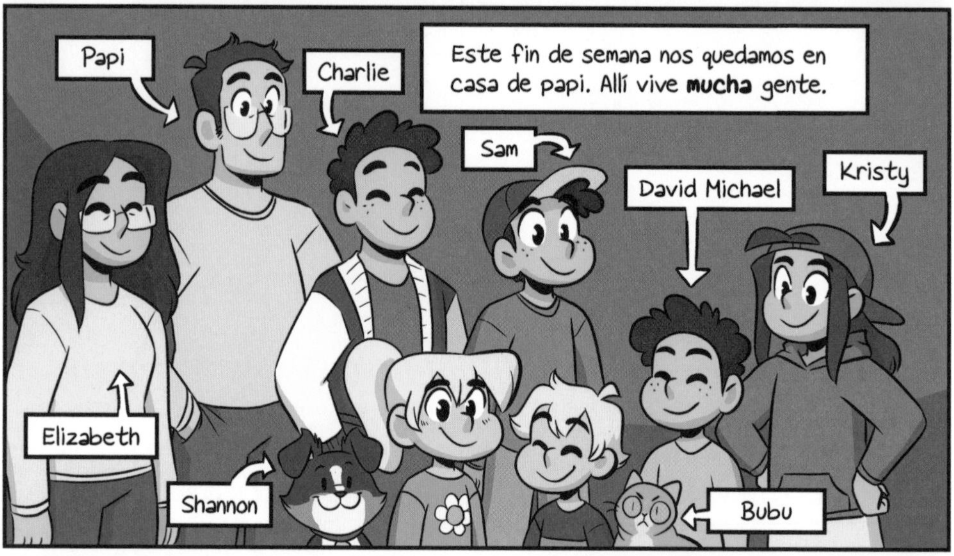
Papi
Charlie
Este fin de semana nos quedamos en casa de papi. Allí vive **mucha** gente.
Sam
David Michael
Kristy
Elizabeth
Shannon
Bubu

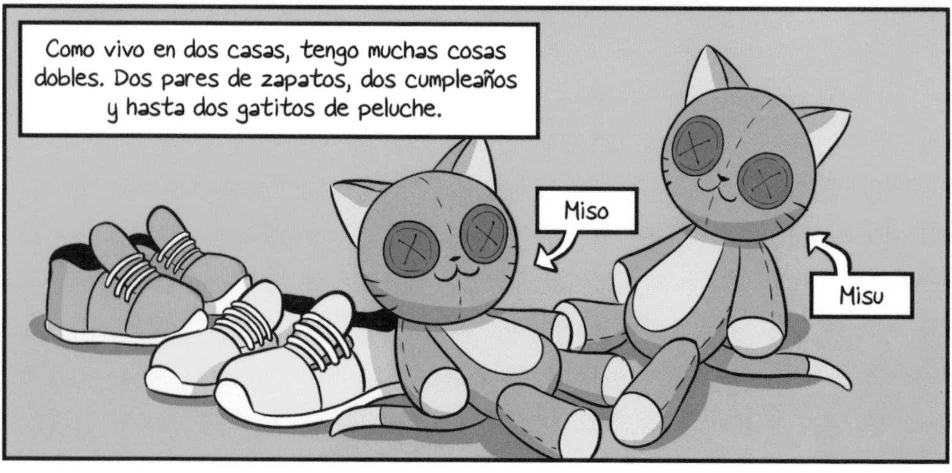
Como vivo en dos casas, tengo muchas cosas dobles. Dos pares de zapatos, dos cumpleaños y hasta dos gatitos de peluche.
Miso
Misu

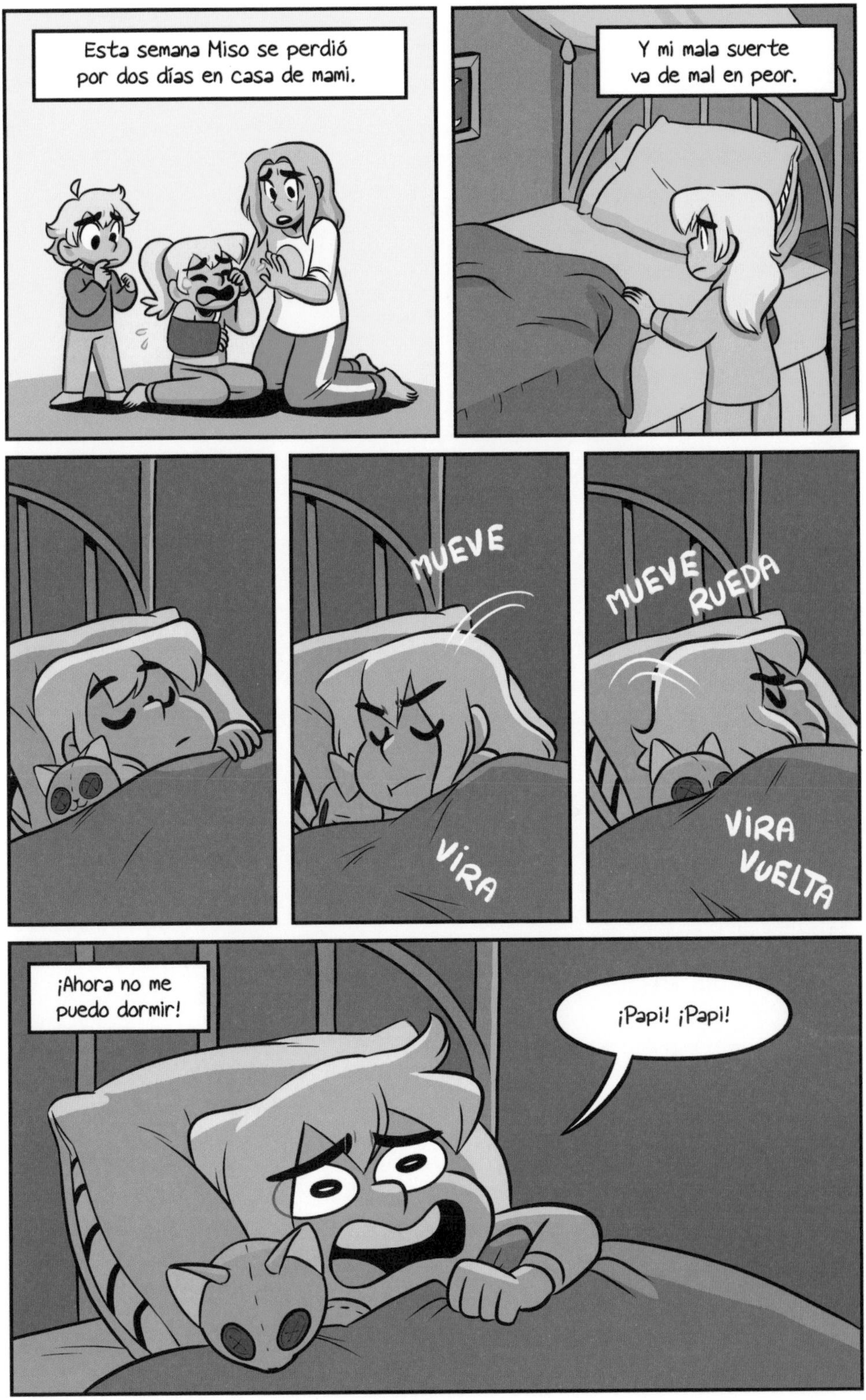
Esta semana Miso se perdió por dos días en casa de mami.
Y mi mala suerte va de mal en peor.
MUEVE
VIRA
MUEVE
RUEDA
VIRA
VUELTA
¡Ahora no me puedo dormir!
¡Papi! ¡Papi!

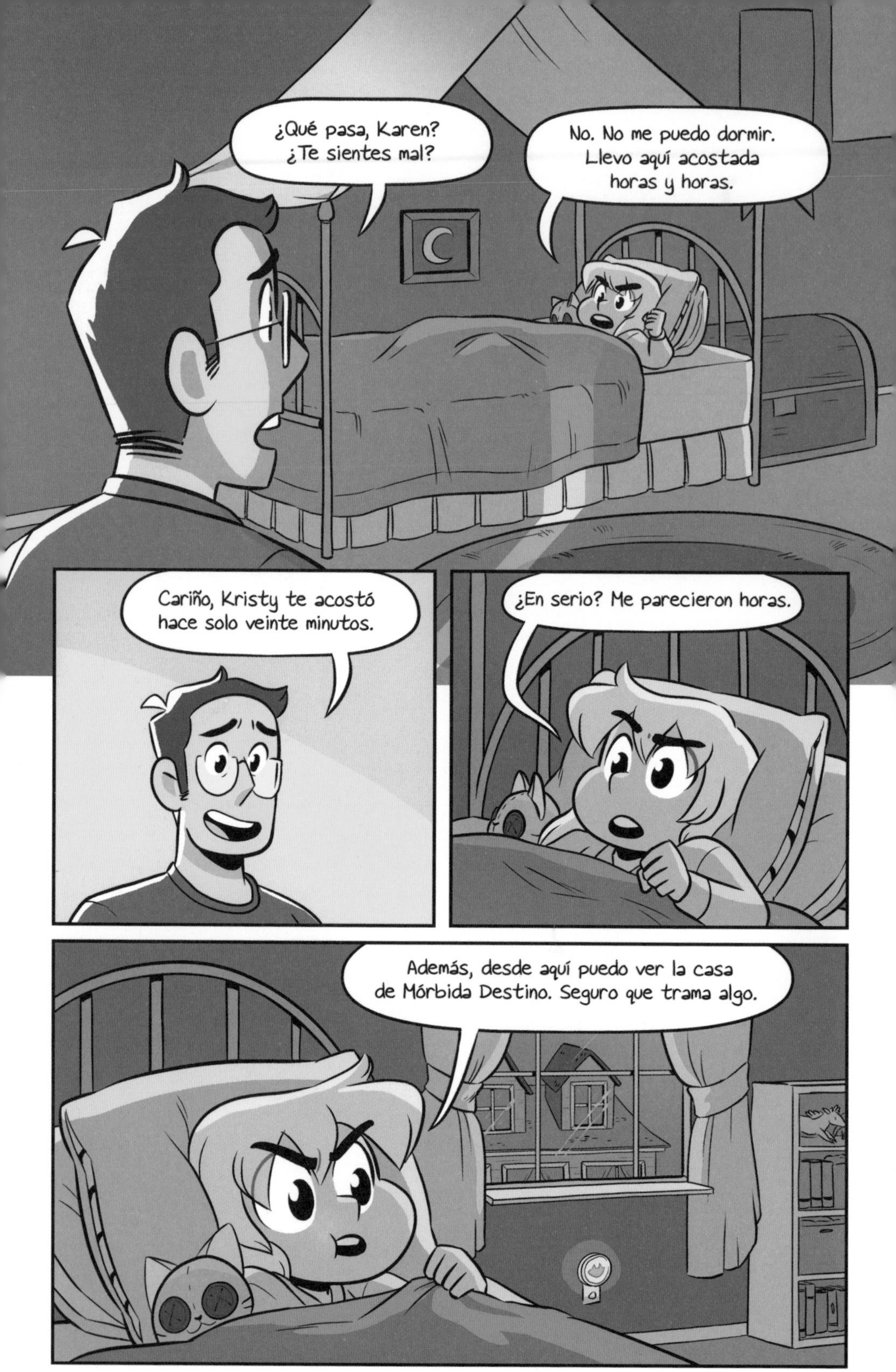
¿Qué pasa, Karen? ¿Te sientes mal?
No. No me puedo dormir. Llevo aquí acostada horas y horas.
Cariño, Kristy te acostó hace solo veinte minutos.
¿En serio? Me parecieron horas.
Además, desde aquí puedo ver la casa de Mórbida Destino. Seguro que trama algo.

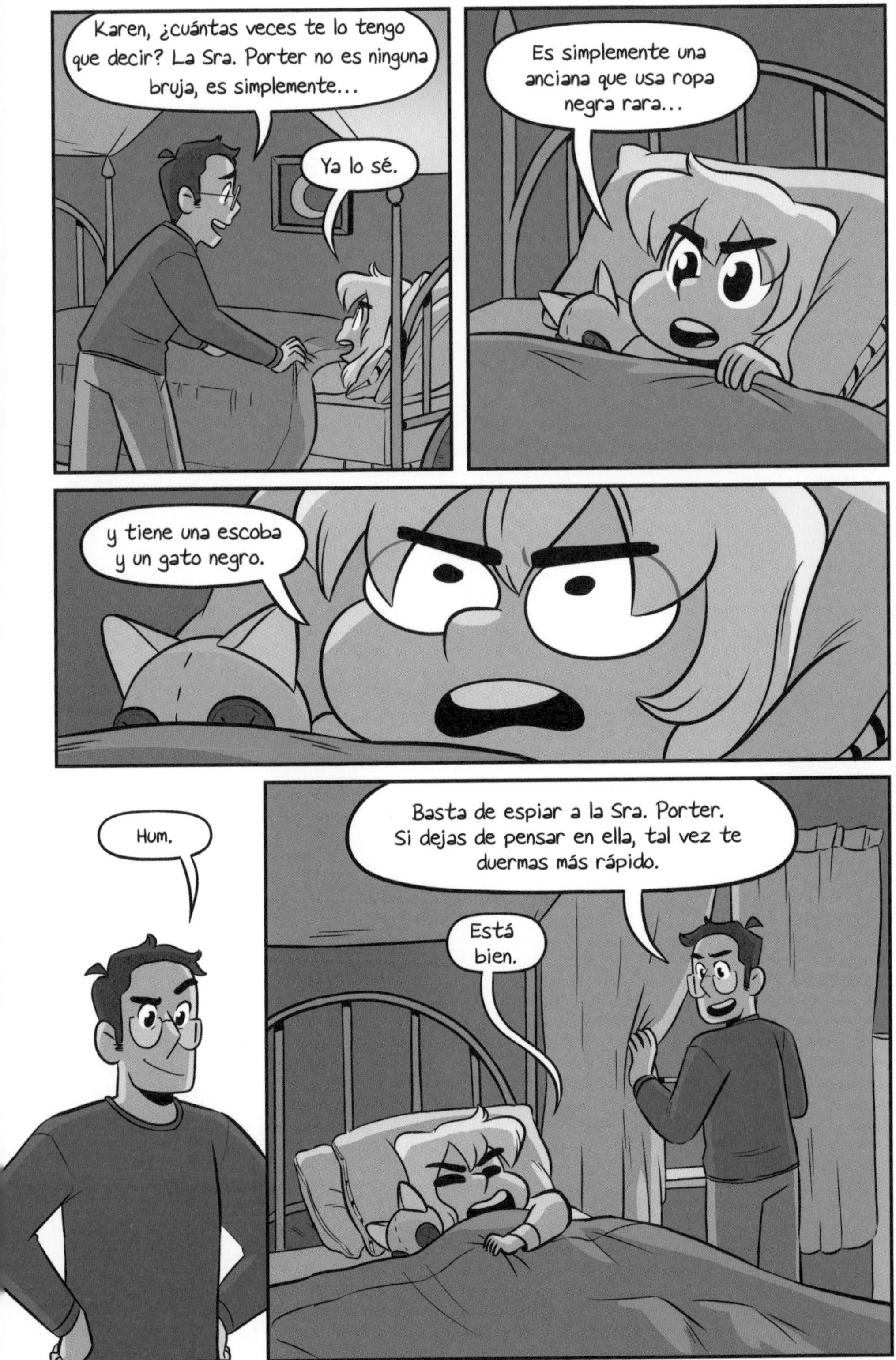
Karen, ¿cuántas veces te lo tengo que decir? La Sra. Porter no es ninguna bruja, es simplemente...
Ya lo sé.
Es simplemente una anciana que usa ropa negra rara...
y tiene una escoba y un gato negro.
Hum.
Basta de espiar a la Sra. Porter. Si dejas de pensar en ella, tal vez te duermas más rápido.
Está bien.

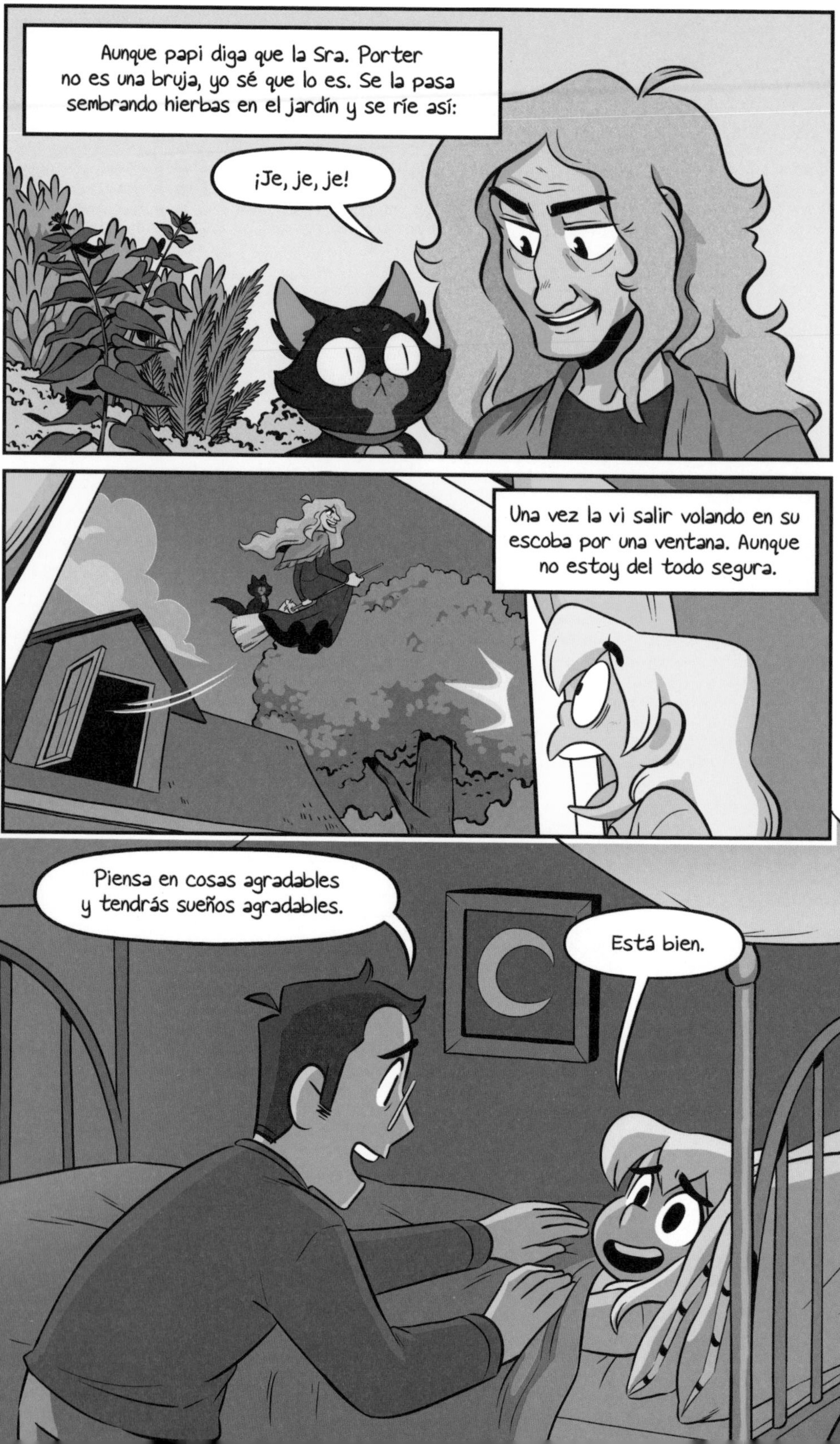
Aunque papi diga que la Sra. Porter no es una bruja, yo sé que lo es. Se la pasa sembrando hierbas en el jardín y se ríe así:
¡Je, je, je!
Una vez la vi salir volando en su escoba por una ventana. Aunque no estoy del todo segura.
Piensa en cosas agradables y tendrás sueños agradables.
Está bien.

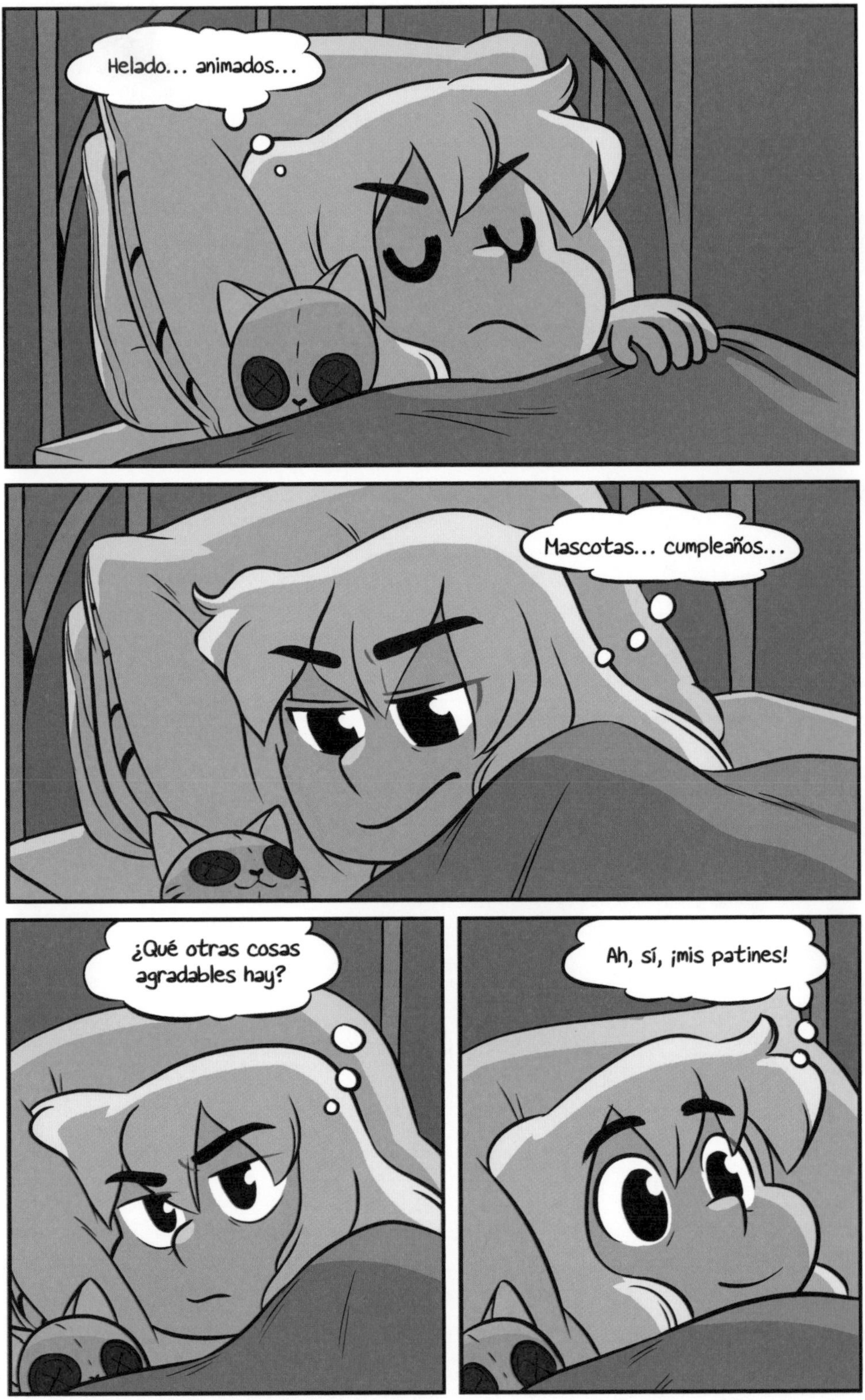
Helado... animados...
Mascotas... cumpleaños...
¿Qué otras cosas agradables hay?
Ah, sí, ¡mis patines!

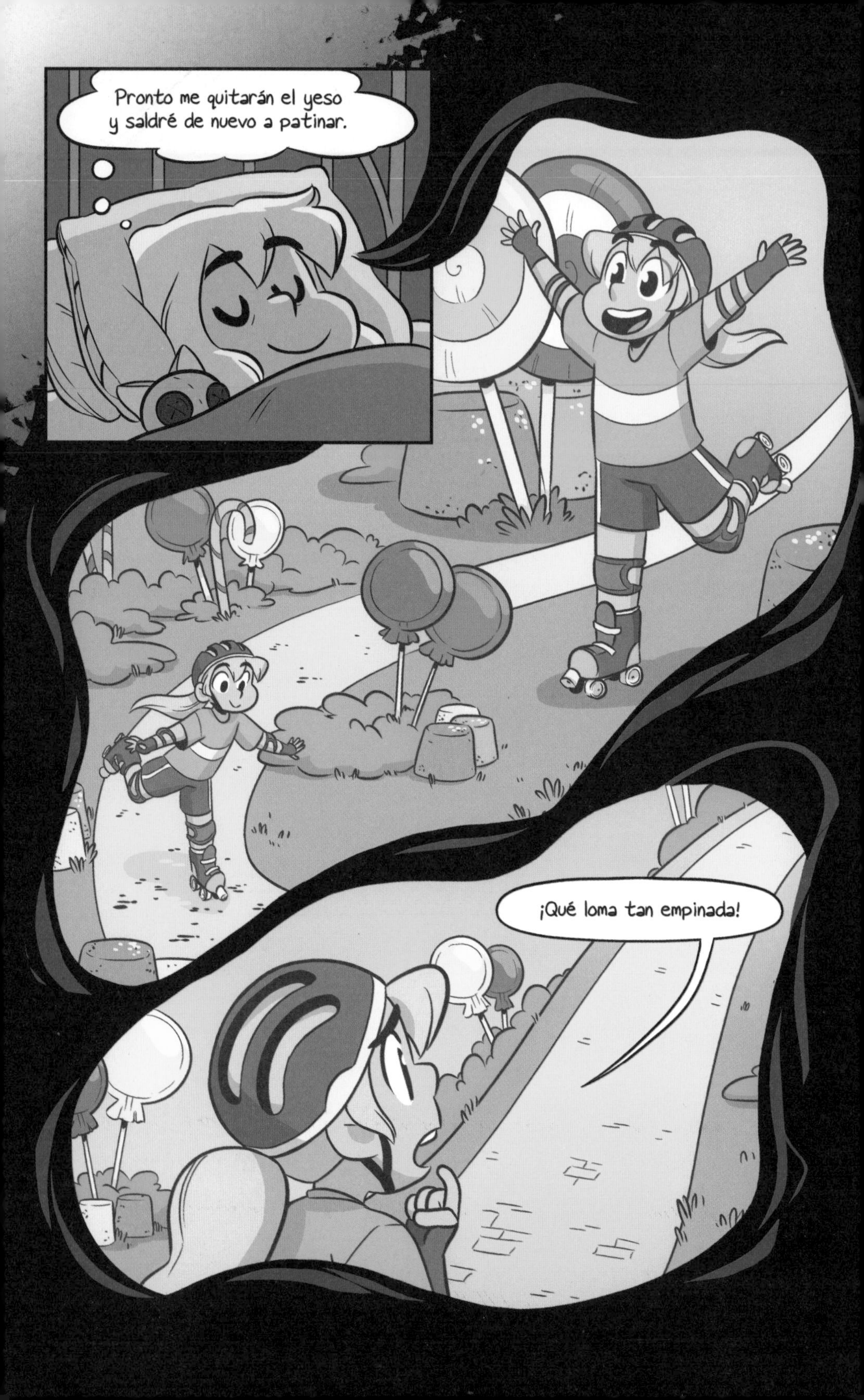
Pronto me quitarán el yeso y saldré de nuevo a patinar.
¡Qué loma tan empinada!

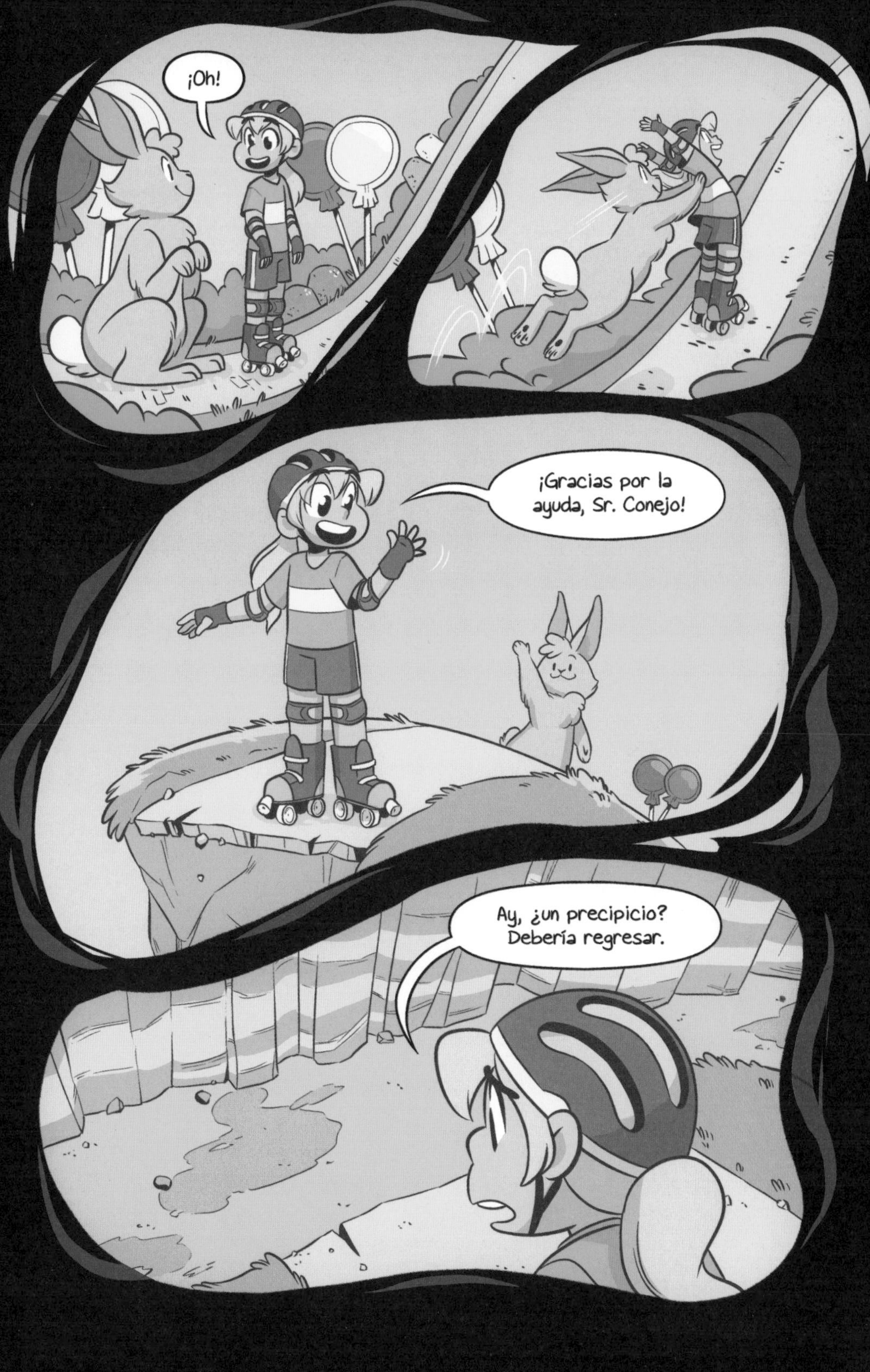
¡Oh!
¡Gracias por la ayuda, Sr. Conejo!
Ay, ¿un precipicio? Debería regresar.

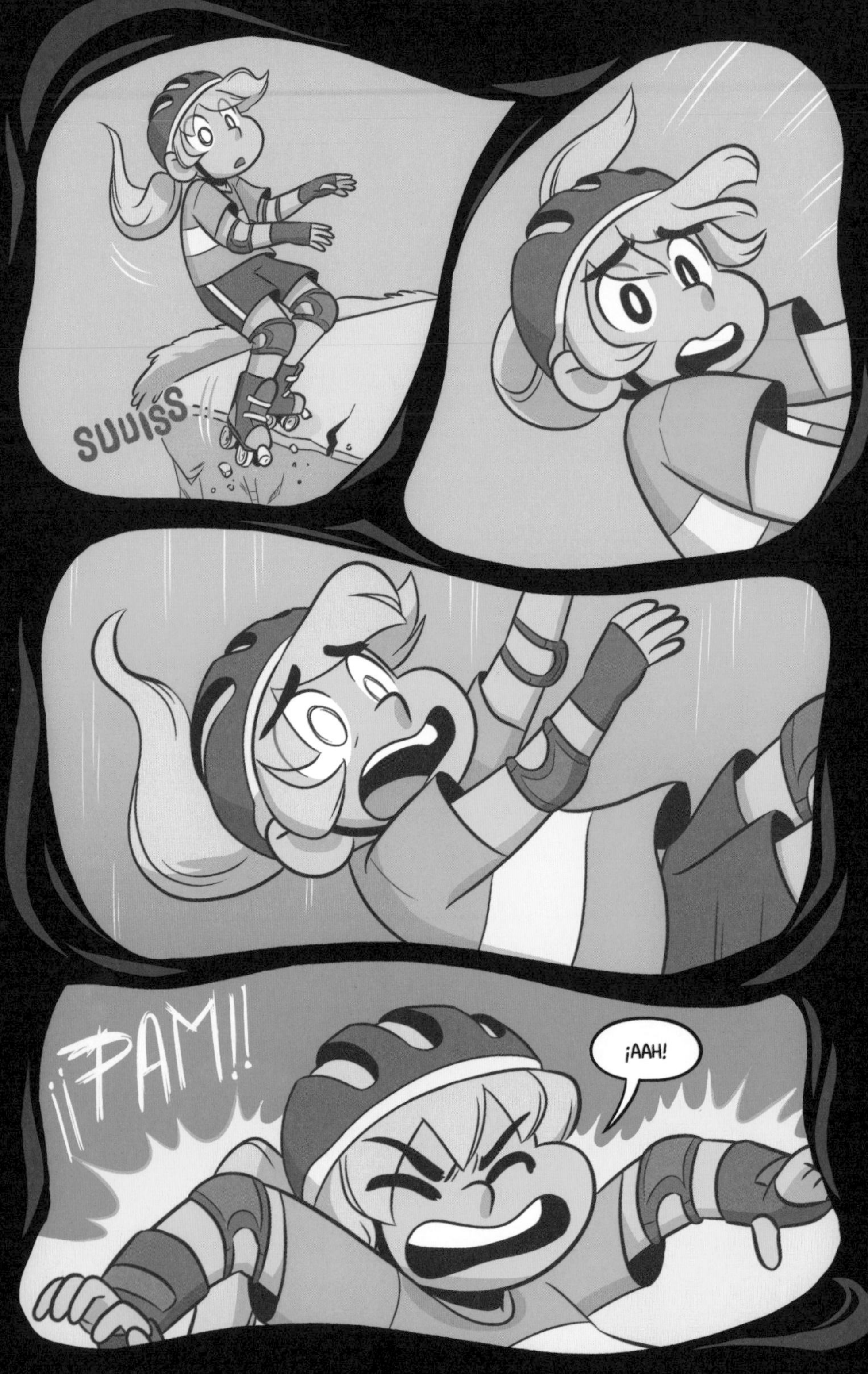
SUUISS
¡¡PAM!!
¡AAH!

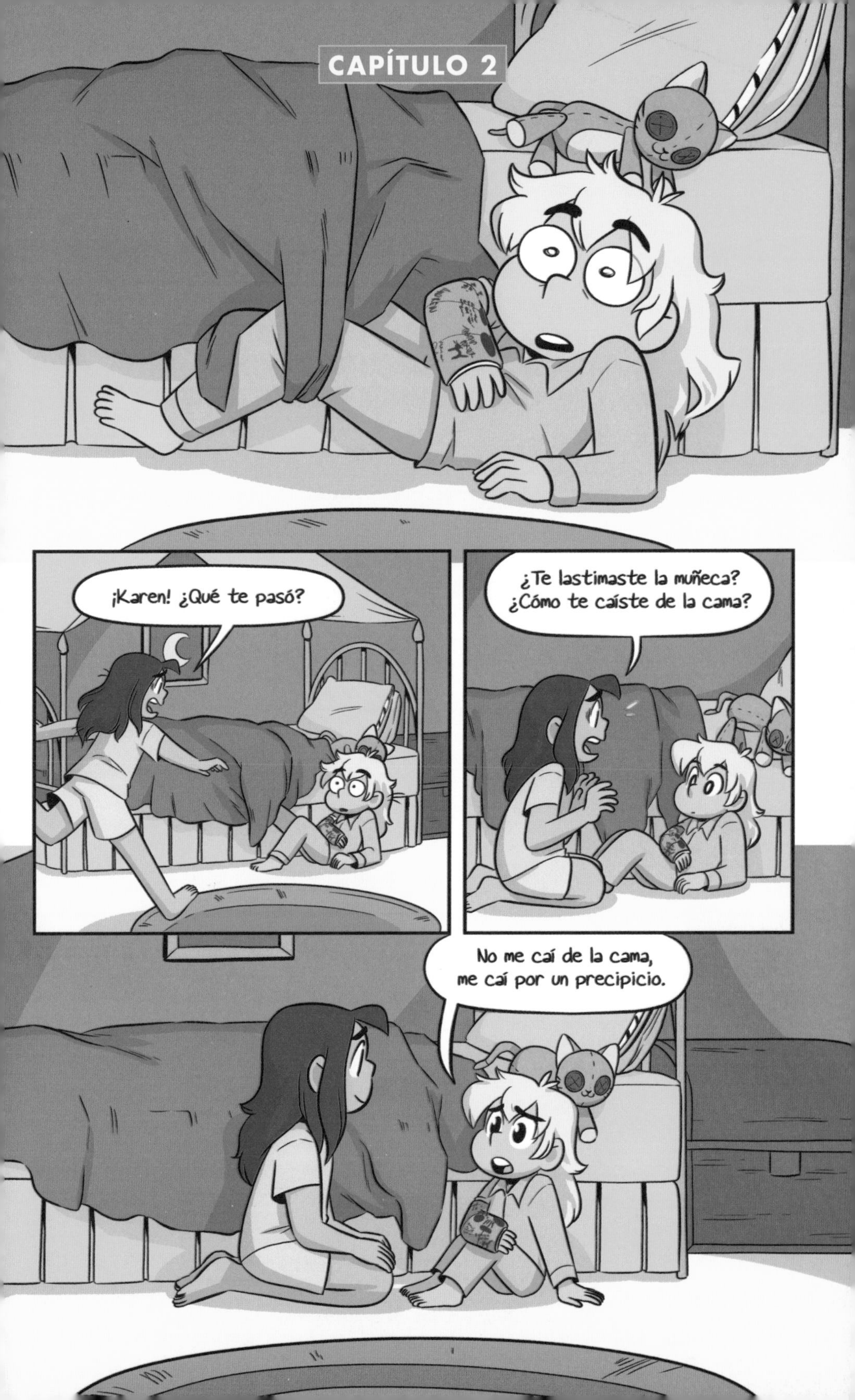
CAPÍTULO 2
¡Karen! ¿Qué te pasó?
¿Te lastimaste la muñeca? ¿Cómo te caíste de la cama?
No me caí de la cama, me caí por un precipicio.

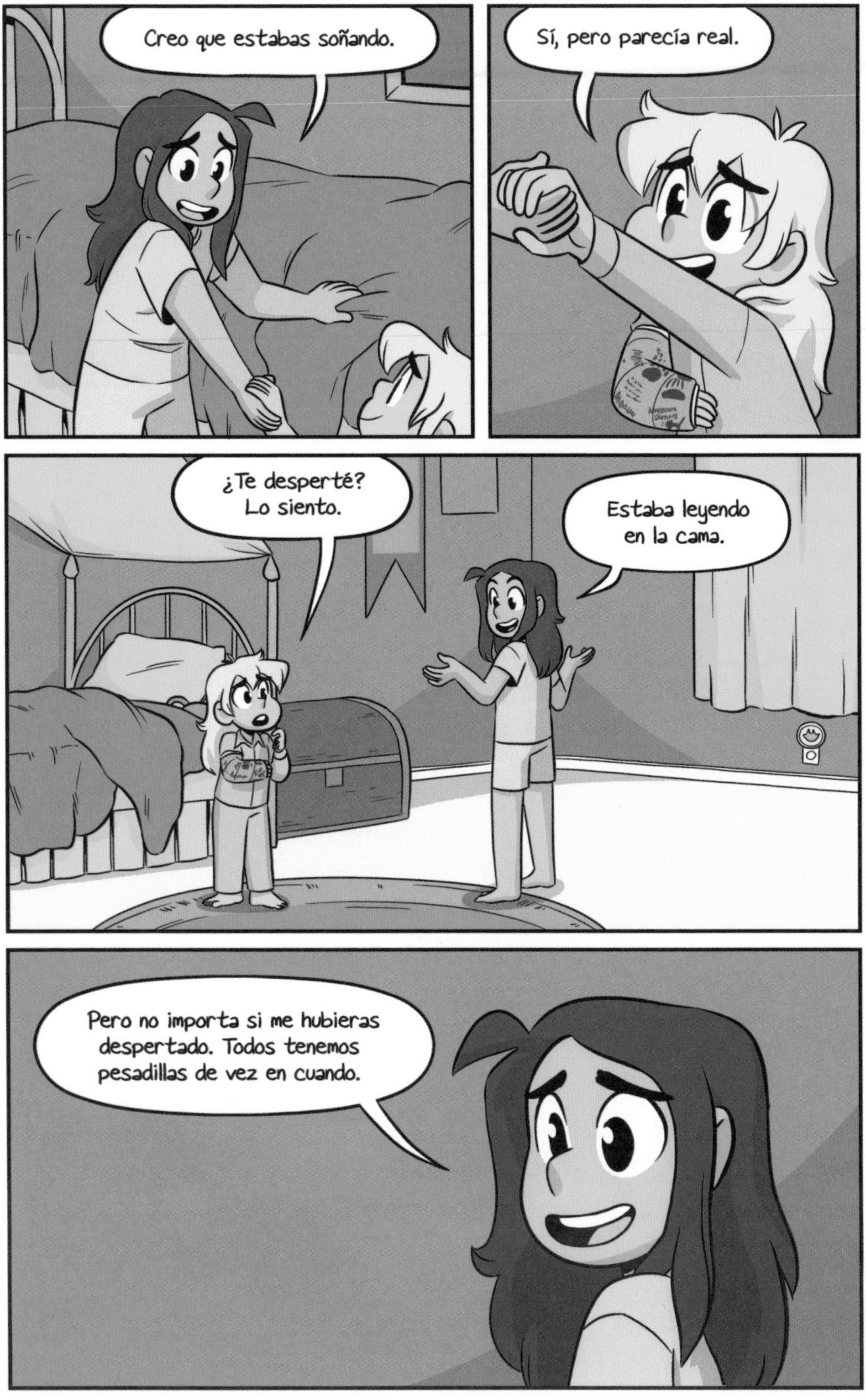
Creo que estabas soñando.
Sí, pero parecía real.
¿Te desperté? Lo siento.
Estaba leyendo en la cama.
Pero no importa si me hubieras despertado. Todos tenemos pesadillas de vez en cuando.

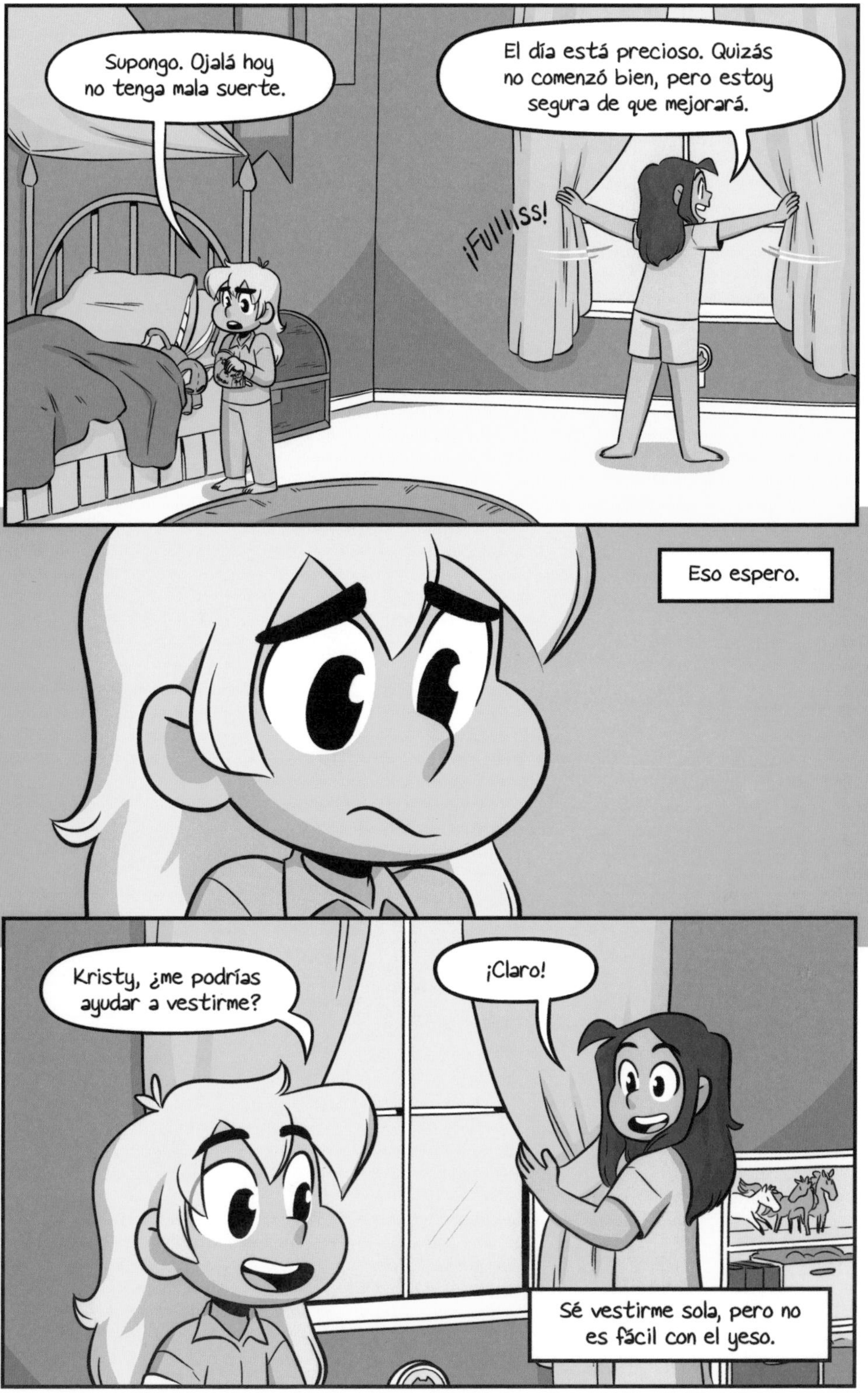
Supongo. Ojalá hoy no tenga mala suerte.
El día está precioso. Quizás no comenzó bien, pero estoy segura de que mejorará.
¡FUIIISS!
Eso espero.
Kristy, ¿me podrías ayudar a vestirme?
¡Claro!
Sé vestirme sola, pero no es fácil con el yeso.

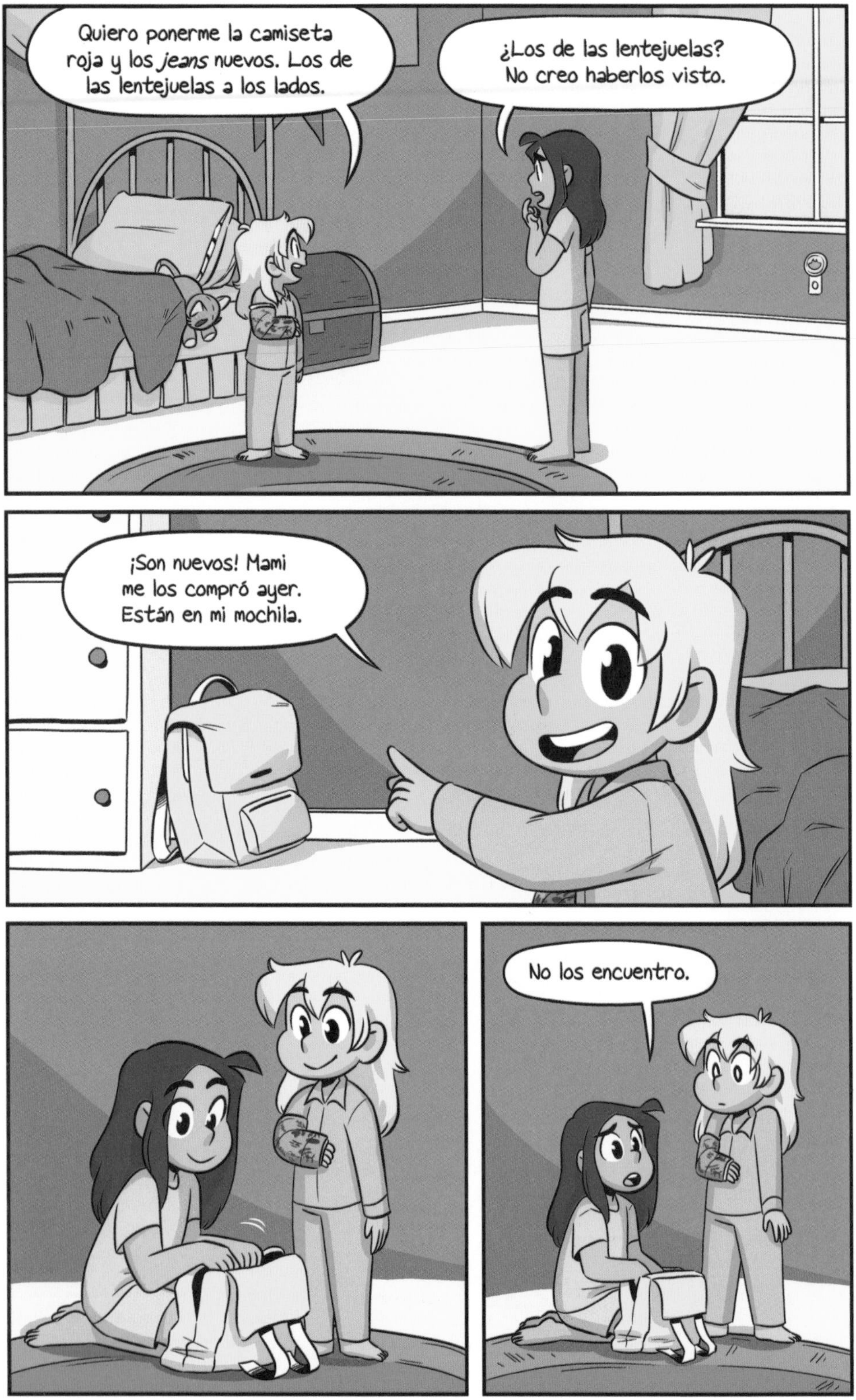
Quiero ponerme la camiseta roja y los *jeans* nuevos. Los de las lentejuelas a los lados.
¿Los de las lentejuelas? No creo haberlos visto.
¡Son nuevos! Mami me los compró ayer. Están en mi mochila.
No los encuentro.

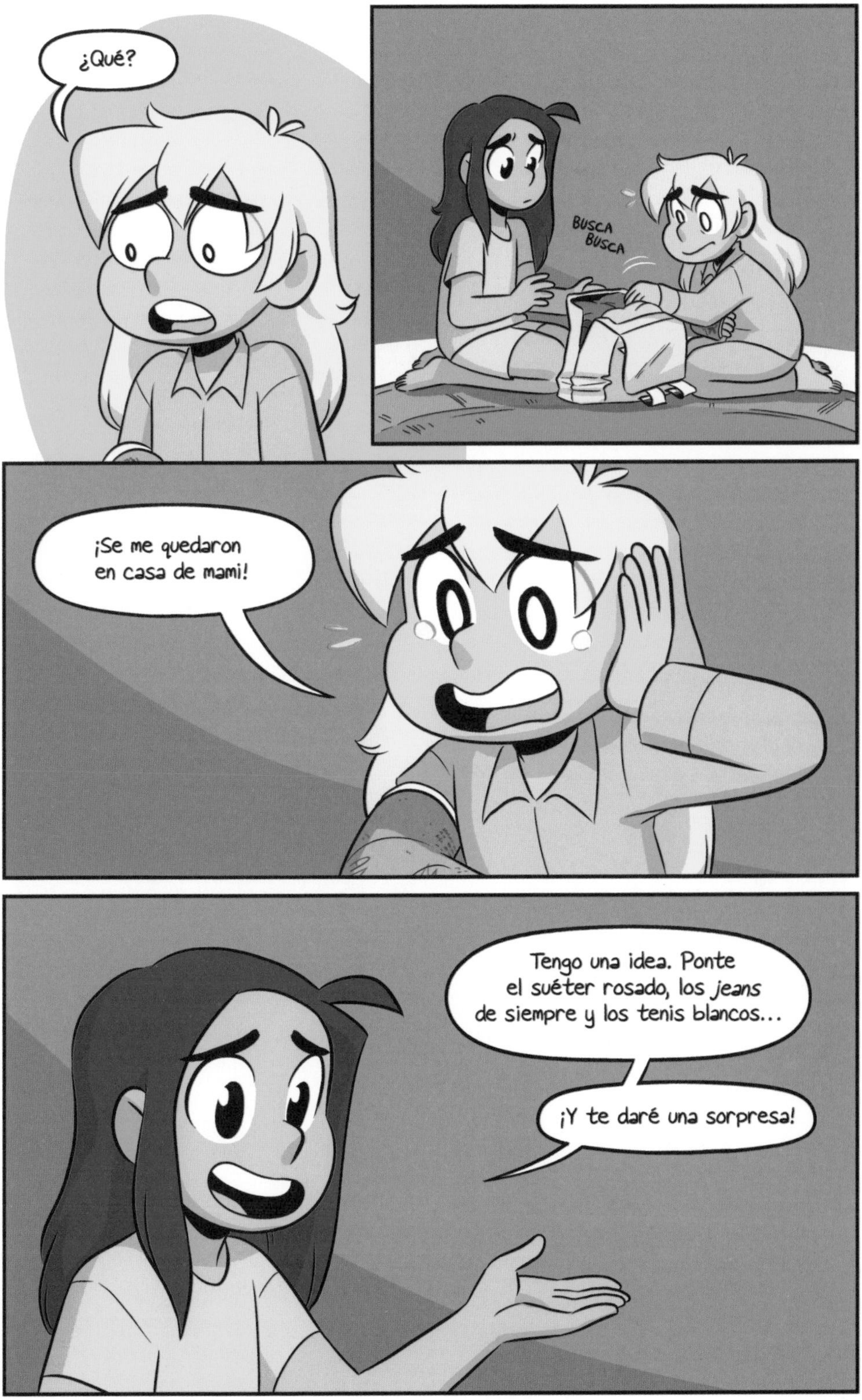
¿Qué?
BUSCA BUSCA
¡Se me quedaron en casa de mami!
Tengo una idea. Ponte el suéter rosado, los *jeans* de siempre y los tenis blancos...
¡Y te daré una sorpresa!

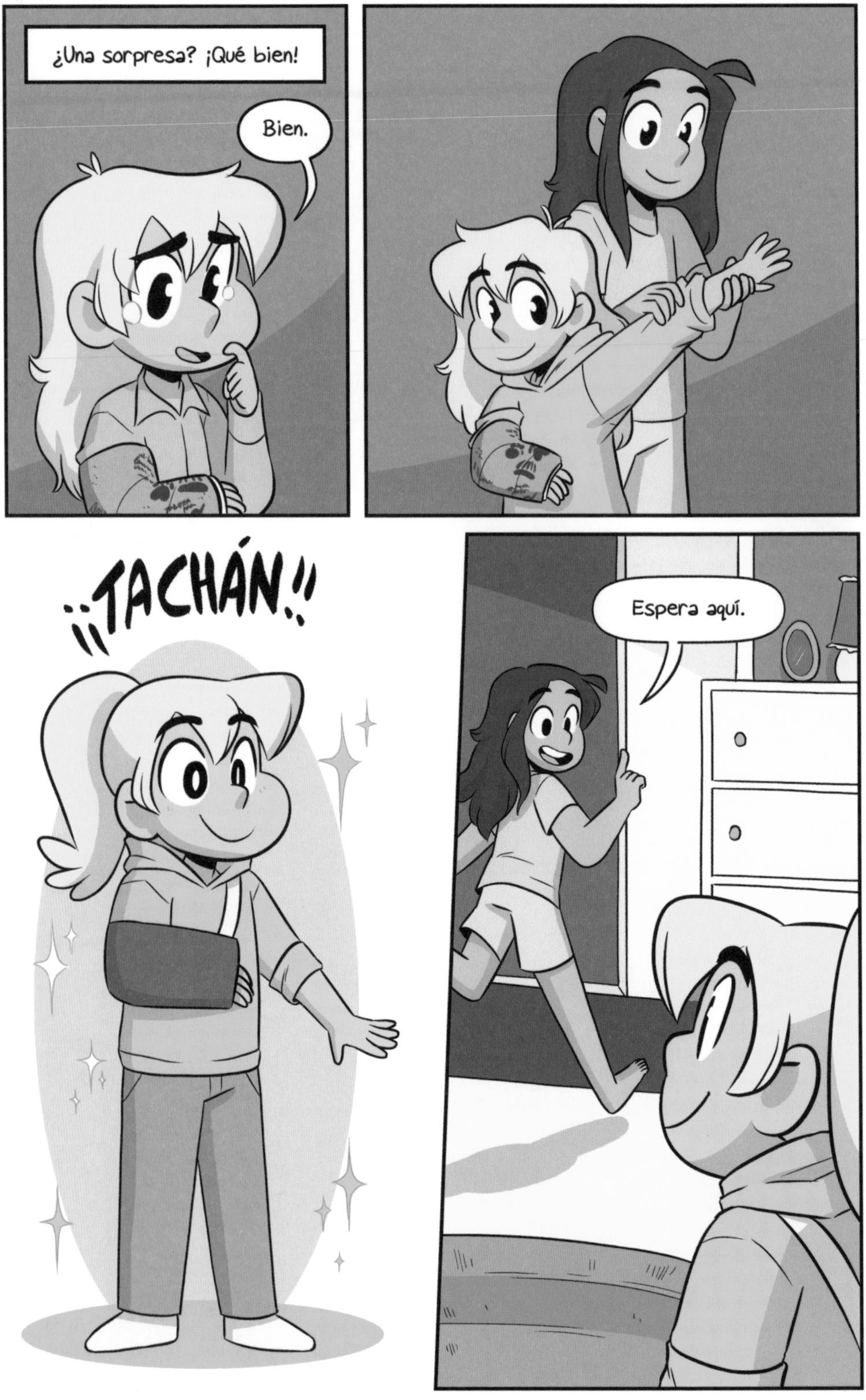
¿Una sorpresa? ¡Qué bien!
Bien.
¡¡TACHÁN!!
Espera aquí.

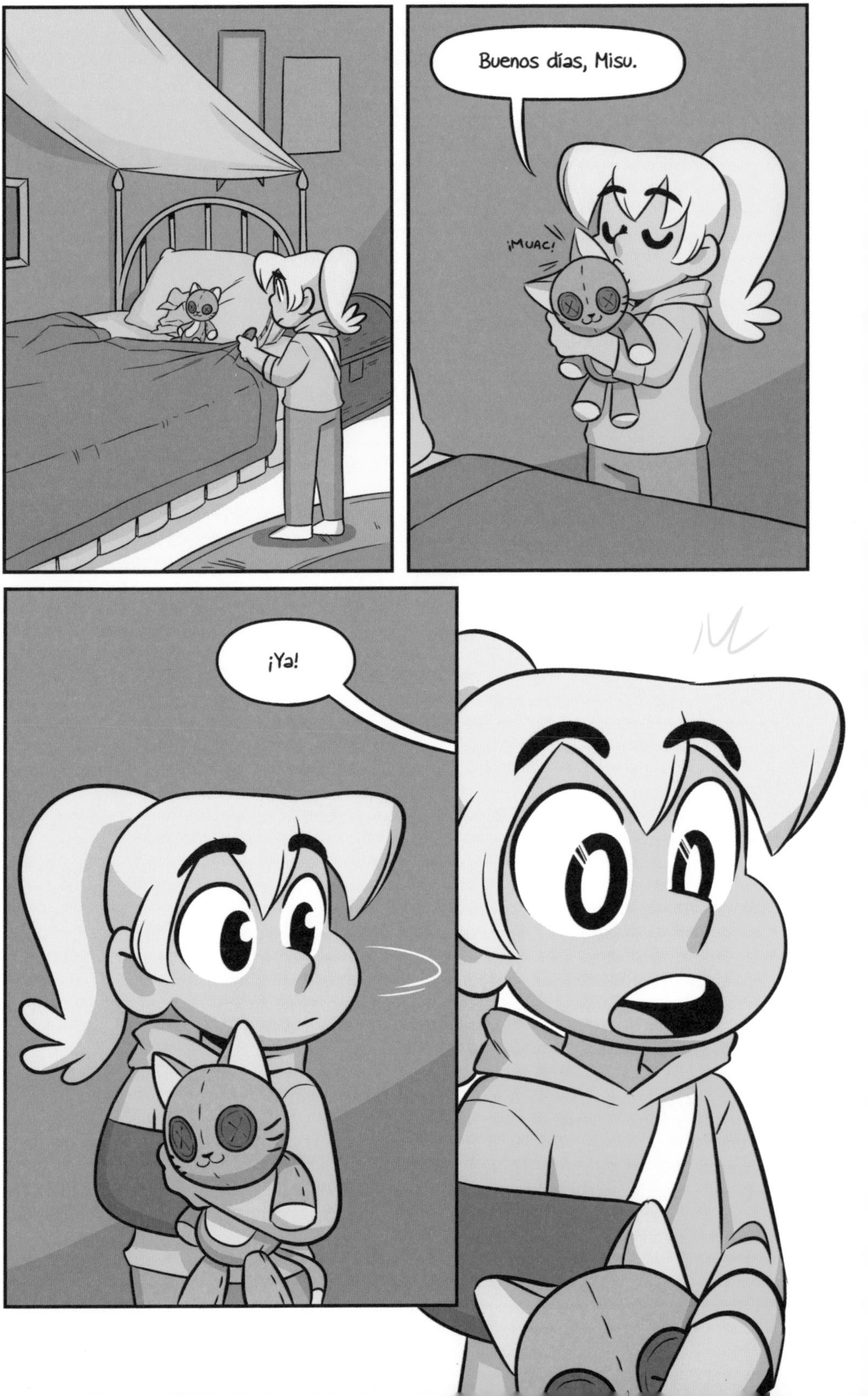
Buenos días, Misu.
¡MUAC!
¡Ya!

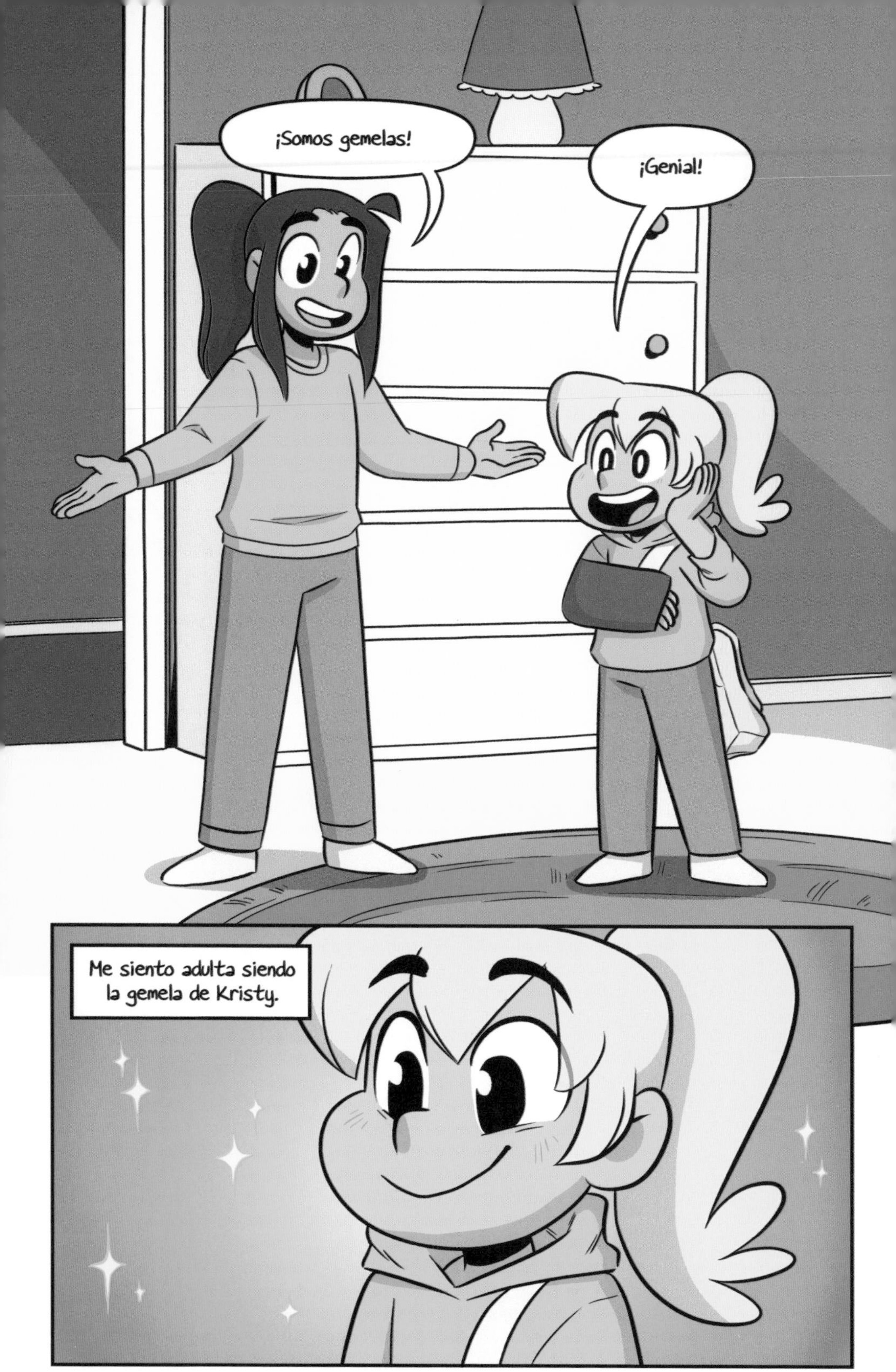
¡Somos gemelas!
¡Genial!
Me siento adulta siendo la gemela de Kristy.

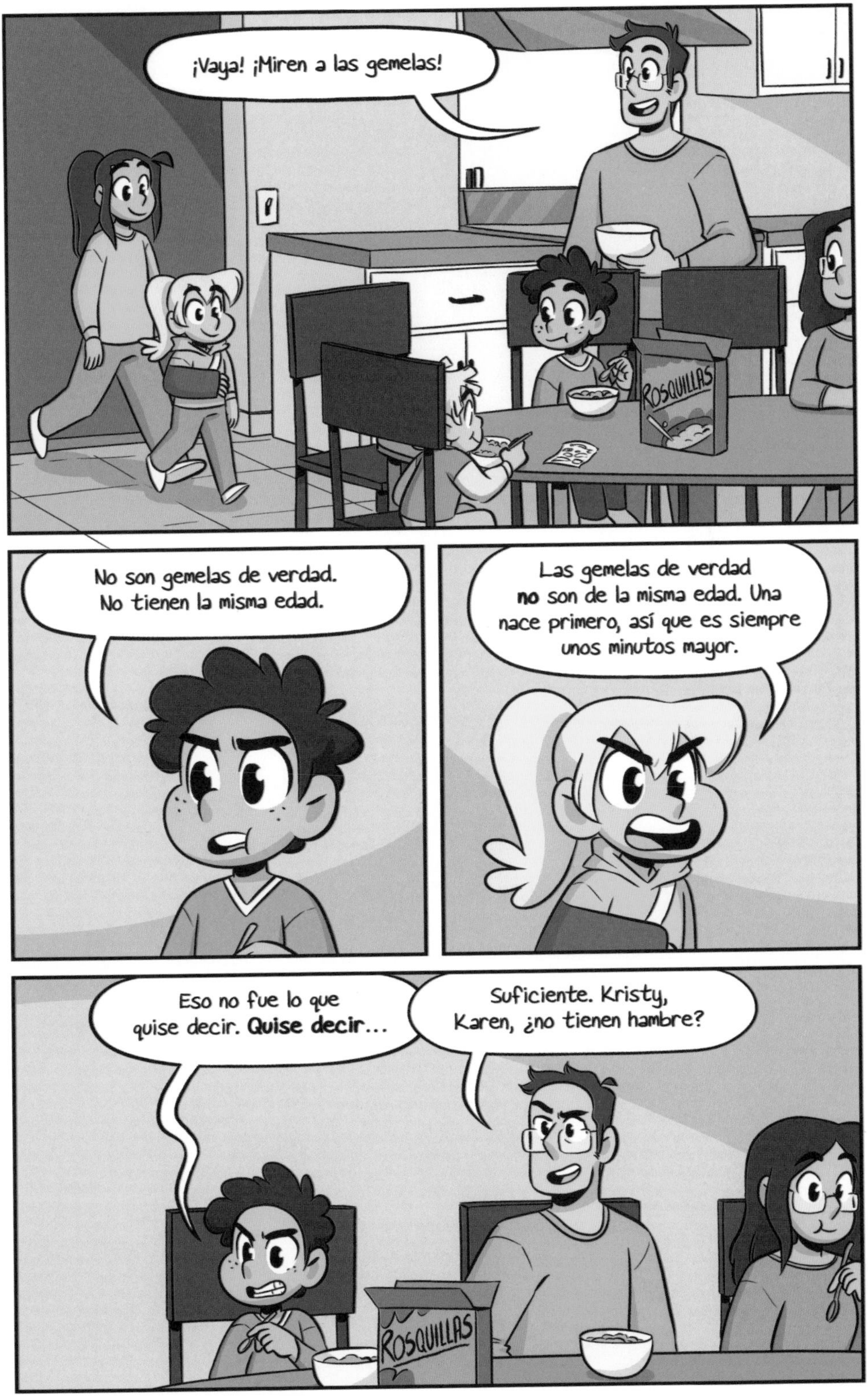
¡Vaya! ¡Miren a las gemelas!
No son gemelas de verdad. No tienen la misma edad.
Las gemelas de verdad **no** son de la misma edad. Una nace primero, así que es siempre unos minutos mayor.
Eso no fue lo que quise decir. **Quise decir**...
Suficiente. Kristy, Karen, ¿no tienen hambre?
ROSQUILLAS

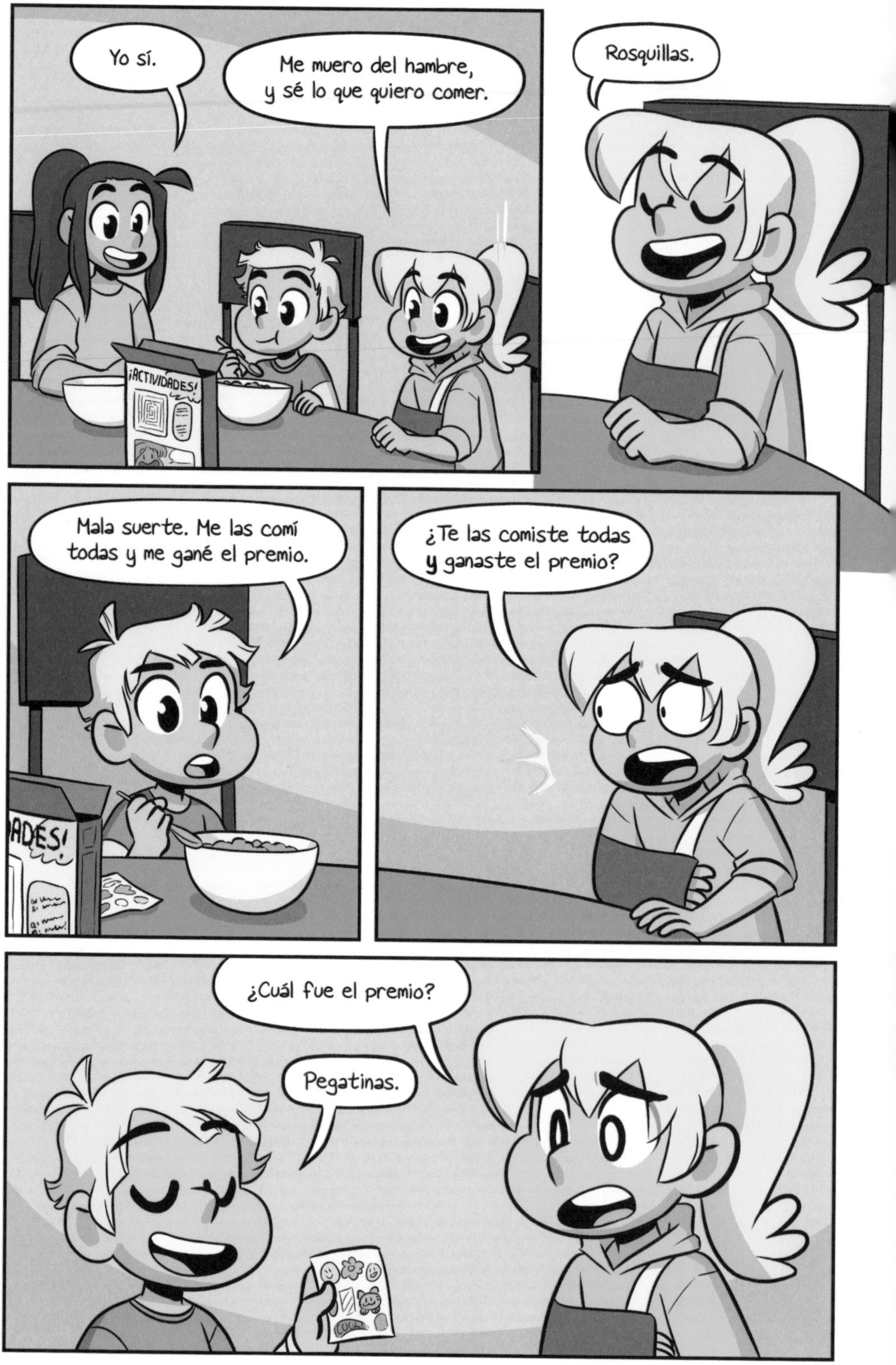
Yo sí.
Me muero del hambre, y sé lo que quiero comer.
Rosquillas.
¡ACTIVIDADES!
Mala suerte. Me las comí todas y me gané el premio.
¿Te las comiste todas y ganaste el premio?
¿Cuál fue el premio?
Pegatinas.

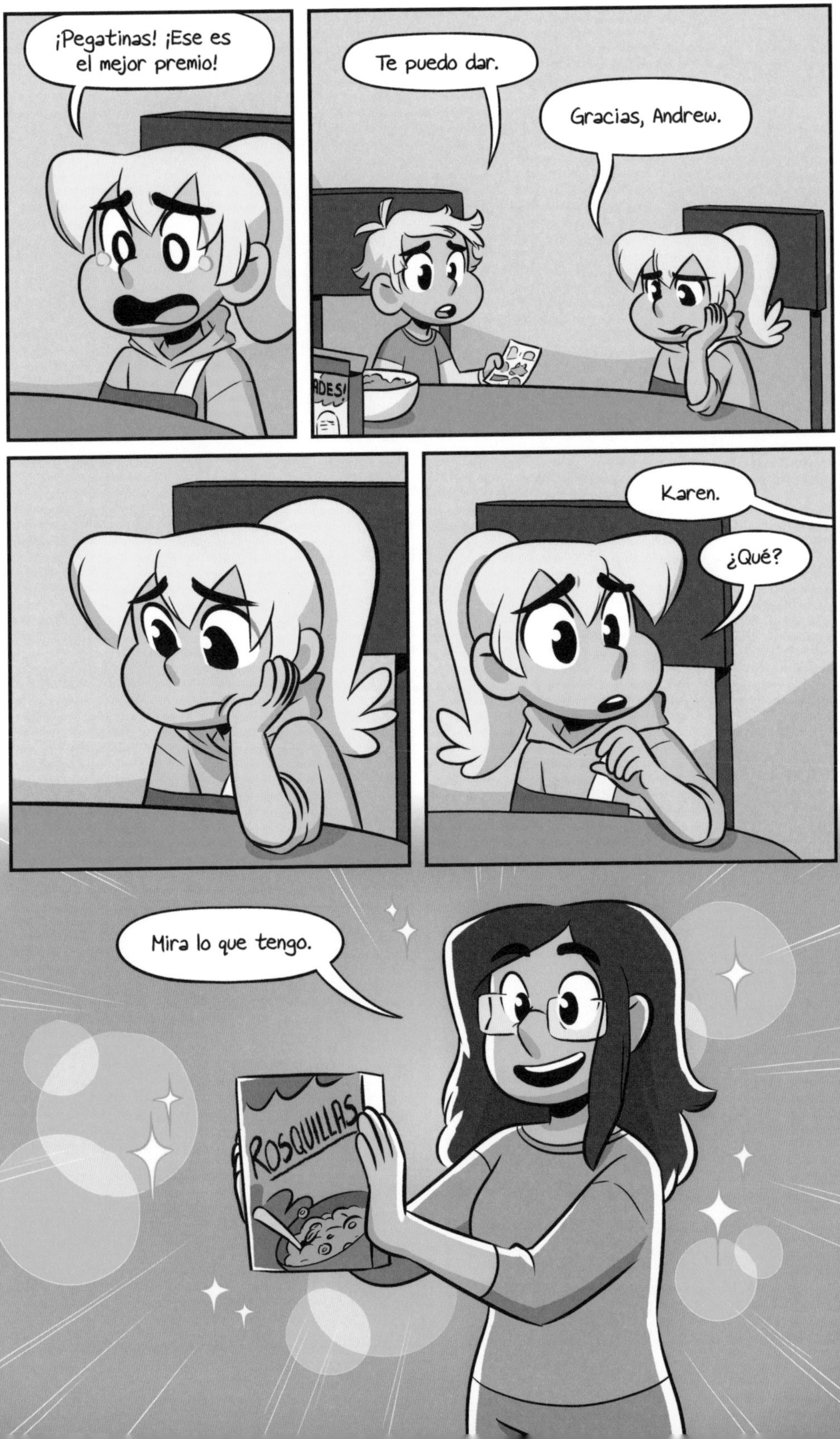

¡Pegatinas! ¡Ese es el mejor premio!
Te puedo dar.
Gracias, Andrew.
Karen.
¿Qué?
Mira lo que tengo.
ROSQUILLAS

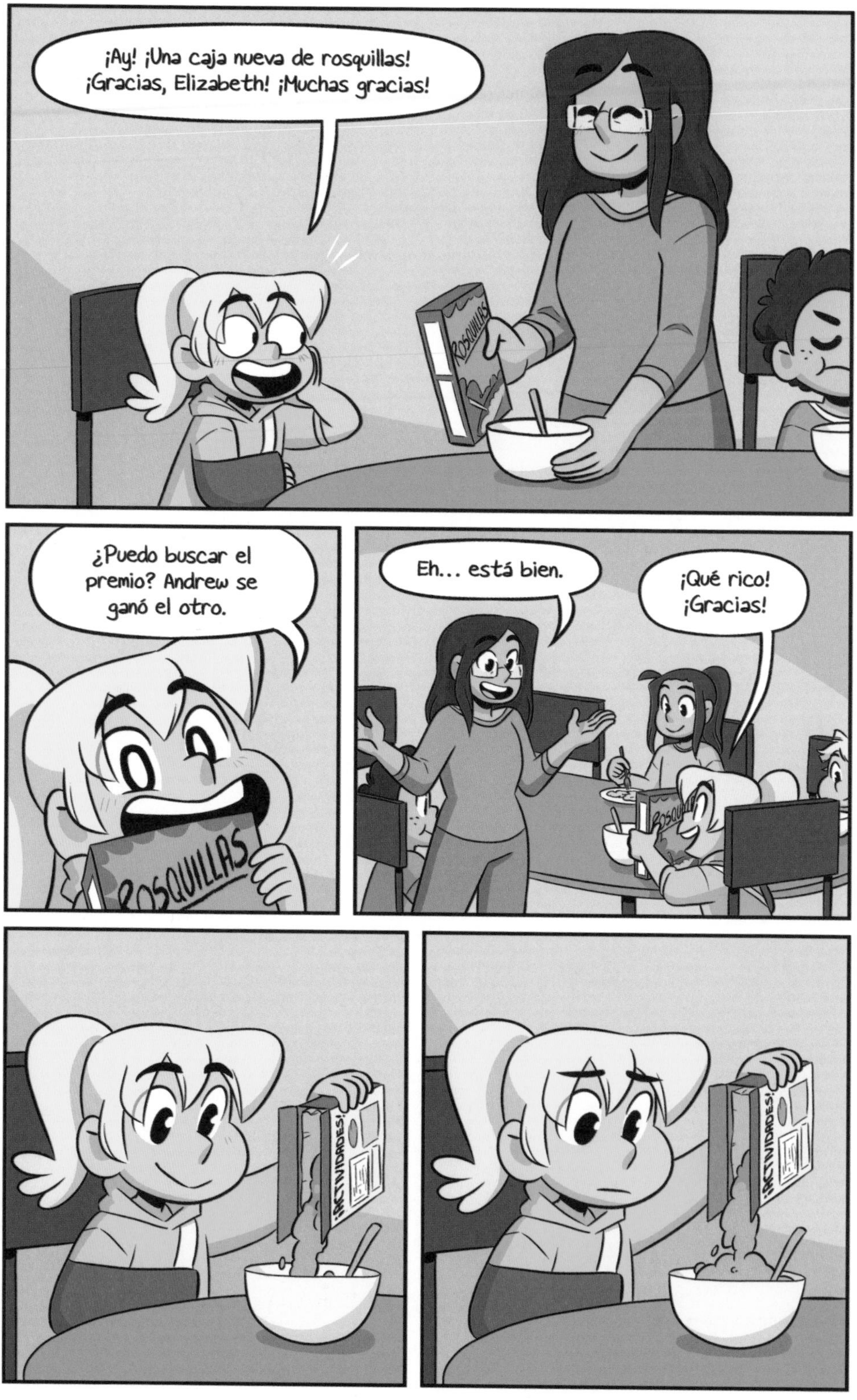
¡Ay! ¡Una caja nueva de rosquillas!
¡Gracias, Elizabeth! ¡Muchas gracias!
ROSQUILLAS
¿Puedo buscar el premio? Andrew se ganó el otro.
ROSQUILLAS
Eh... está bien.
¡Qué rico! ¡Gracias!
¡ACTIVIDADES!
¡ACTIVIDADES!

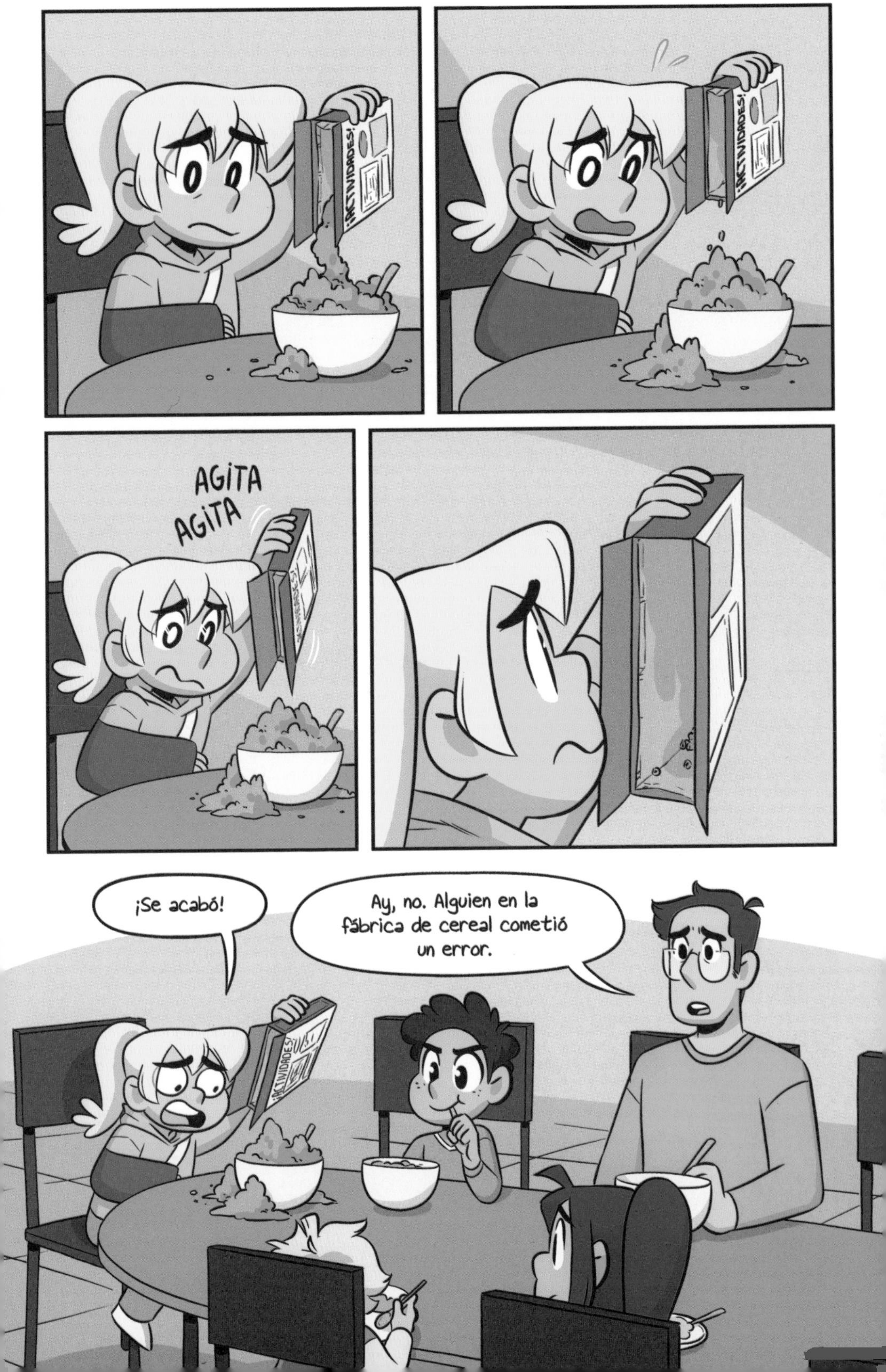
¡ACTIVIDADES!
AGITA
AGITA
¡Se acabó!
Ay, no. Alguien en la fábrica de cereal cometió un error.

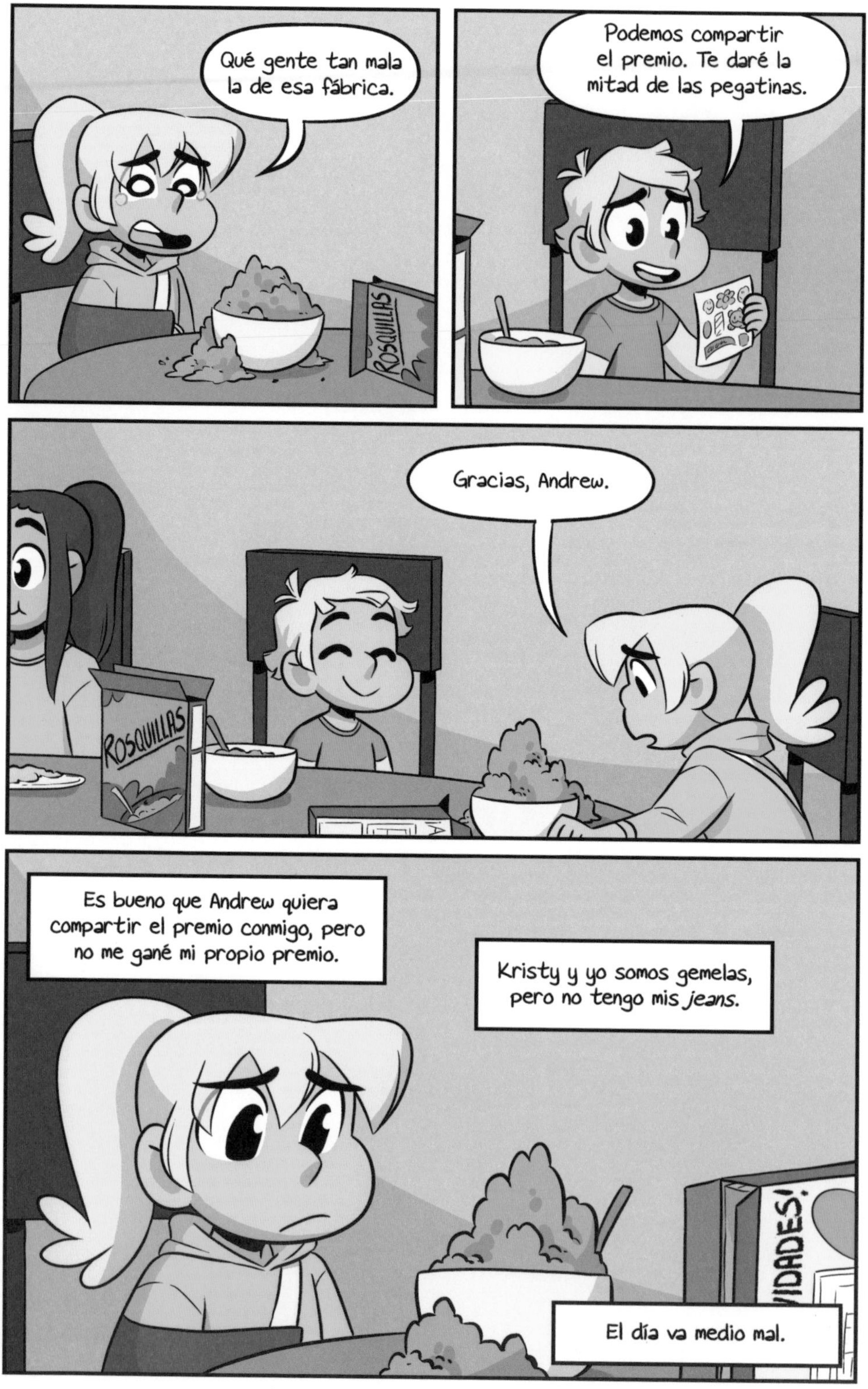
Qué gente tan mala la de esa fábrica.
ROSQUILLAS
Podemos compartir el premio. Te daré la mitad de las pegatinas.
Gracias, Andrew.
ROSQUILLAS
Es bueno que Andrew quiera compartir el premio conmigo, pero no me gané mi propio premio.
Kristy y yo somos gemelas, pero no tengo mis *jeans*.
VIDADES!
El día va medio mal.

CAPÍTULO 3

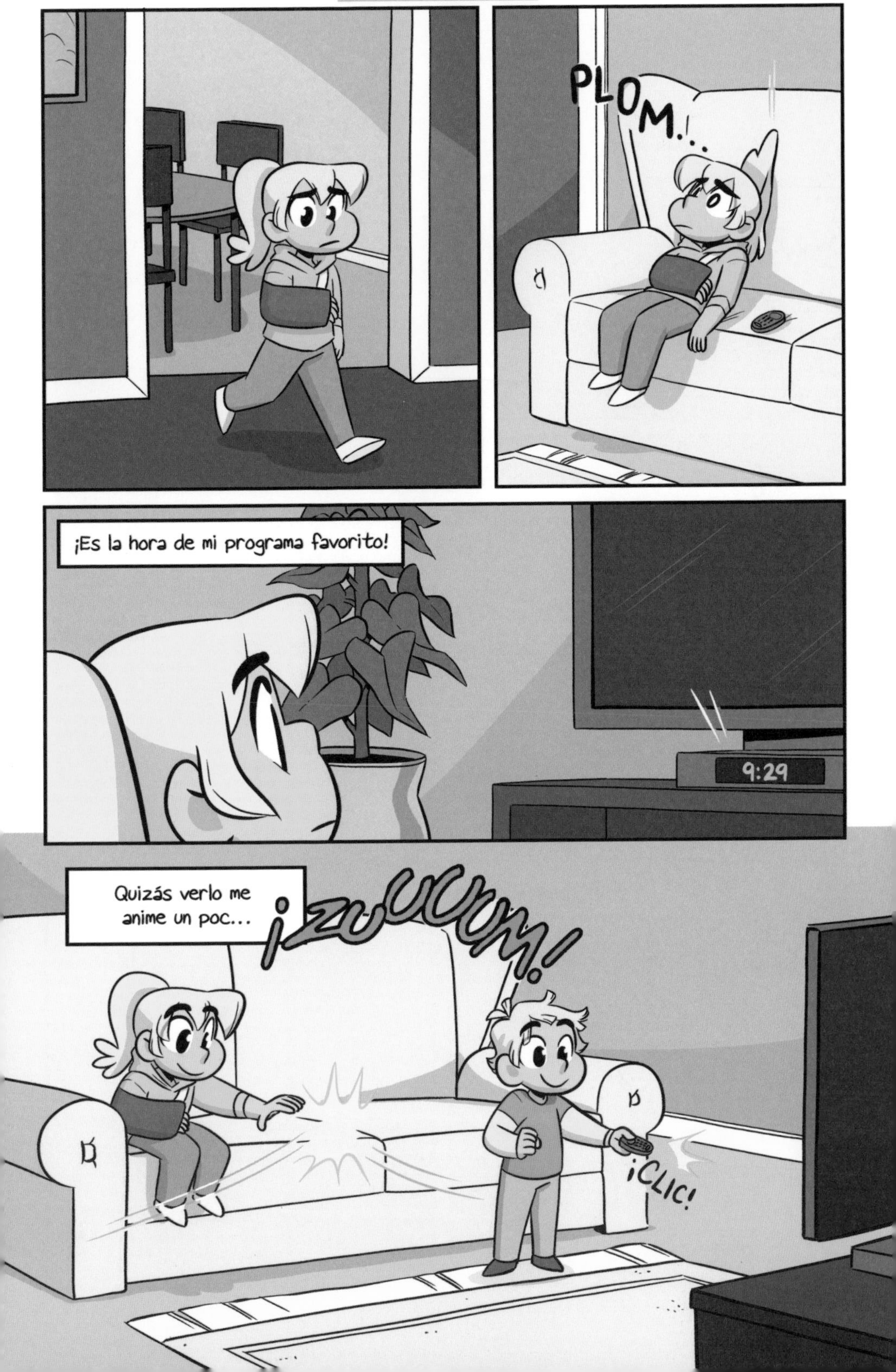
PLOM...
¡Es la hora de mi programa favorito!
9:29
Quizás verlo me anime un poc...
¡ZUUUUM!
¡CLIC!

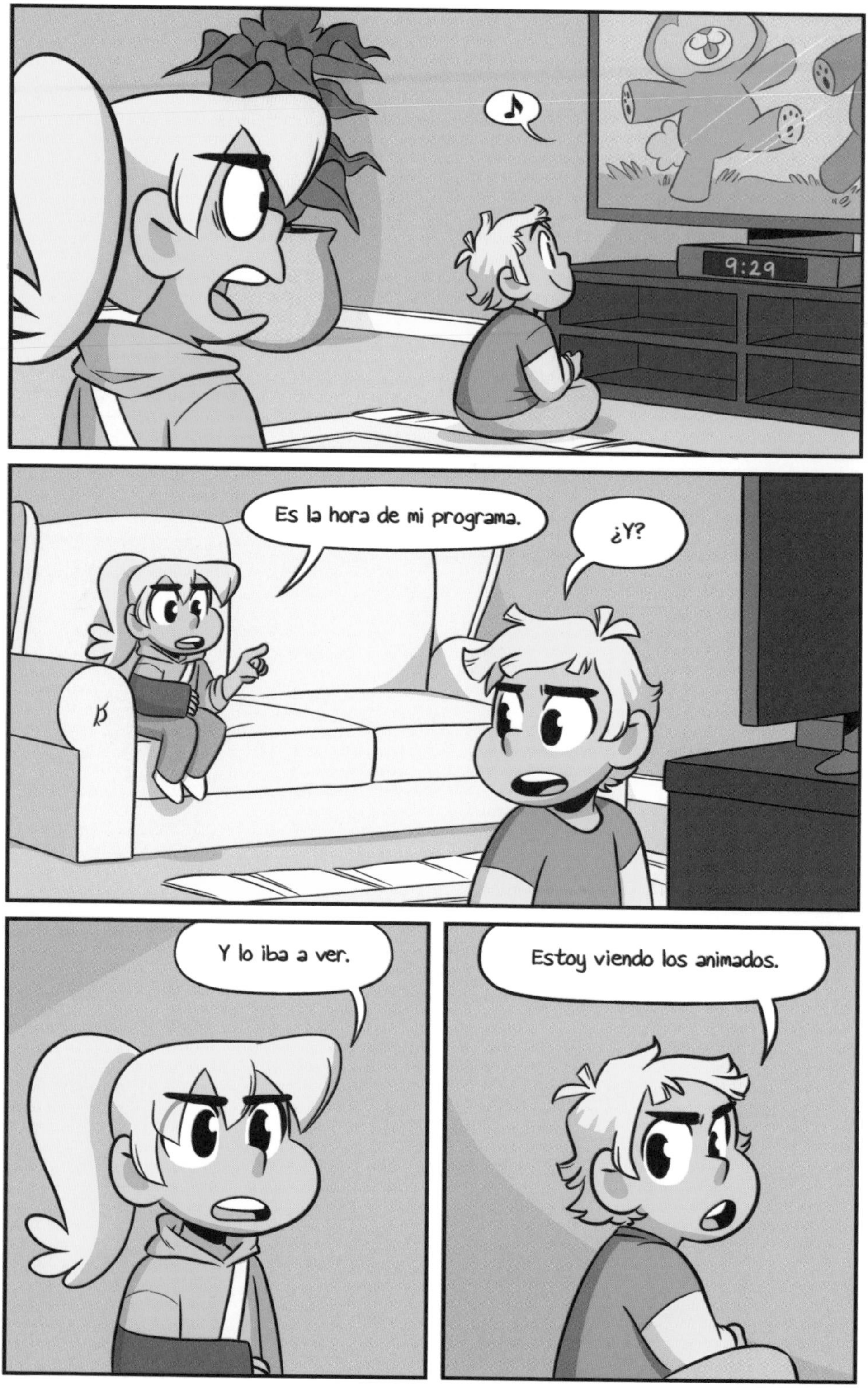
9:29
Es la hora de mi programa.
¿Y?
Y lo iba a ver.
Estoy viendo los animados.

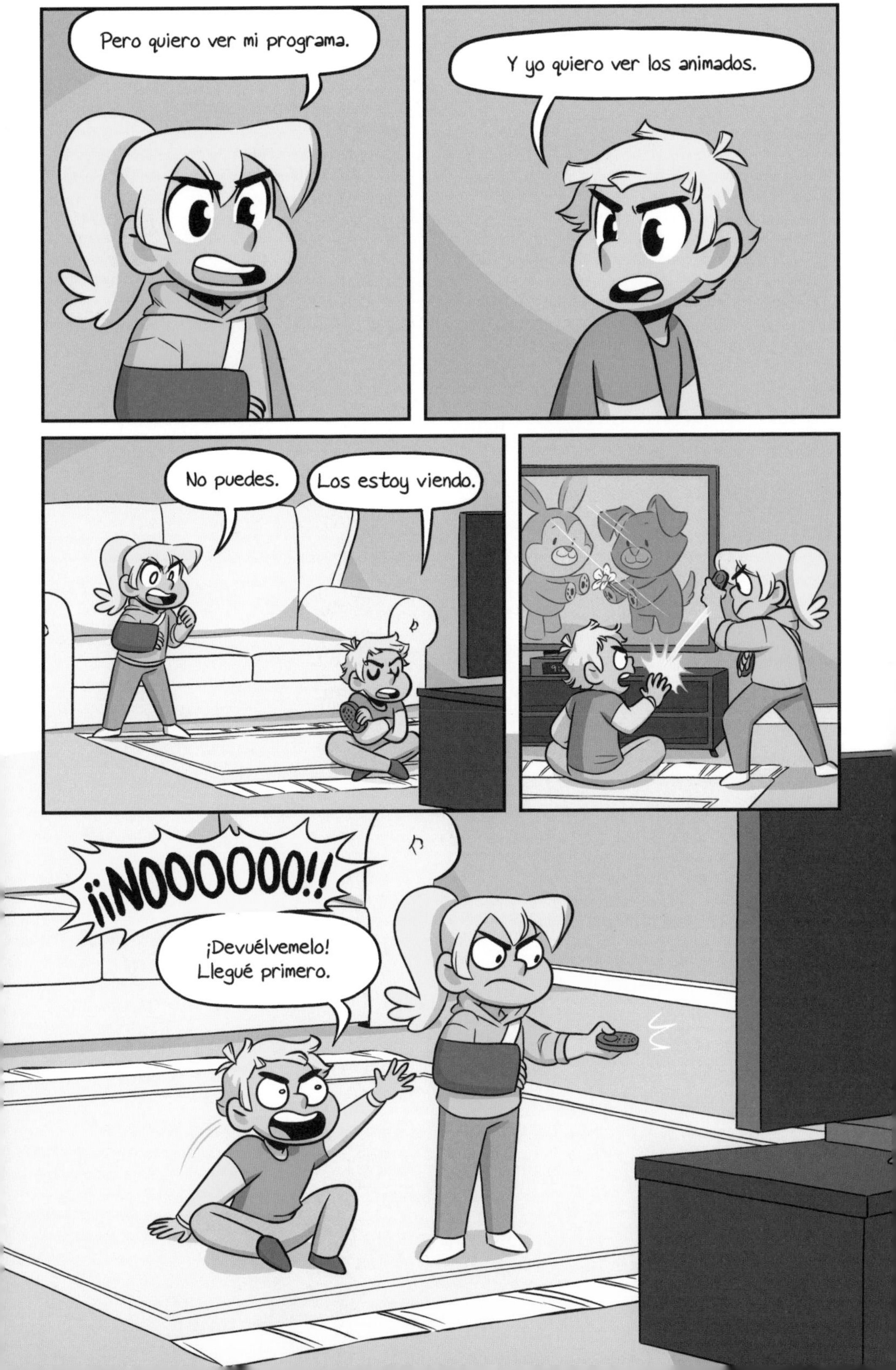
Pero quiero ver mi programa.
Y yo quiero ver los animados.
No puedes.
Los estoy viendo.
¡¡NOOOOOO!!
¡Devuélvemelo! Llegué primero.

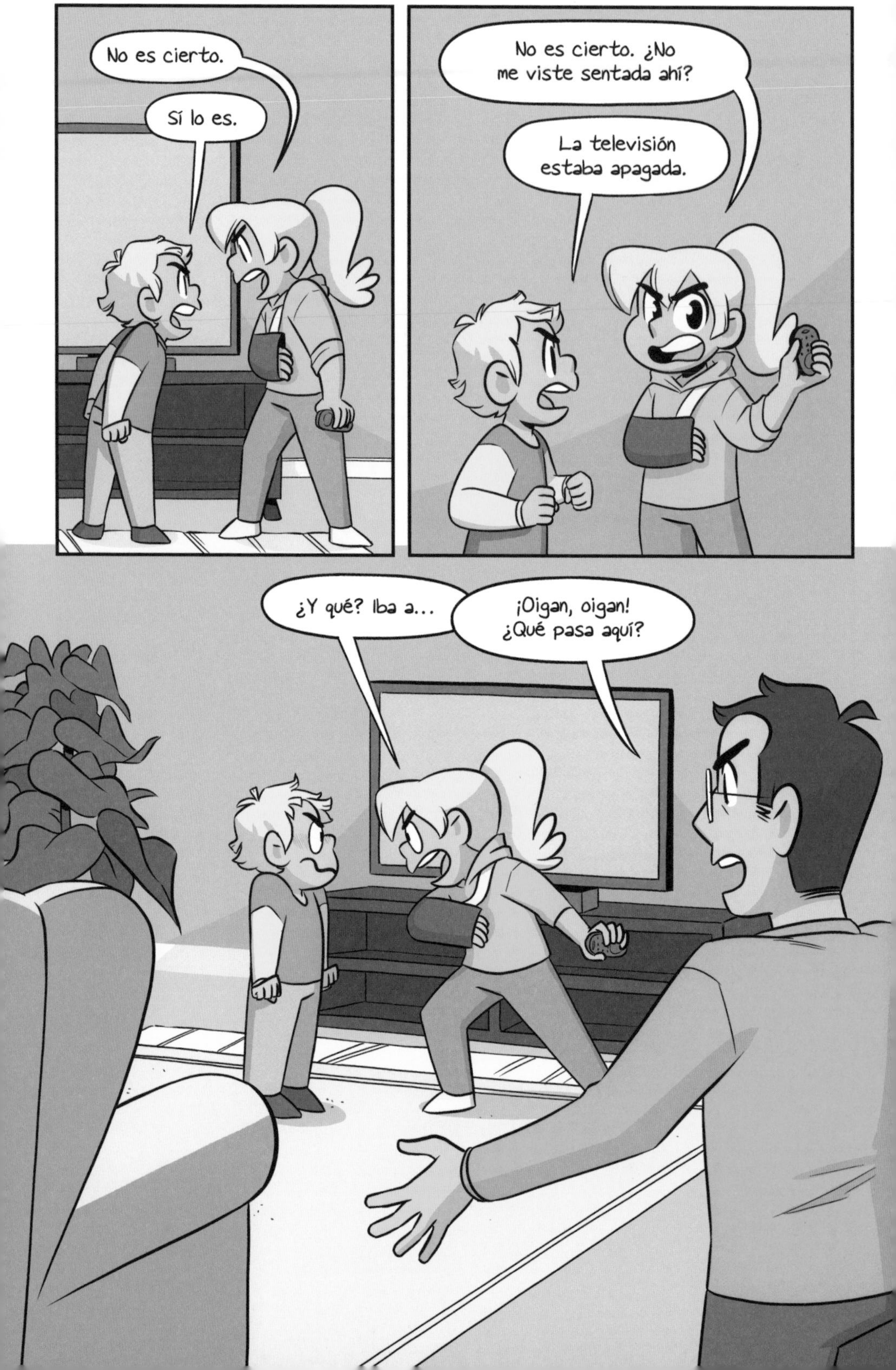
No es cierto.
Sí lo es.
No es cierto. ¿No me viste sentada ahí?
La televisión estaba apagada.
¿Y qué? Iba a...
¡Oigan, oigan! ¿Qué pasa aquí?

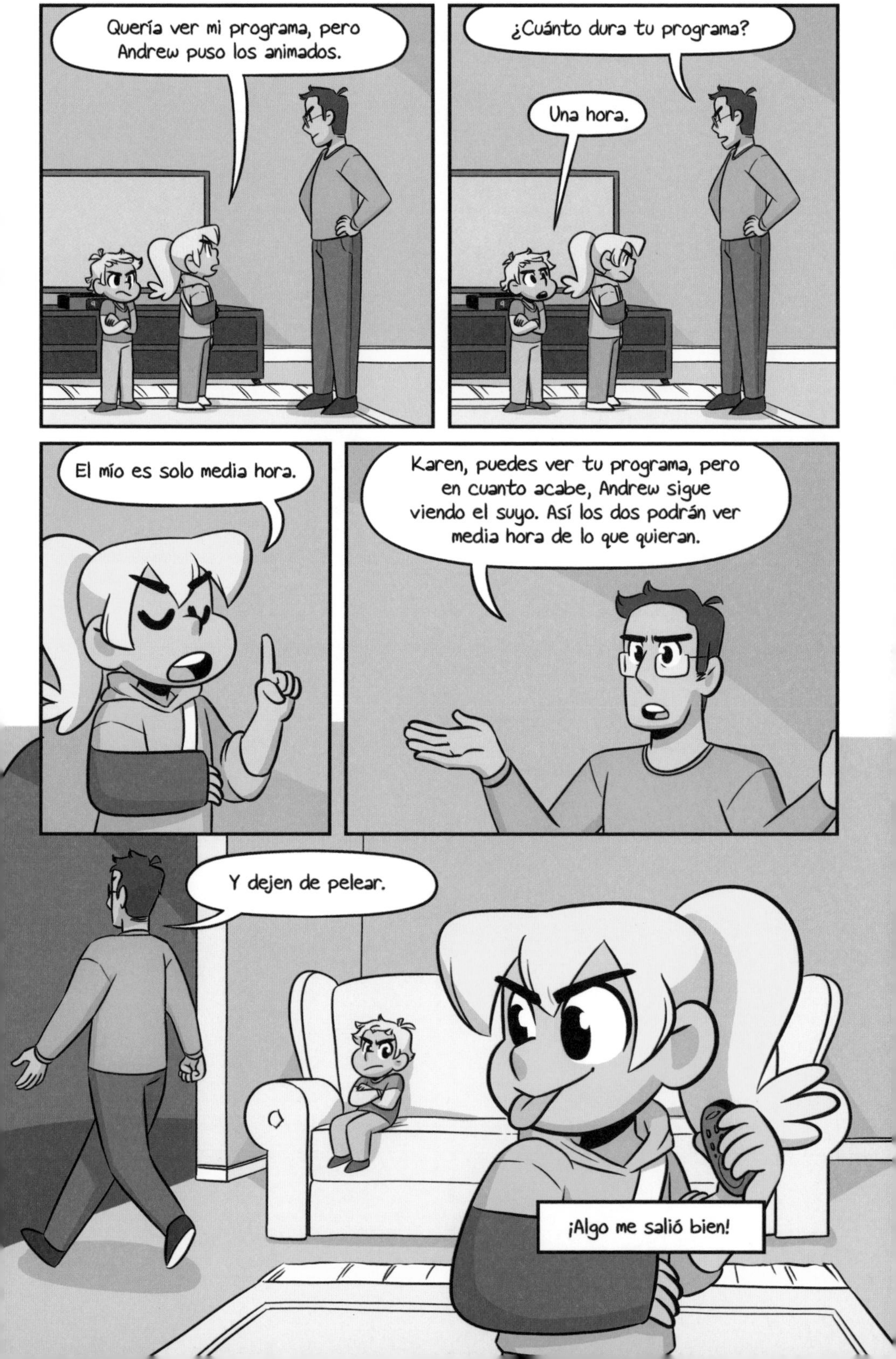
Quería ver mi programa, pero Andrew puso los animados.
¿Cuánto dura tu programa?
Una hora.
El mío es solo media hora.
Karen, puedes ver tu programa, pero en cuanto acabe, Andrew sigue viendo el suyo. Así los dos podrán ver media hora de lo que quieran.
Y dejen de pelear.
¡Algo me salió bien!

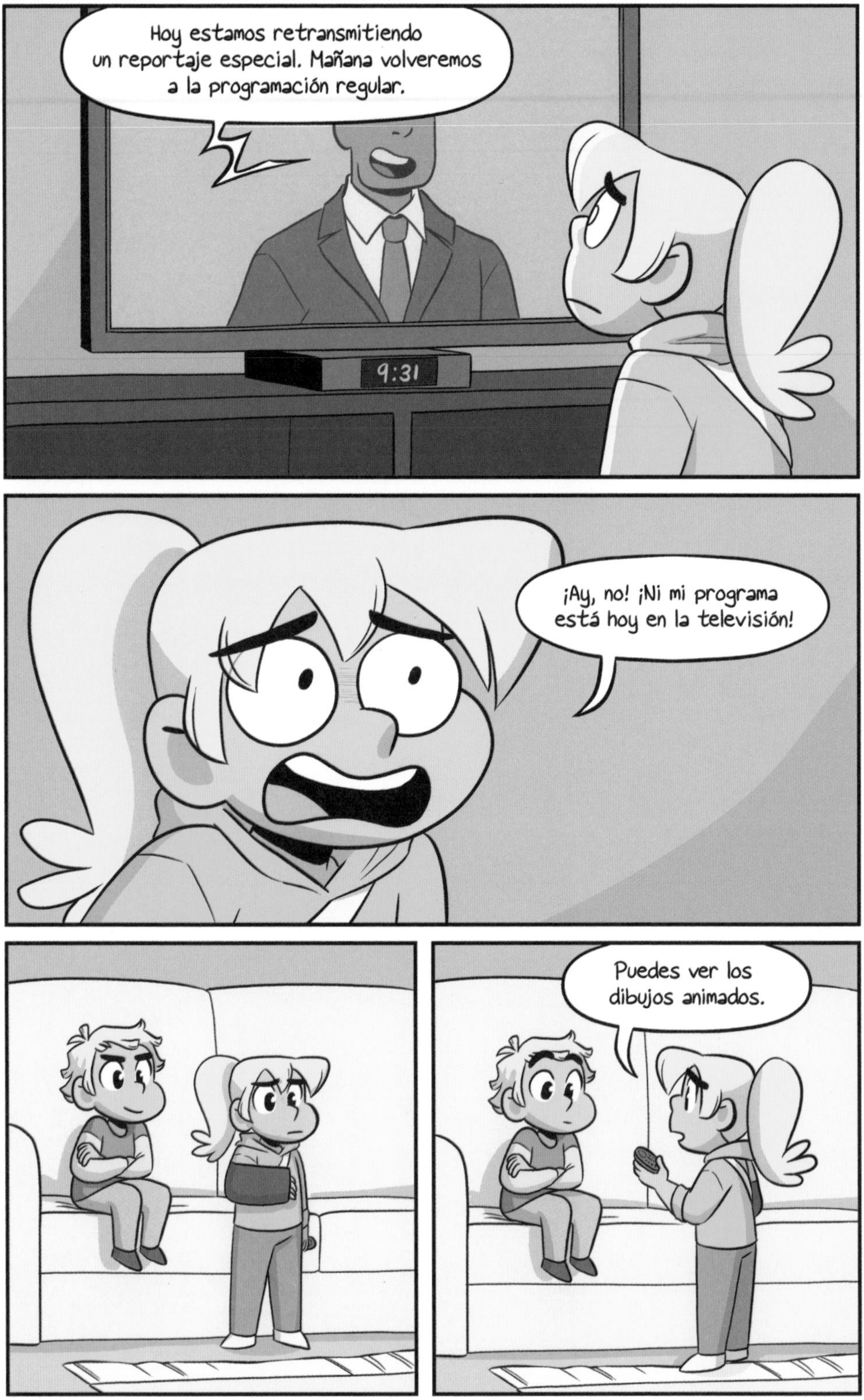
Hoy estamos retransmitiendo un reportaje especial. Mañana volveremos a la programación regular.
9:31
¡Ay, no! ¡Ni mi programa está hoy en la televisión!
Puedes ver los dibujos animados.

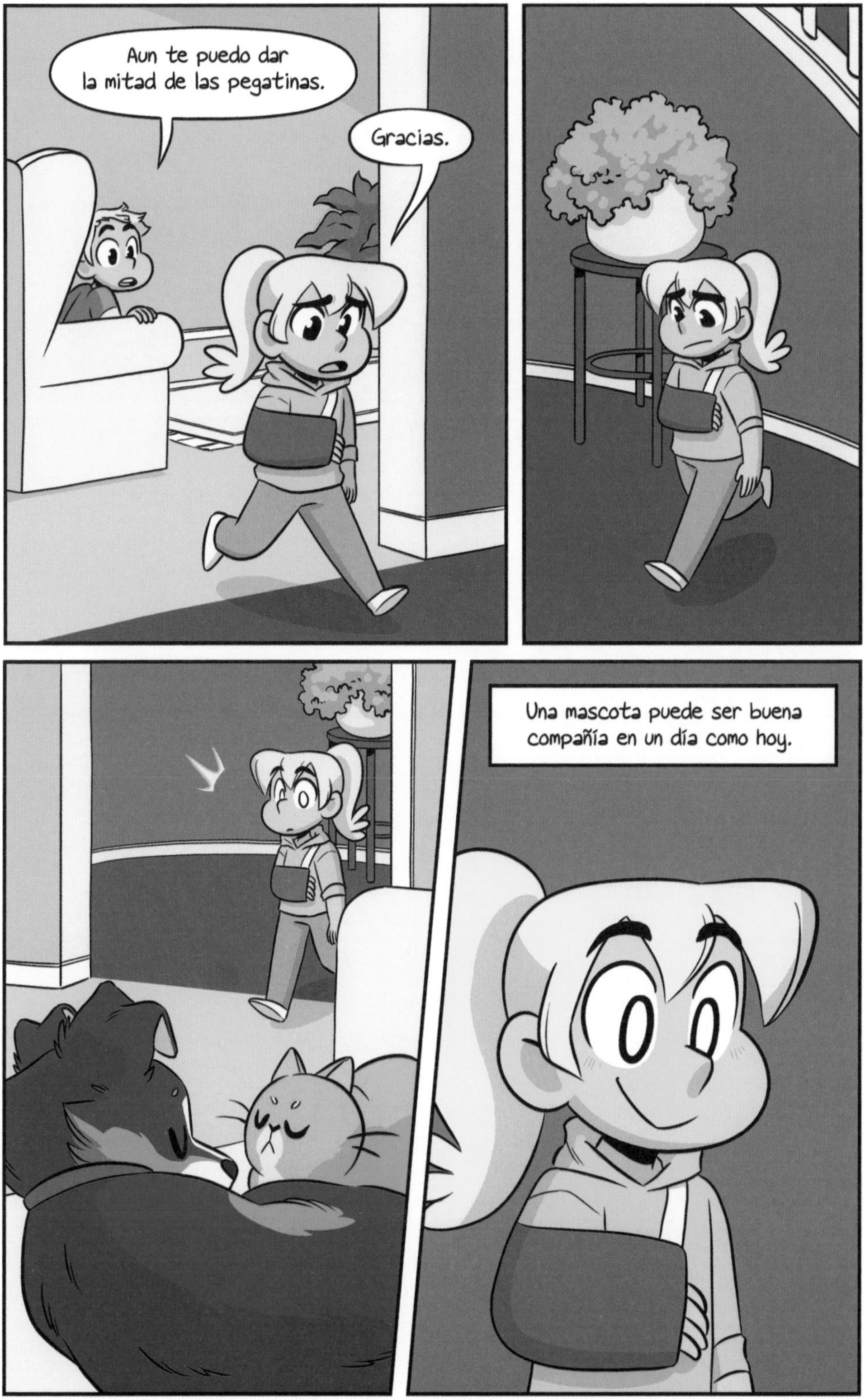
Aun te puedo dar
la mitad de las pegatinas.
Gracias.
Una mascota puede ser buena
compañía en un día como hoy.

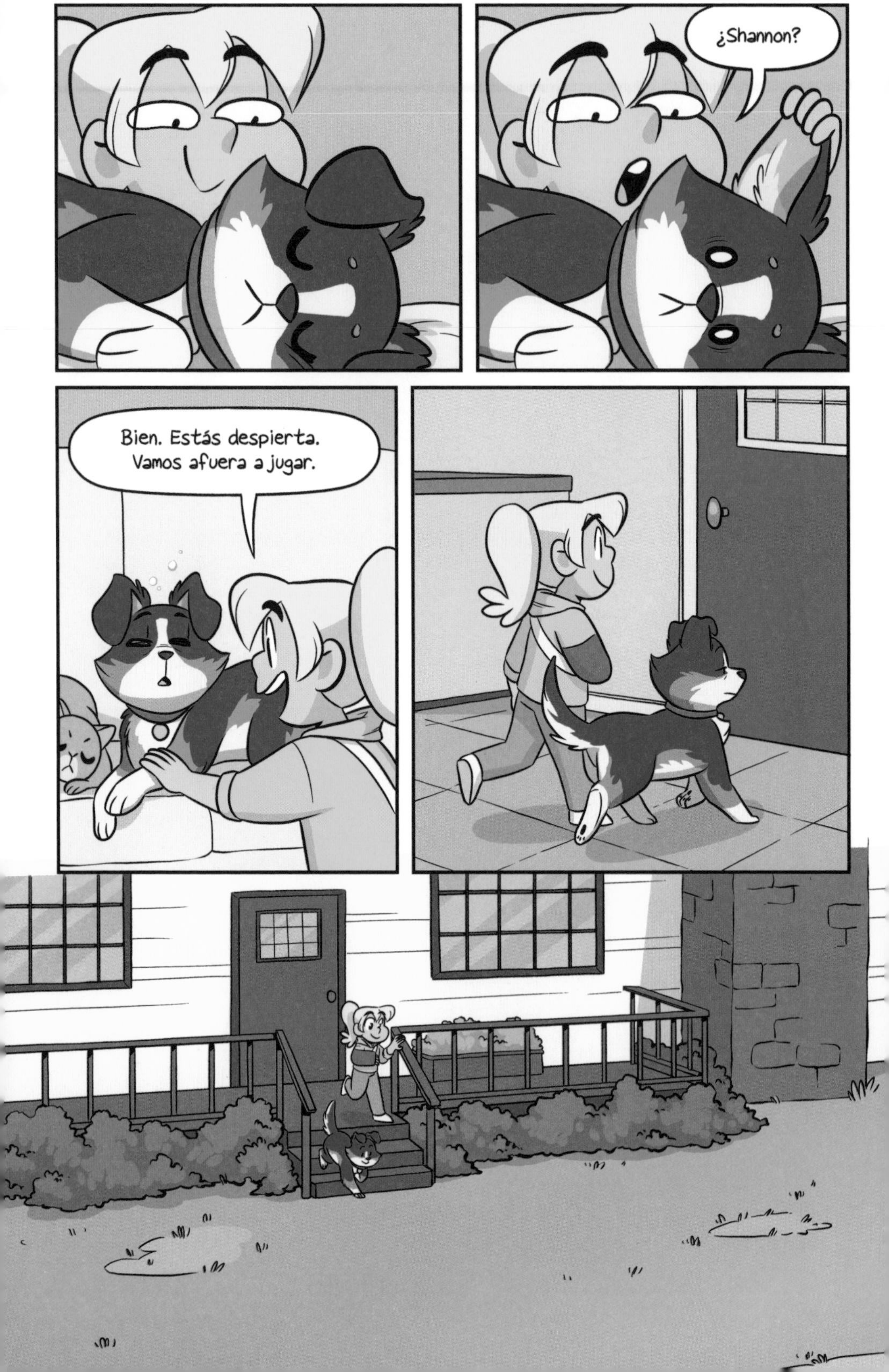
¿Shannon?
Bien. Estás despierta. Vamos afuera a jugar.

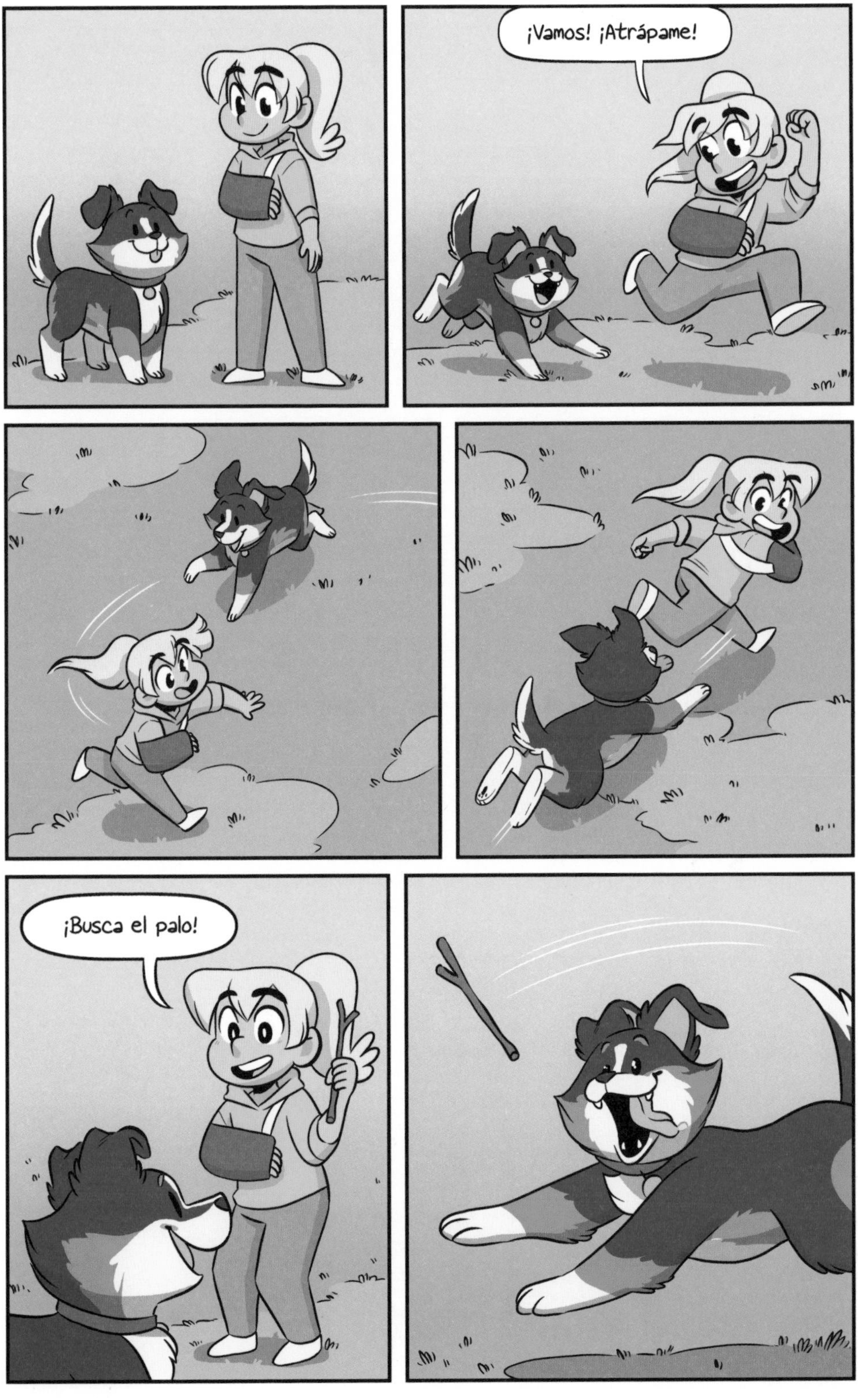
¡Vamos! ¡Atrápame!
¡Busca el palo!

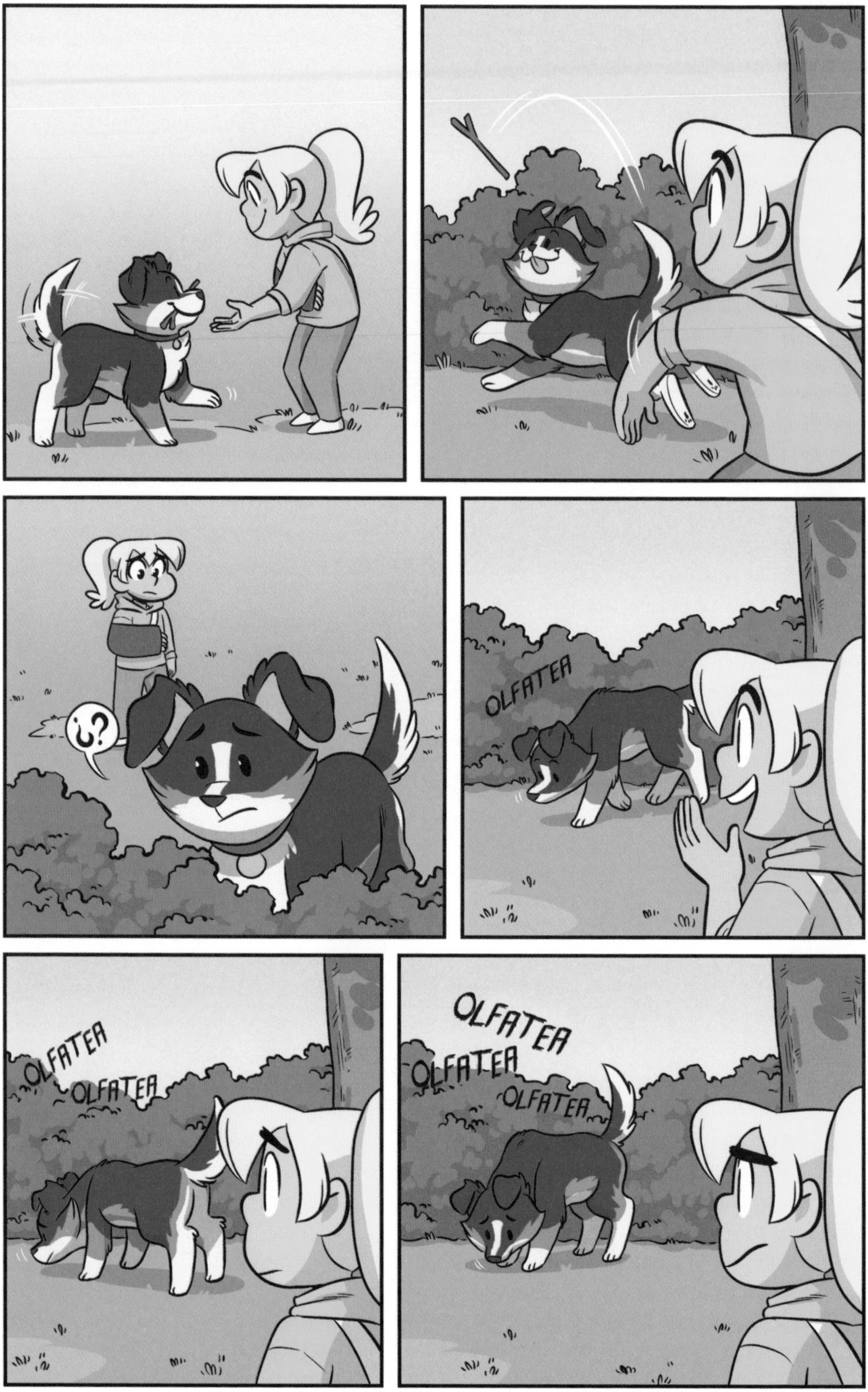
¿?
OLFATEA
OLFATEA
OLFATEA
OLFATEA
OLFATEA
OLFATEA

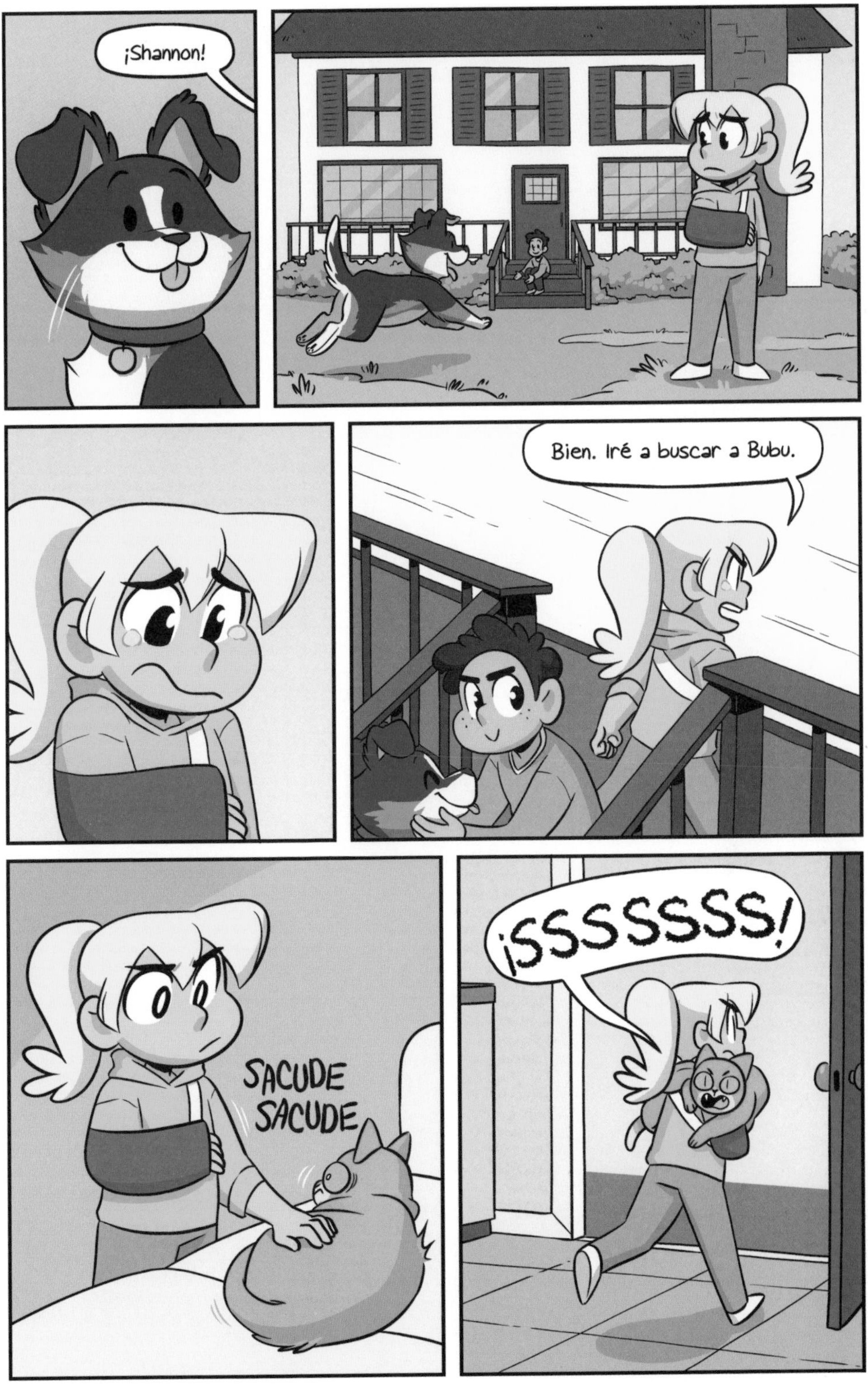
¡Shannon!
Bien. Iré a buscar a Bubu.
SACUDE
SACUDE
¡SSSSSSSS!

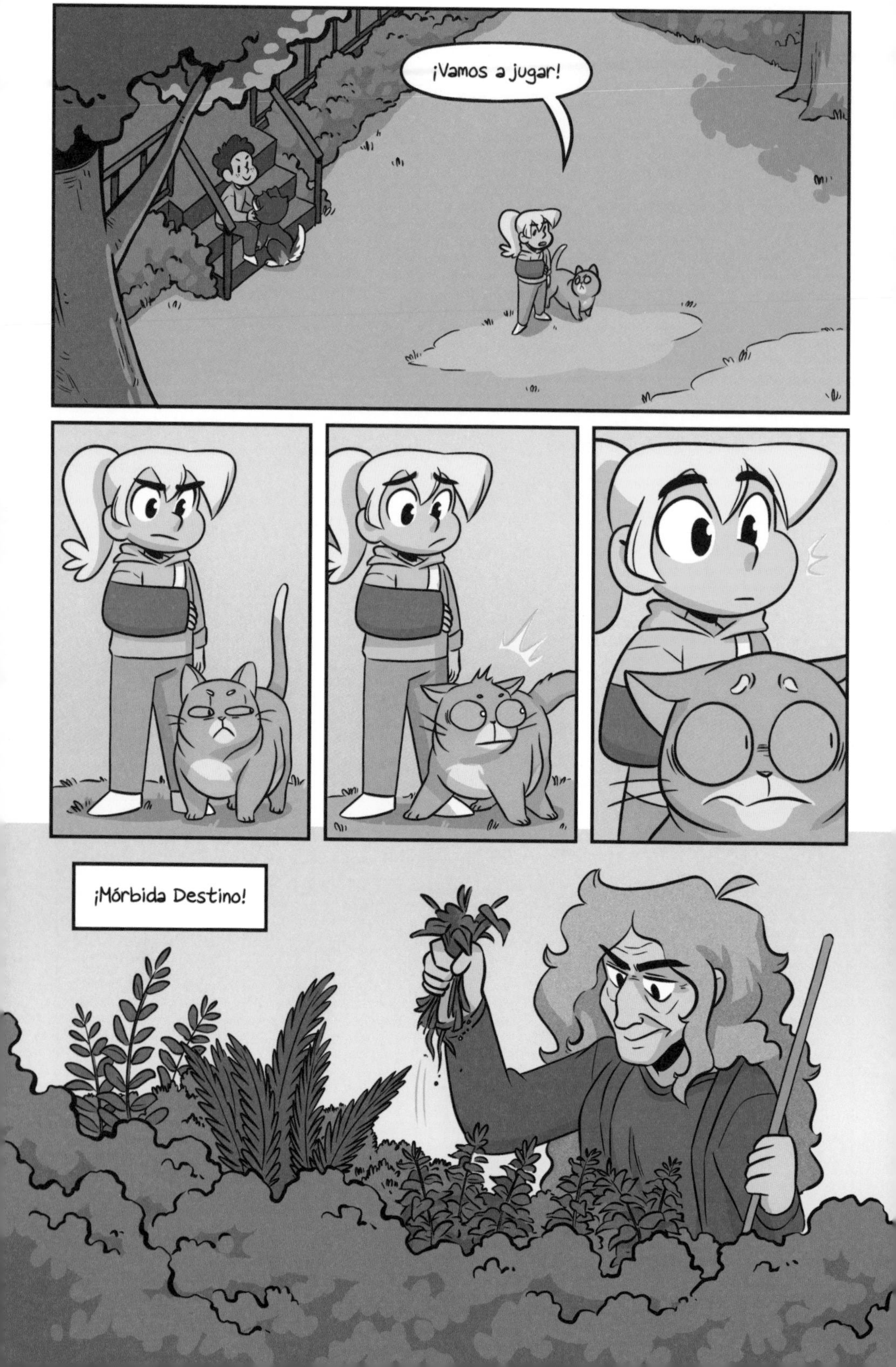
¡Vamos a jugar!
¡Mórbida Destino!

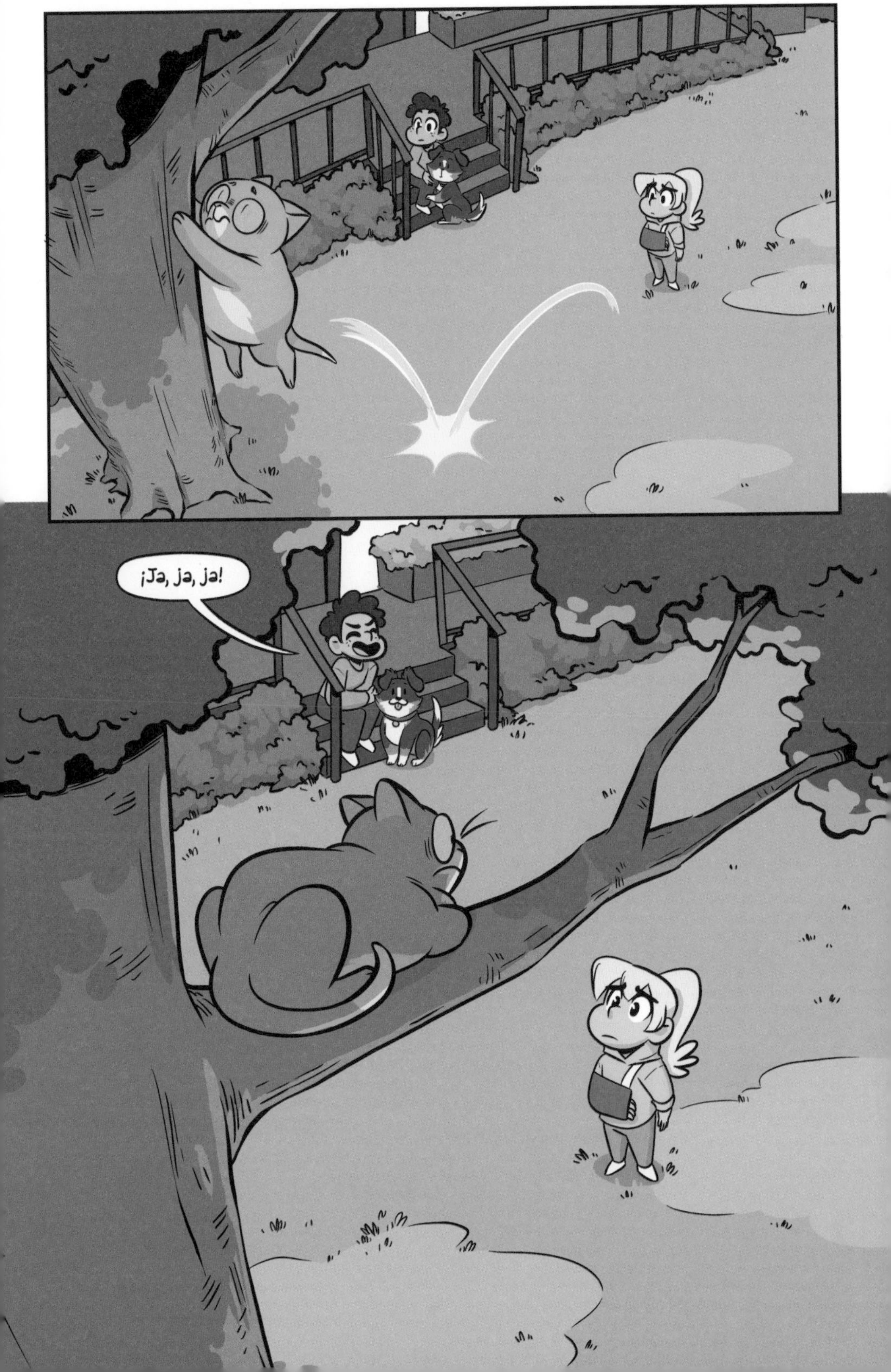
¡Ja, ja, ja!

CAPÍTULO 4

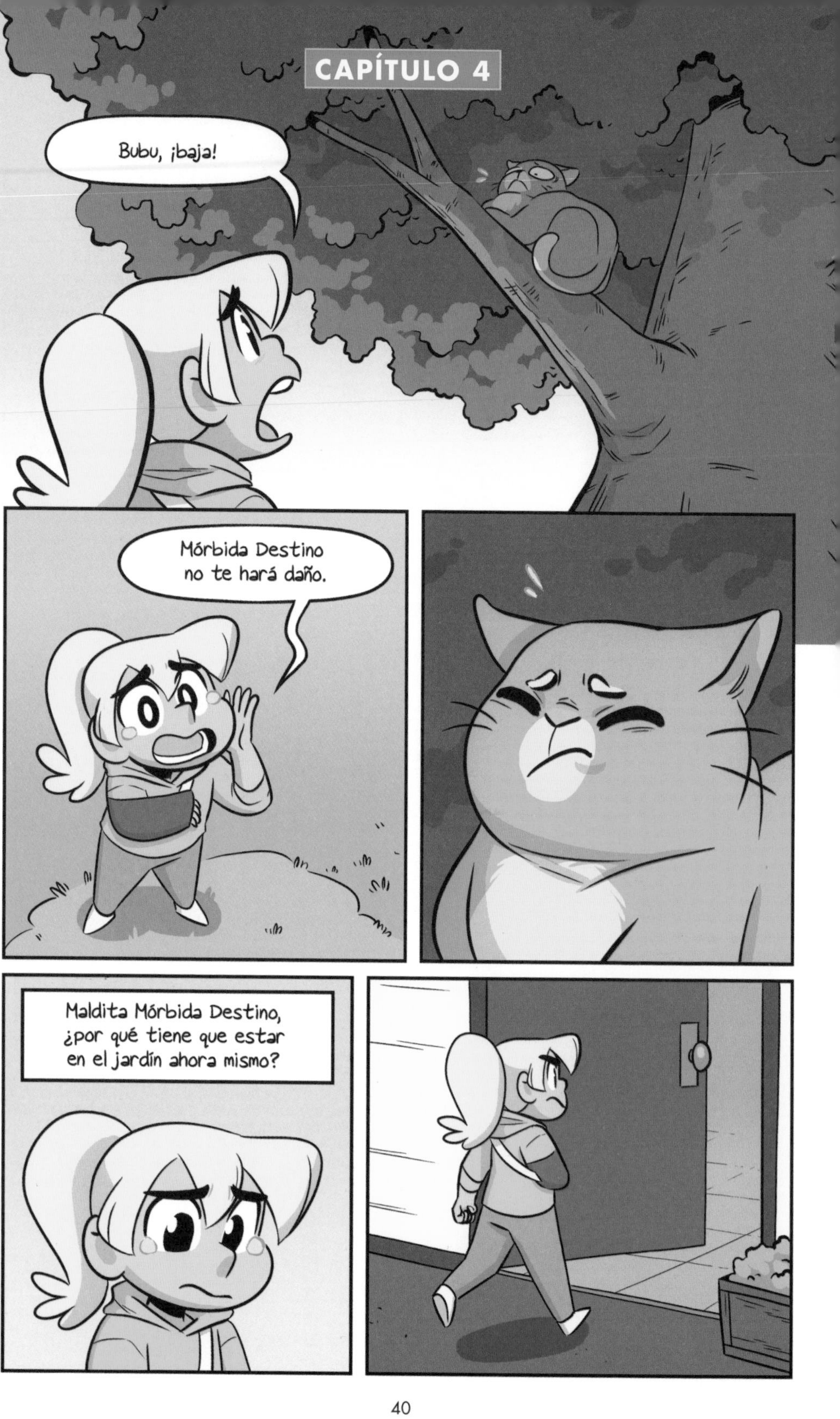
Bubu, ¡baja!
Mórbida Destino no te hará daño.
Maldita Mórbida Destino, ¿por qué tiene que estar en el jardín ahora mismo?

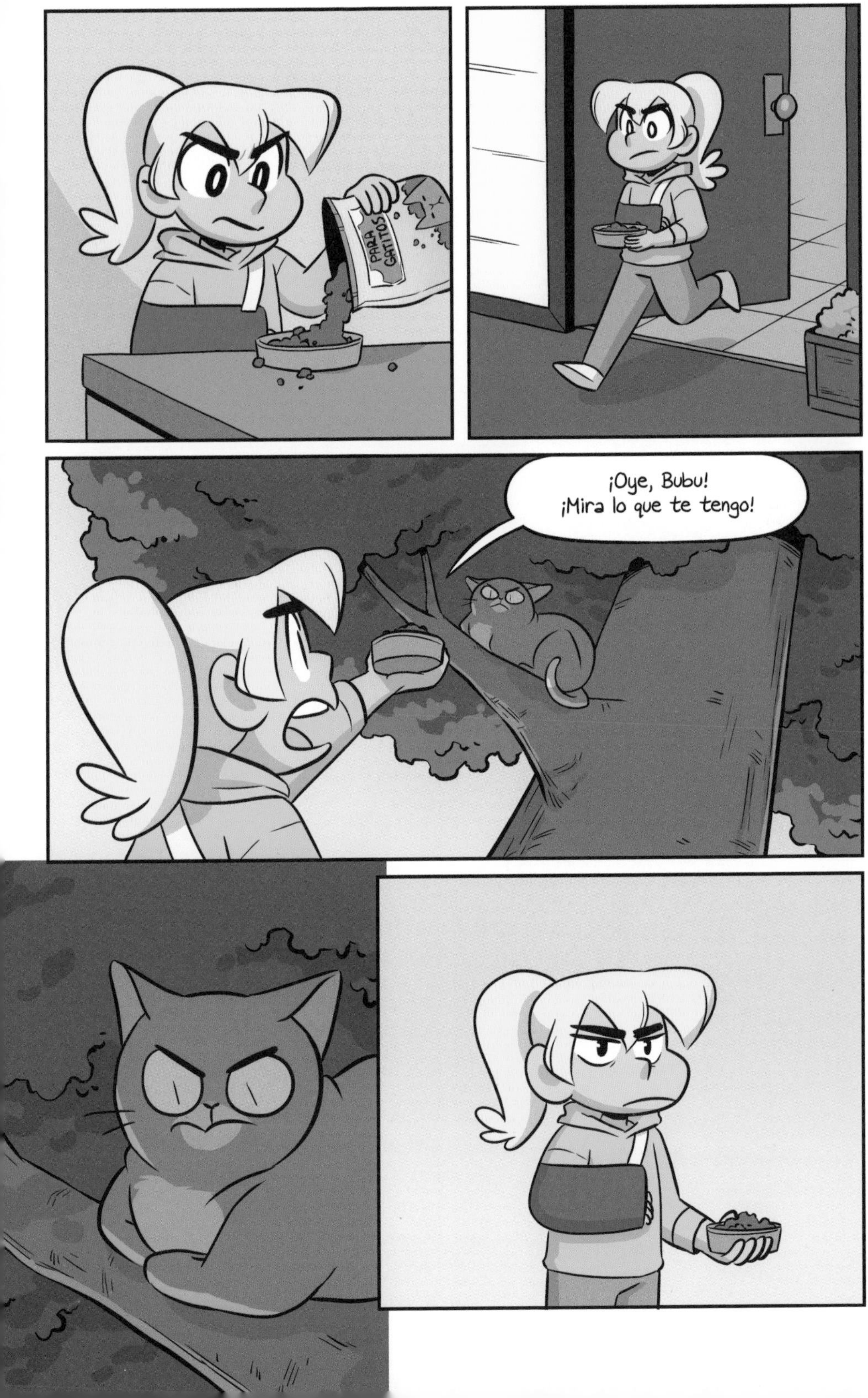
PARA GATITOS
¡Oye, Bubu!
¡Mira lo que te tengo!

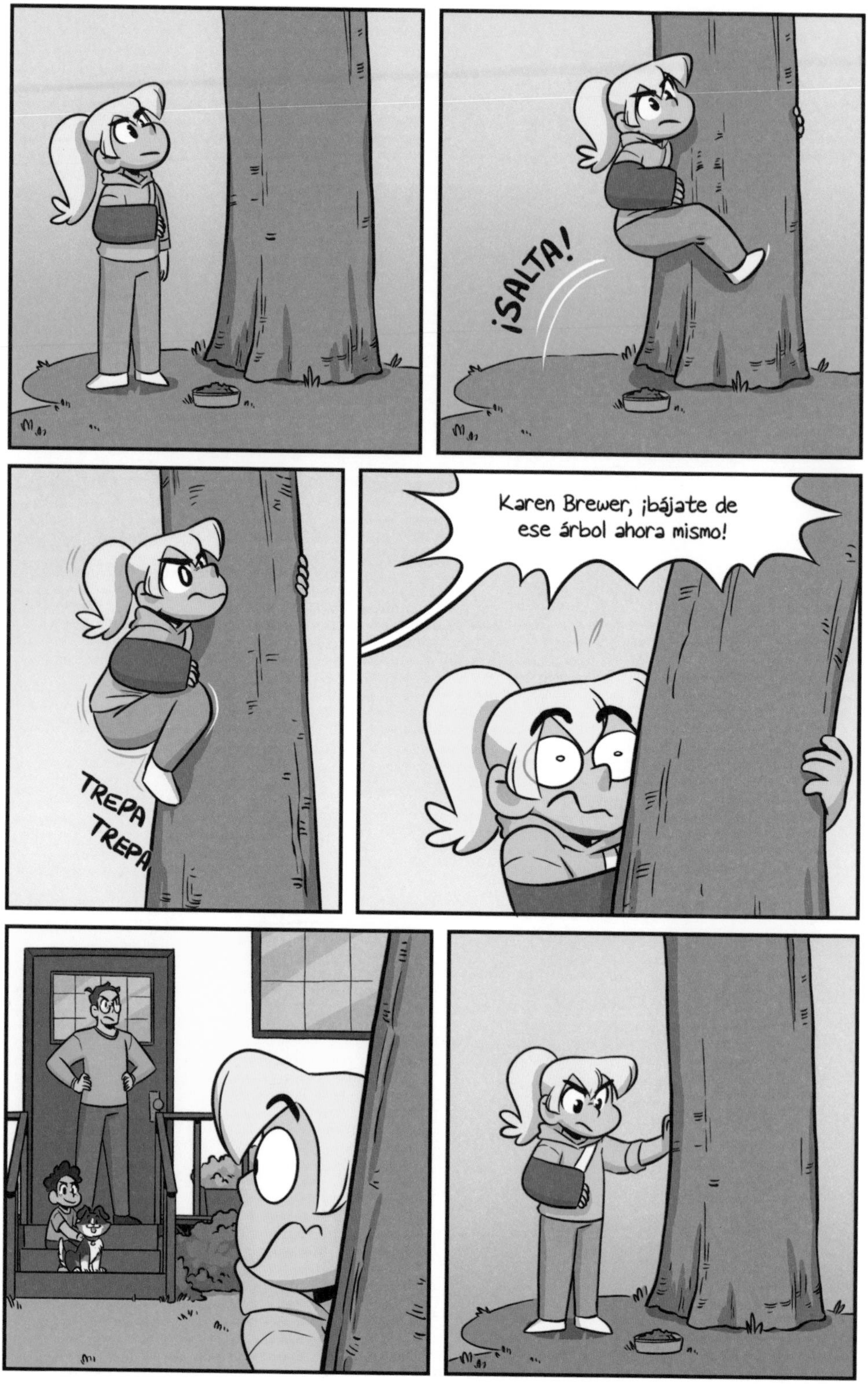
¡SALTA!
TREPA
TREPA
Karen Brewer, ¡bájate de ese árbol ahora mismo!

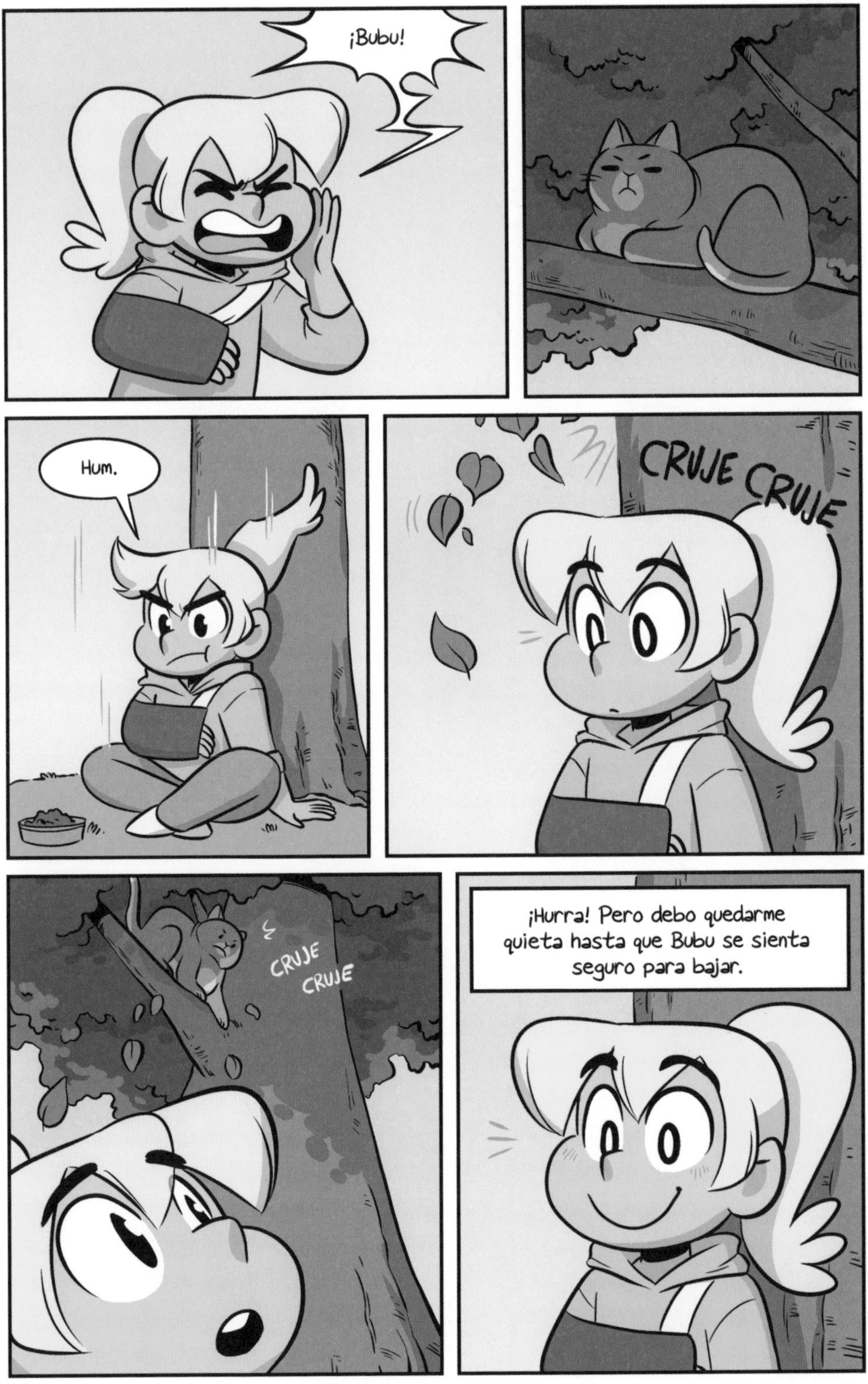
¡Bubu!
Hum.
CRUJE CRUJE
CRUJE
CRUJE
¡Hurra! Pero debo quedarme quieta hasta que Bubu se sienta seguro para bajar.

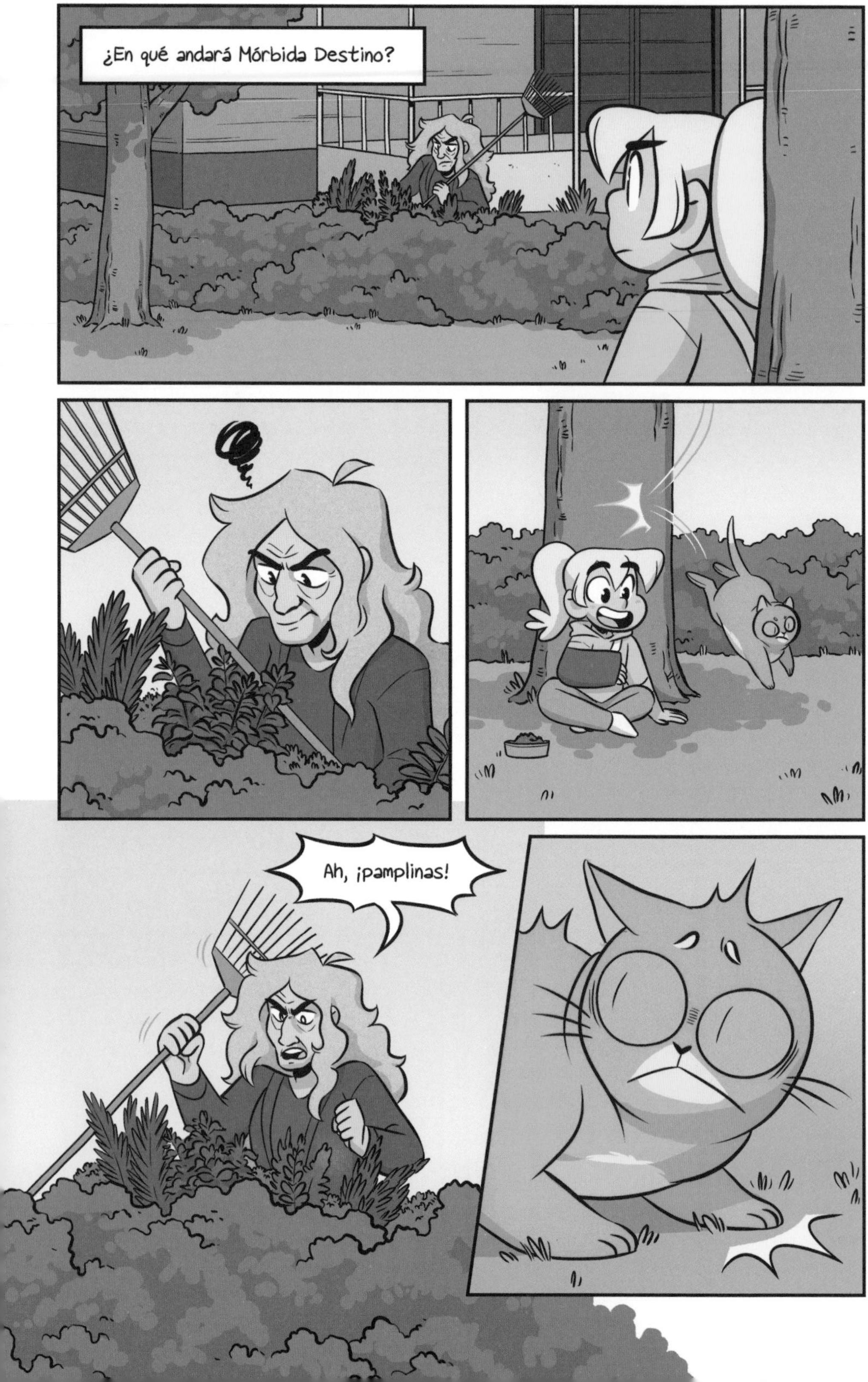
¿En qué andará Mórbida Destino?
Ah, ¡pamplinas!

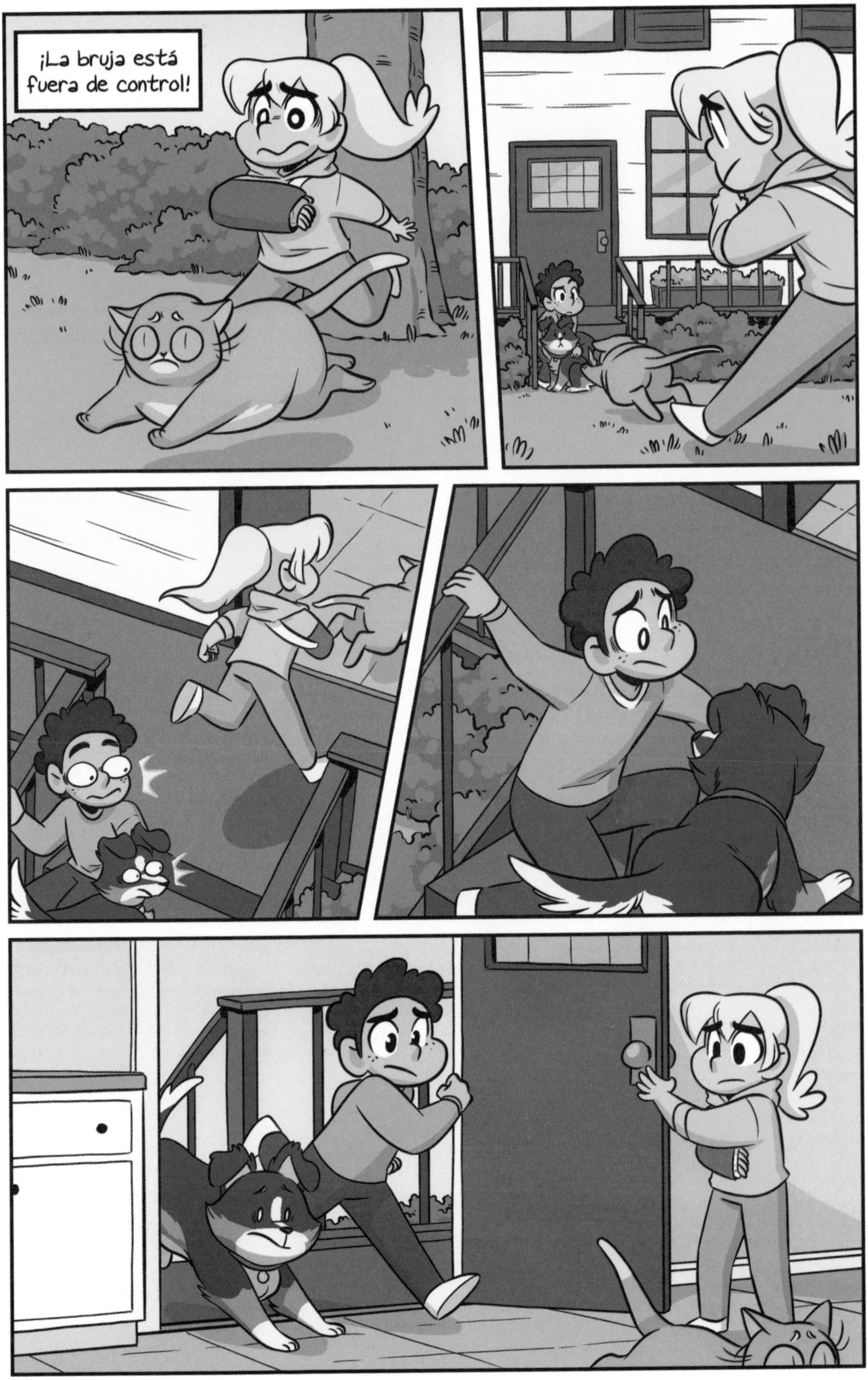
¡La bruja está fuera de control!

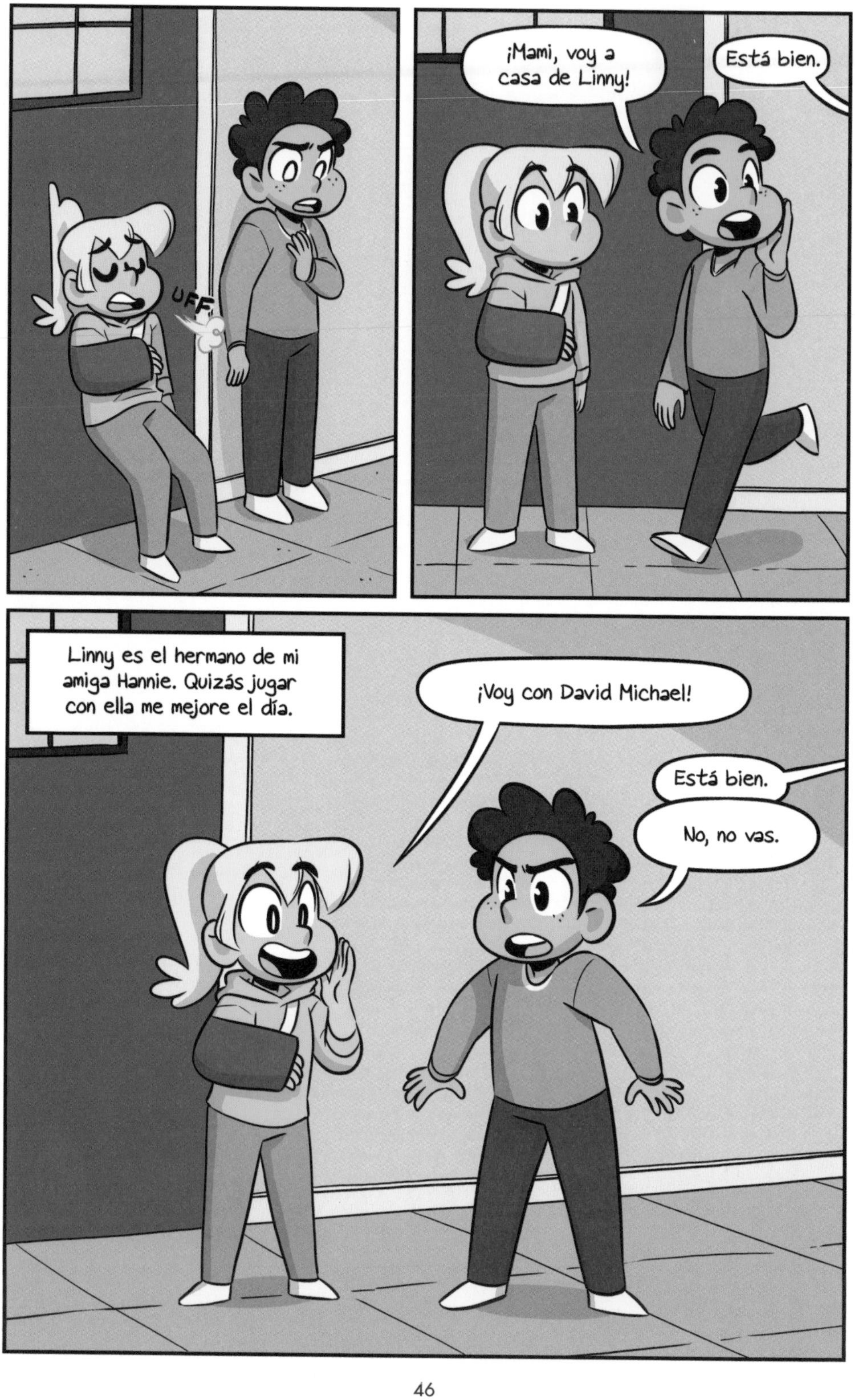
UFF
¡Mami, voy a casa de Linny!
Está bien.
Linny es el hermano de mi amiga Hannie. Quizás jugar con ella me mejore el día.
¡Voy con David Michael!
Está bien.
No, no vas.

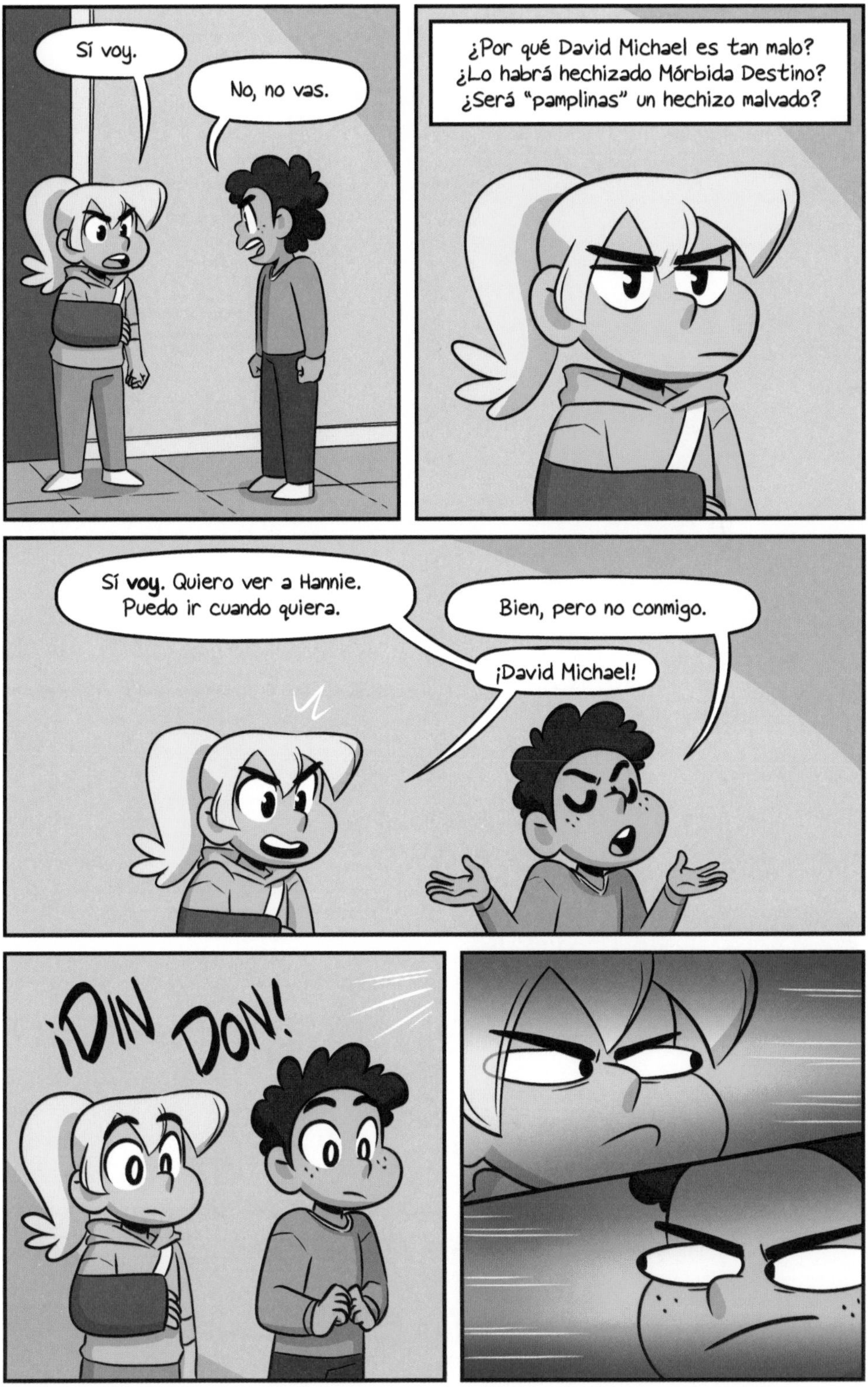
Sí voy.
No, no vas.
¿Por qué David Michael es tan malo? ¿Lo habrá hechizado Mórbida Destino? ¿Será "pamplinas" un hechizo malvado?
Sí **voy**. Quiero ver a Hannie. Puedo ir cuando quiera.
Bien, pero no conmigo.
¡David Michael!
¡DIN DON!

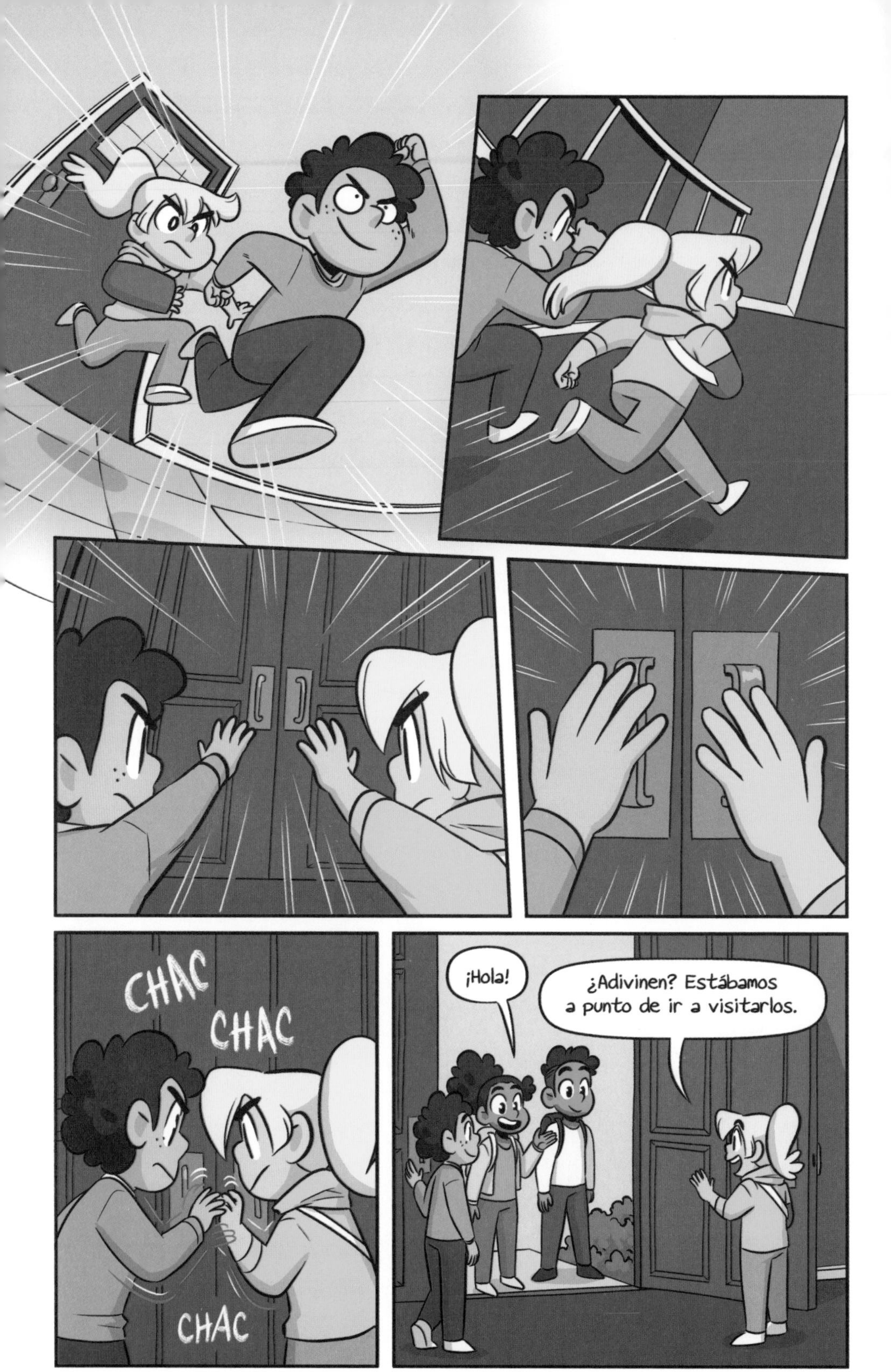
CHAC
CHAC
CHAC
¡Hola!
¿Adivinen? Estábamos a punto de ir a visitarlos.

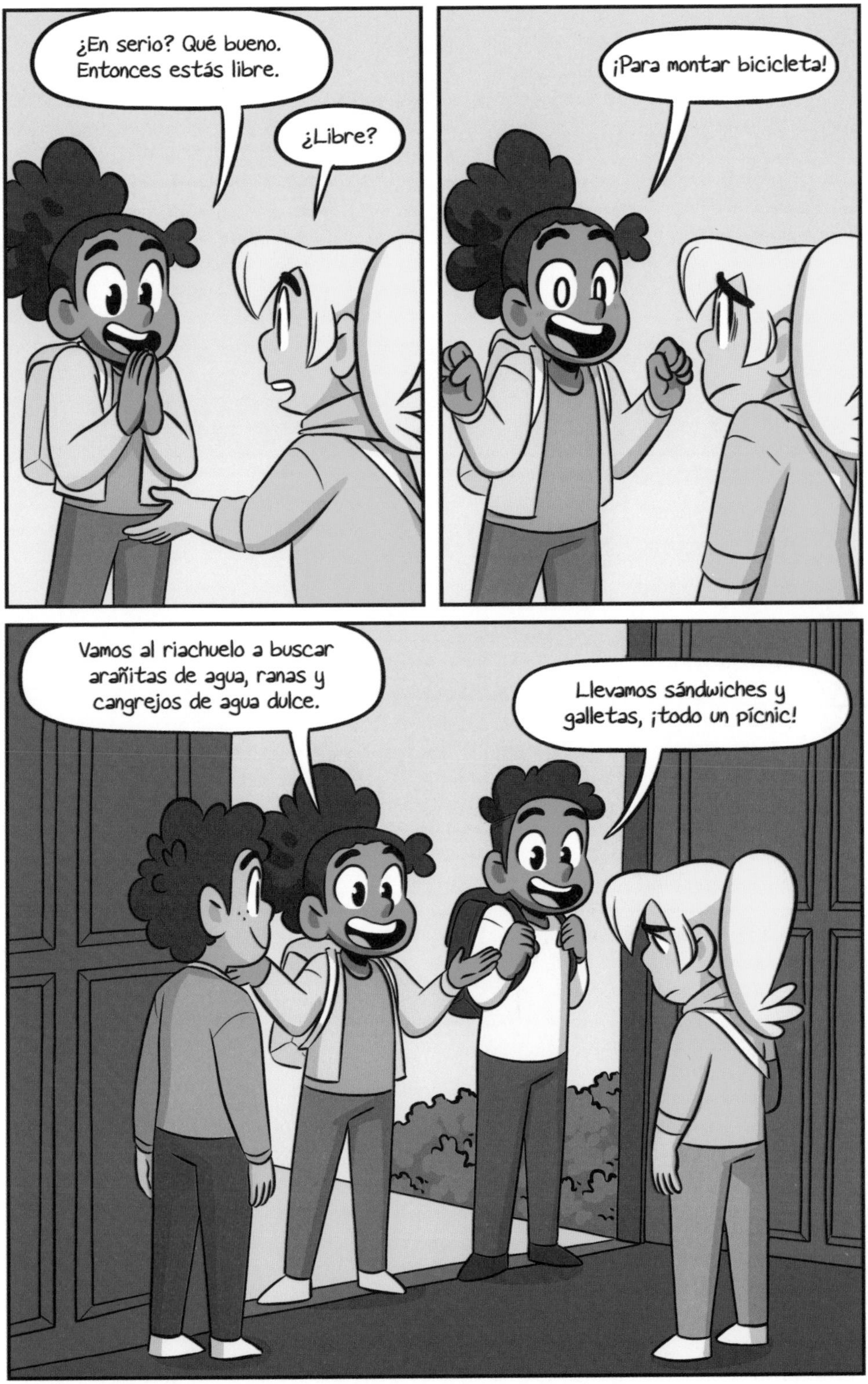
¿En serio? Qué bueno. Entonces estás libre.
¿Libre?
¡Para montar bicicleta!
Vamos al riachuelo a buscar arañitas de agua, ranas y cangrejos de agua dulce.
Llevamos sándwiches y galletas, ¡todo un pícnic!

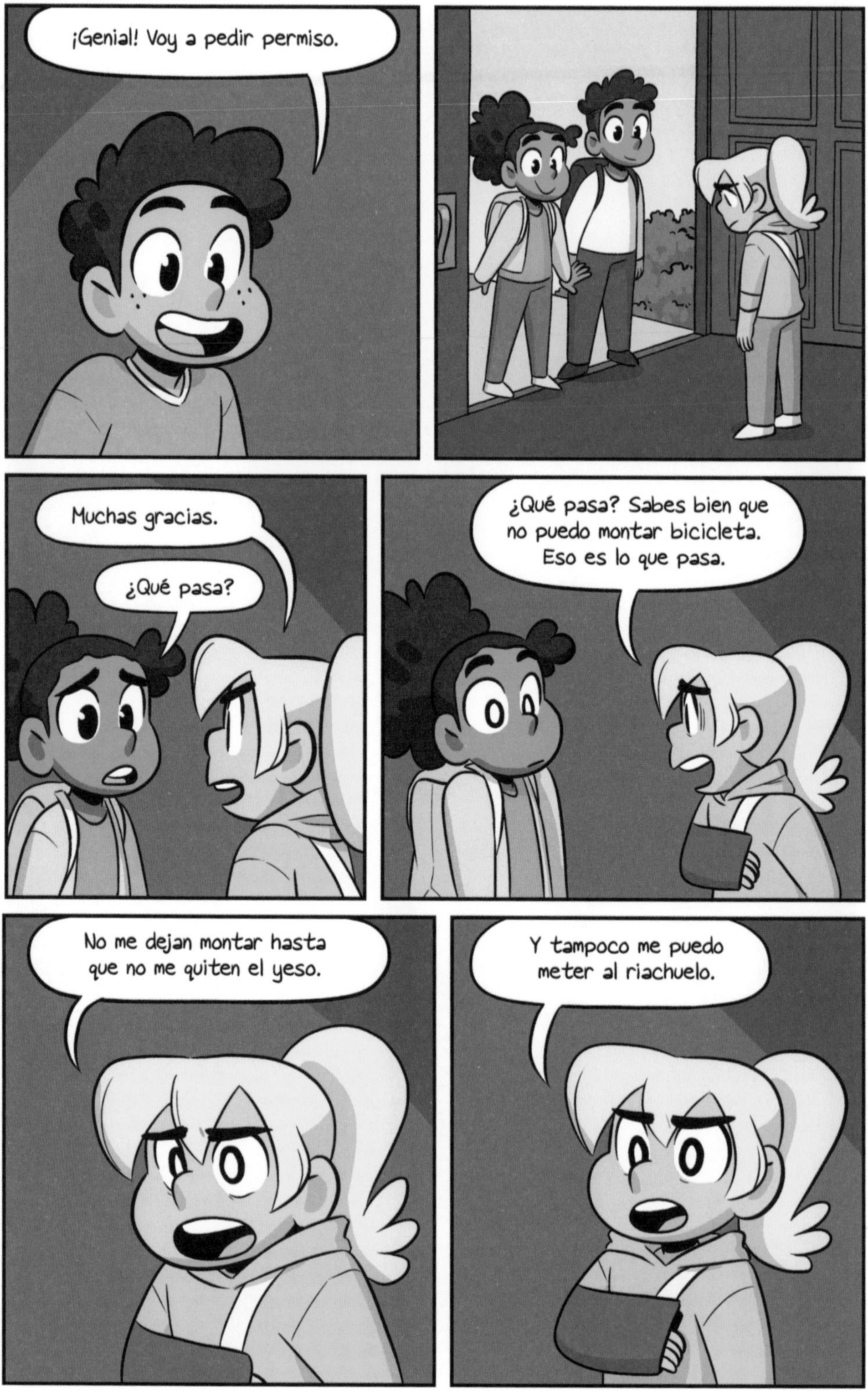
¡Genial! Voy a pedir permiso.
Muchas gracias.
¿Qué pasa?
¿Qué pasa? Sabes bien que no puedo montar bicicleta. Eso es lo que pasa.
No me dejan montar hasta que no me quiten el yeso.
Y tampoco me puedo meter al riachuelo.

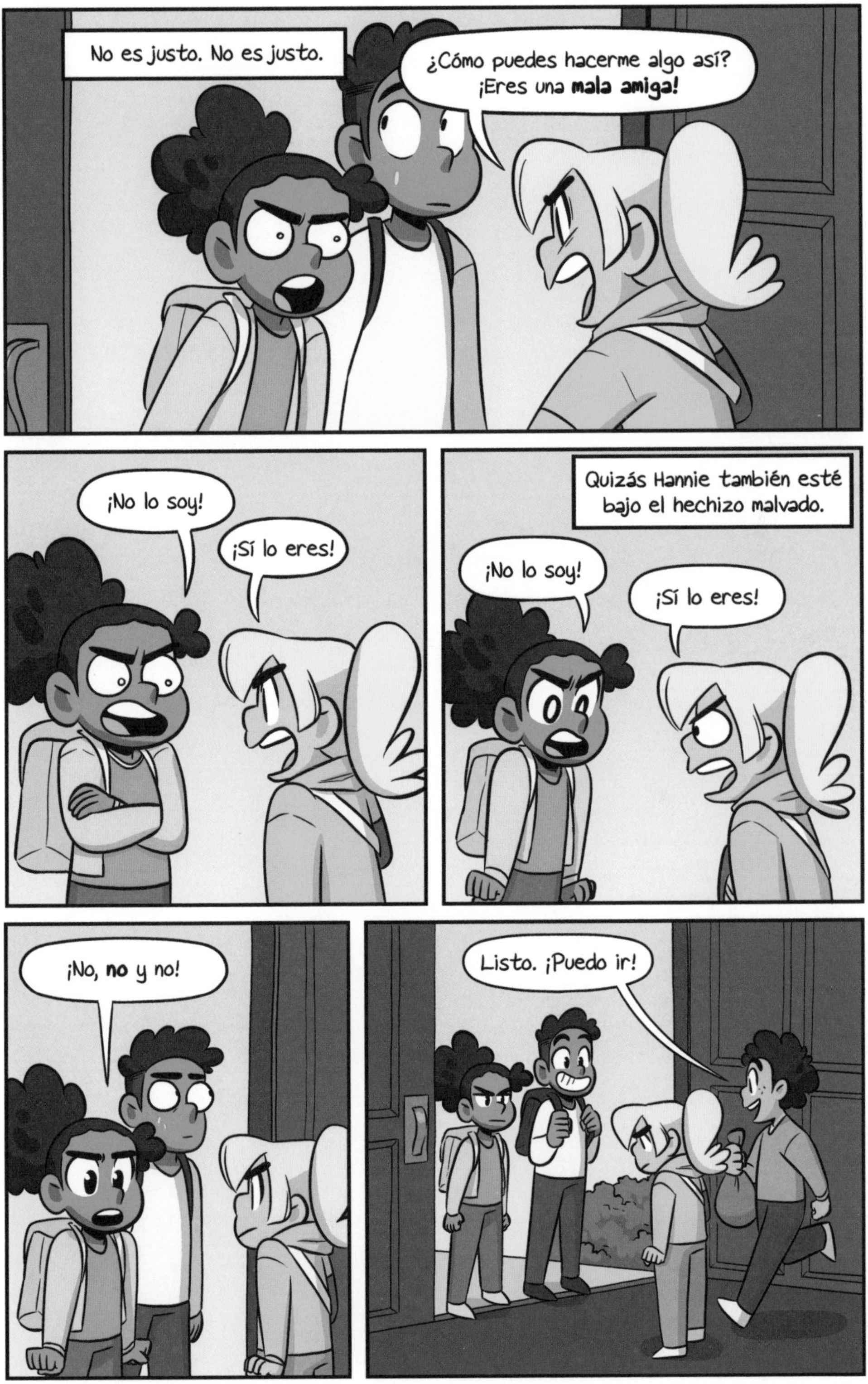
No es justo. No es justo.
¿Cómo puedes hacerme algo así? ¡Eres una **mala amiga**!
¡No lo soy!
¡Sí lo eres!
Quizás Hannie también esté bajo el hechizo malvado.
¡No lo soy!
¡Sí lo eres!
¡No, **no** y no!
Listo. ¡Puedo ir!

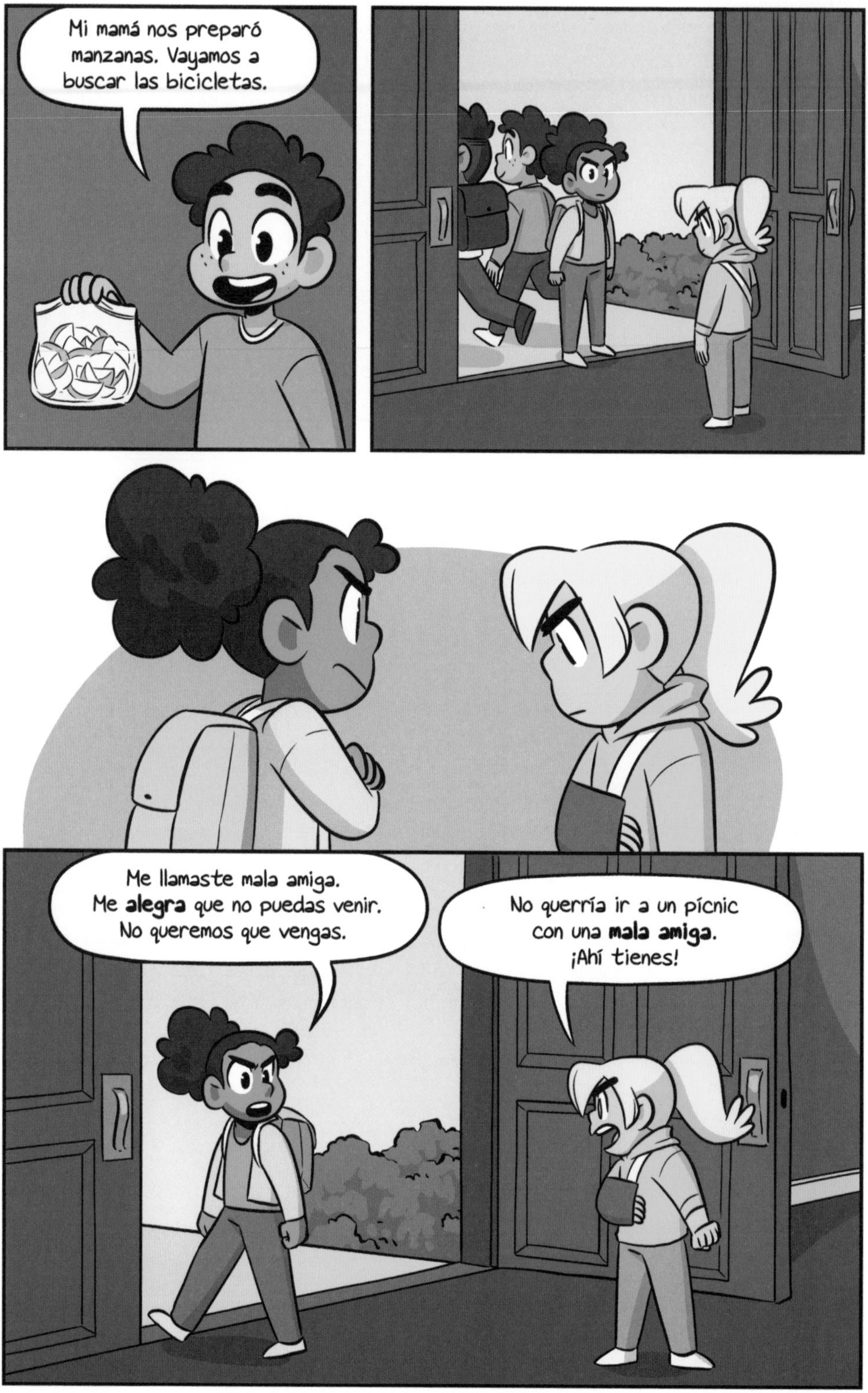
Mi mamá nos preparó manzanas. Vayamos a buscar las bicicletas.
Me llamaste mala amiga. Me **alegra** que no puedas venir. No queremos que vengas.
No querría ir a un pícnic con una **mala amiga**. ¡Ahí tienes!

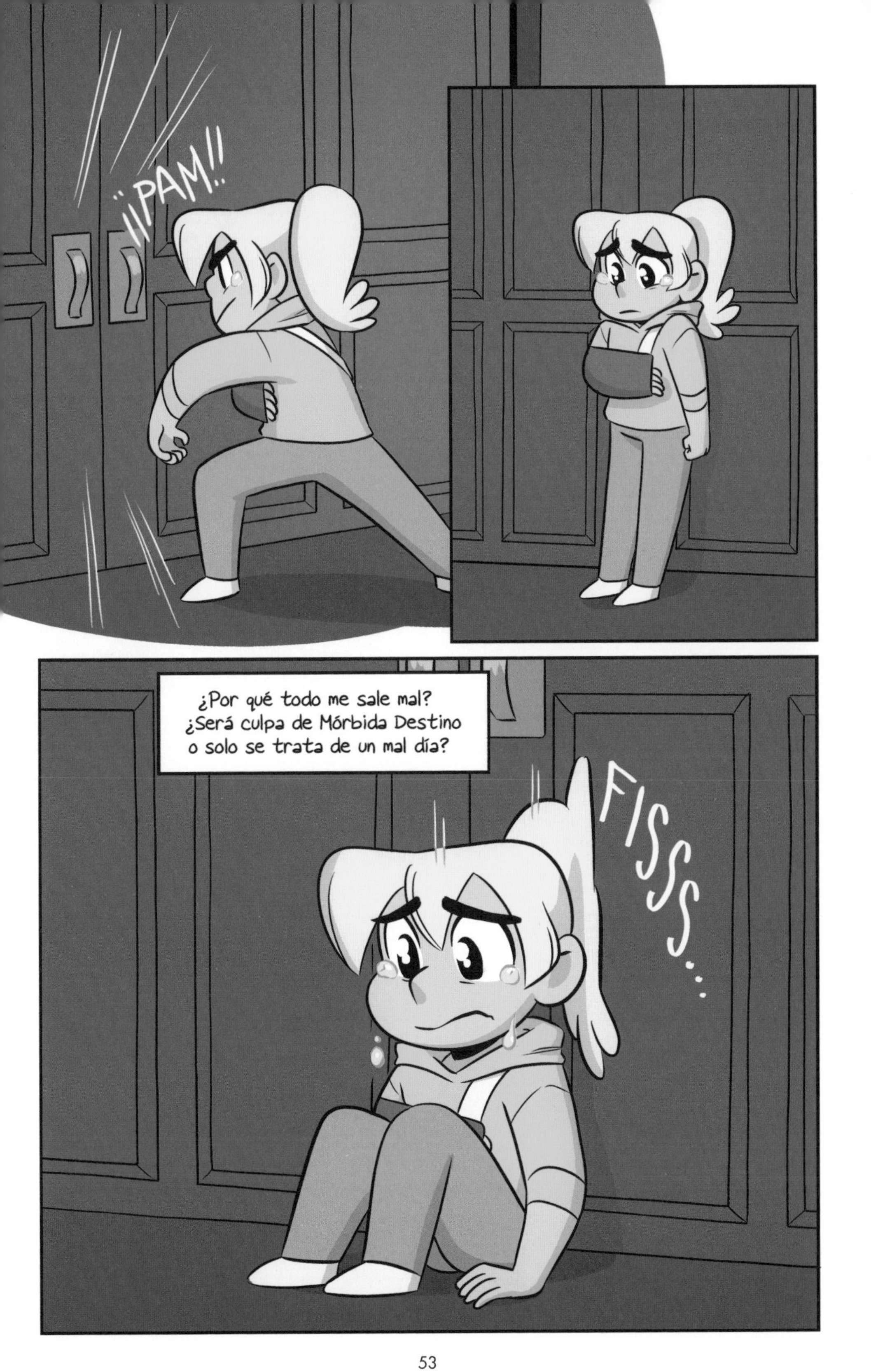
¡¡PAM!!
¿Por qué todo me sale mal? ¿Será culpa de Mórbida Destino o solo se trata de un mal día?
FISSS...

CAPÍTULO 5

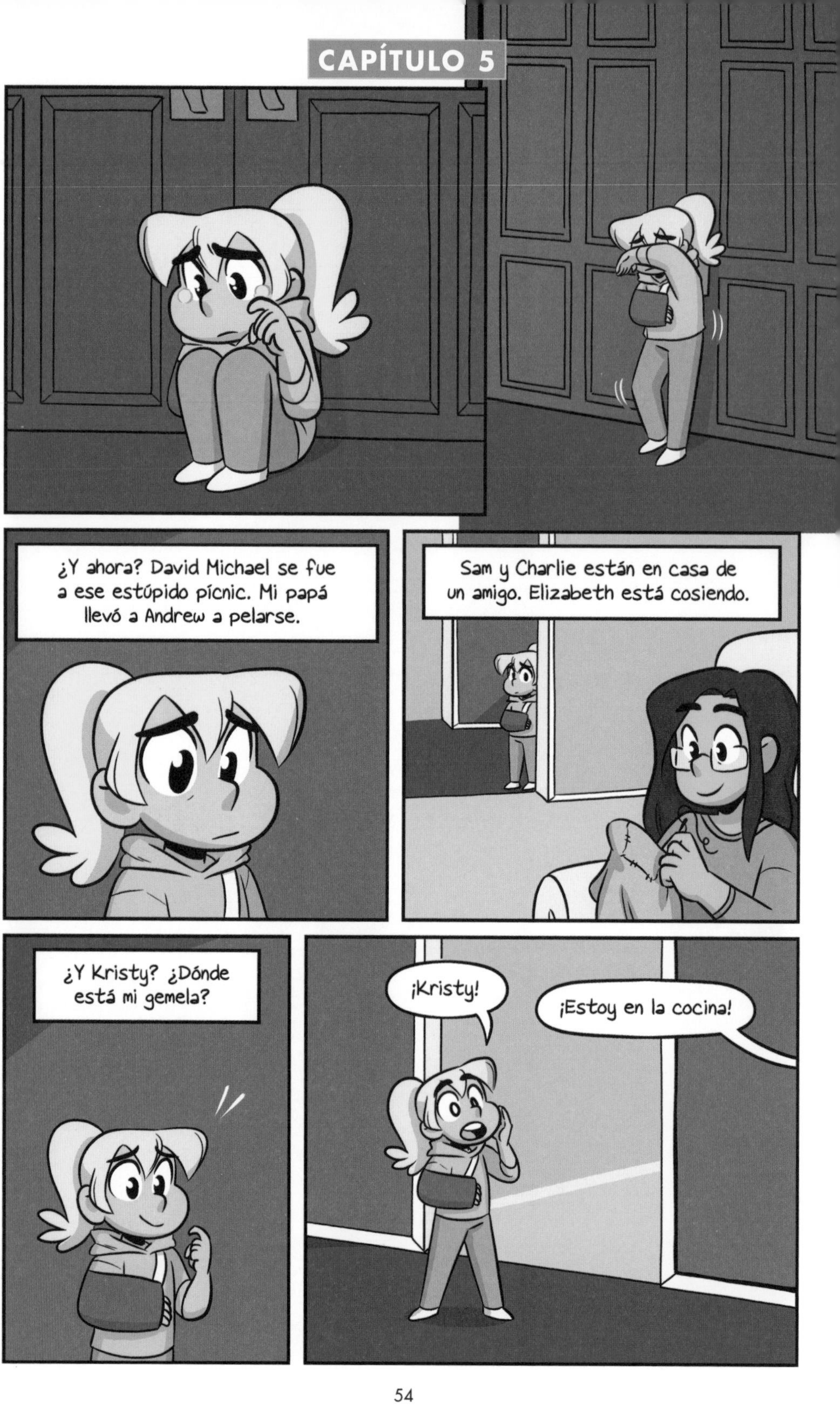

¿Y ahora? David Michael se fue a ese estúpido pícnic. Mi papá llevó a Andrew a pelarse.
Sam y Charlie están en casa de un amigo. Elizabeth está cosiendo.
¿Y Kristy? ¿Dónde está mi gemela?
¡Kristy!
¡Estoy en la cocina!

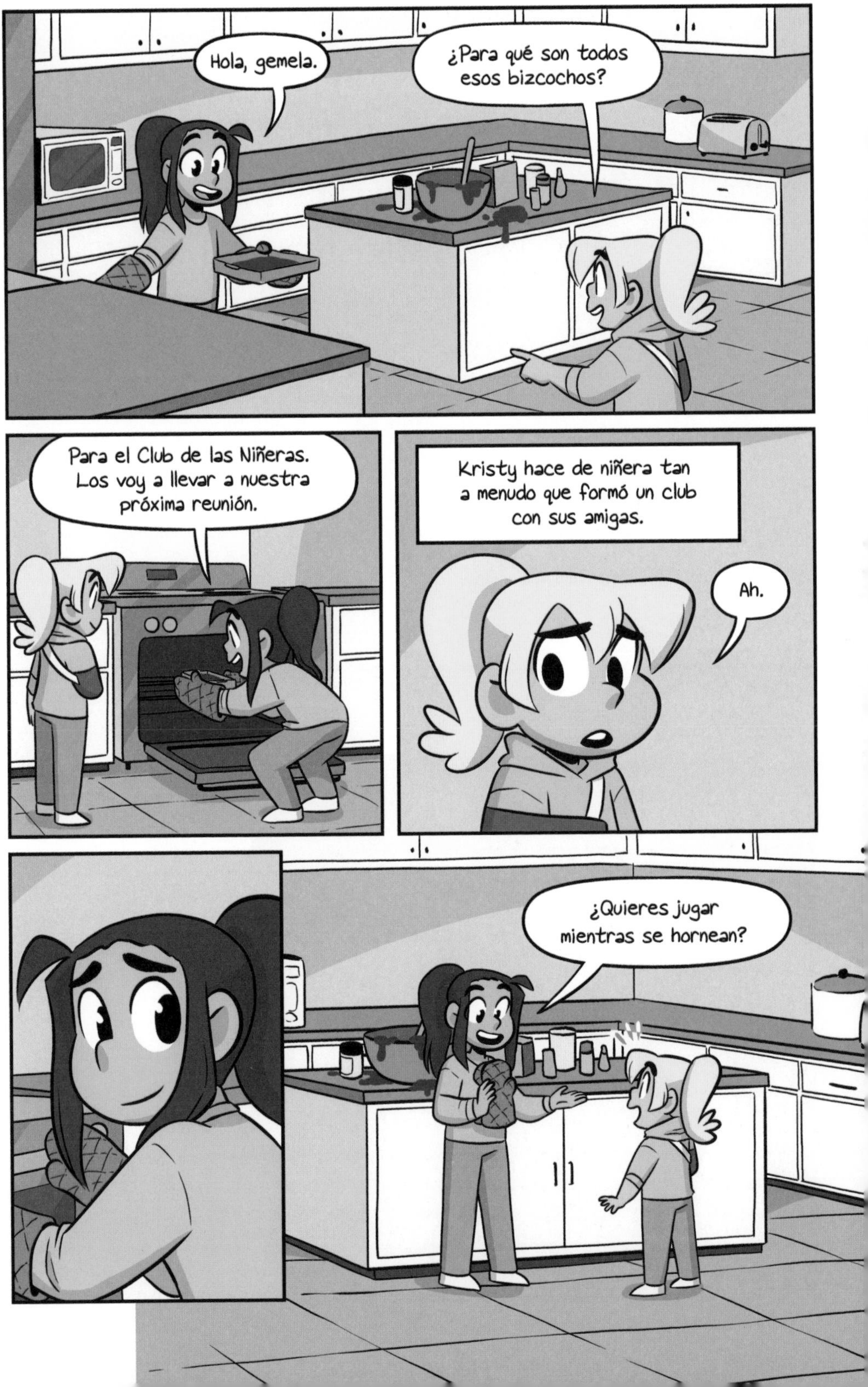
Hola, gemela.
¿Para qué son todos esos bizcochos?
Para el Club de las Niñeras. Los voy a llevar a nuestra próxima reunión.
Kristy hace de niñera tan a menudo que formó un club con sus amigas.
Ah.
¿Quieres jugar mientras se hornean?

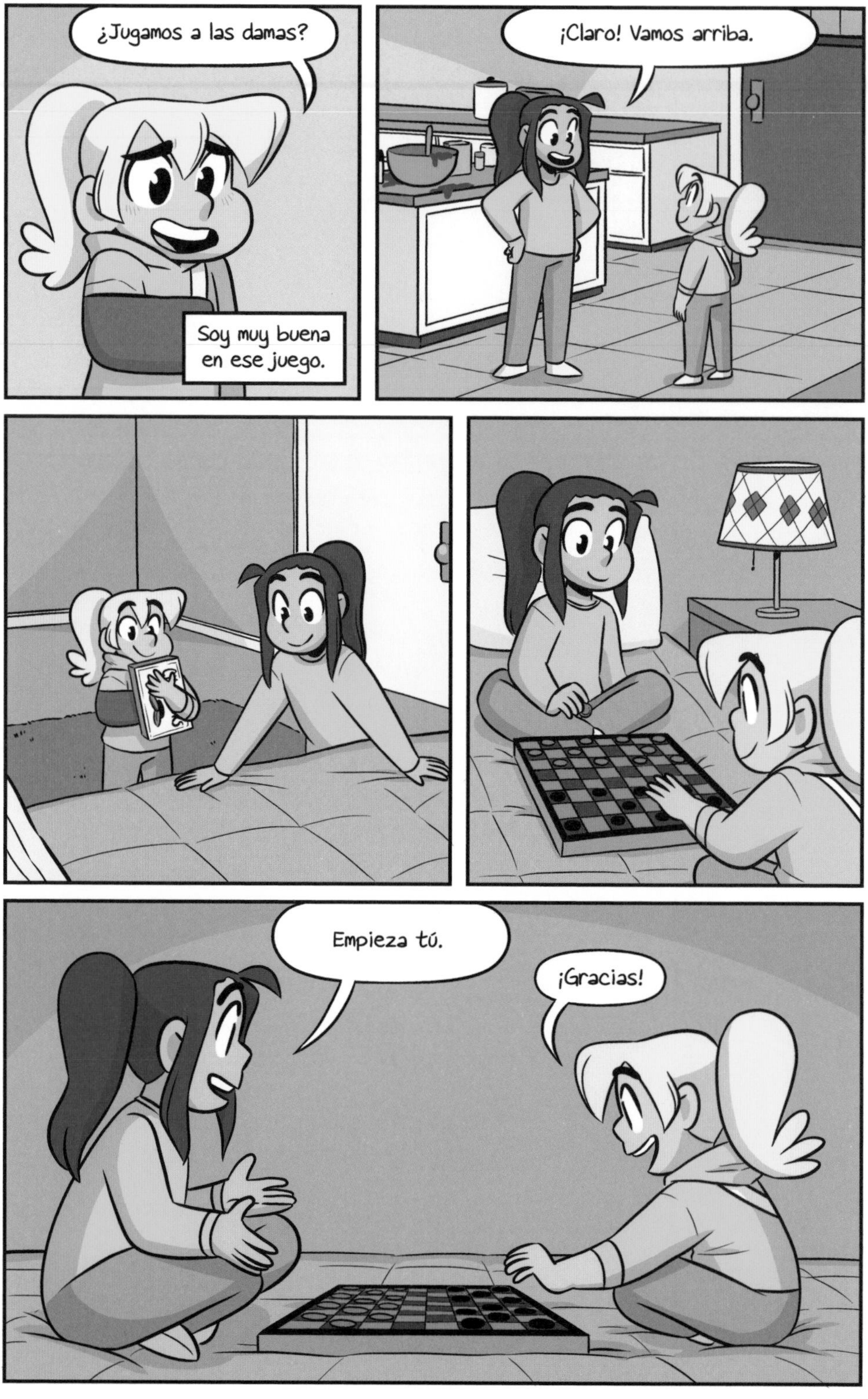
¿Jugamos a las damas?
Soy muy buena en ese juego.
¡Claro! Vamos arriba.
Empieza tú.
¡Gracias!

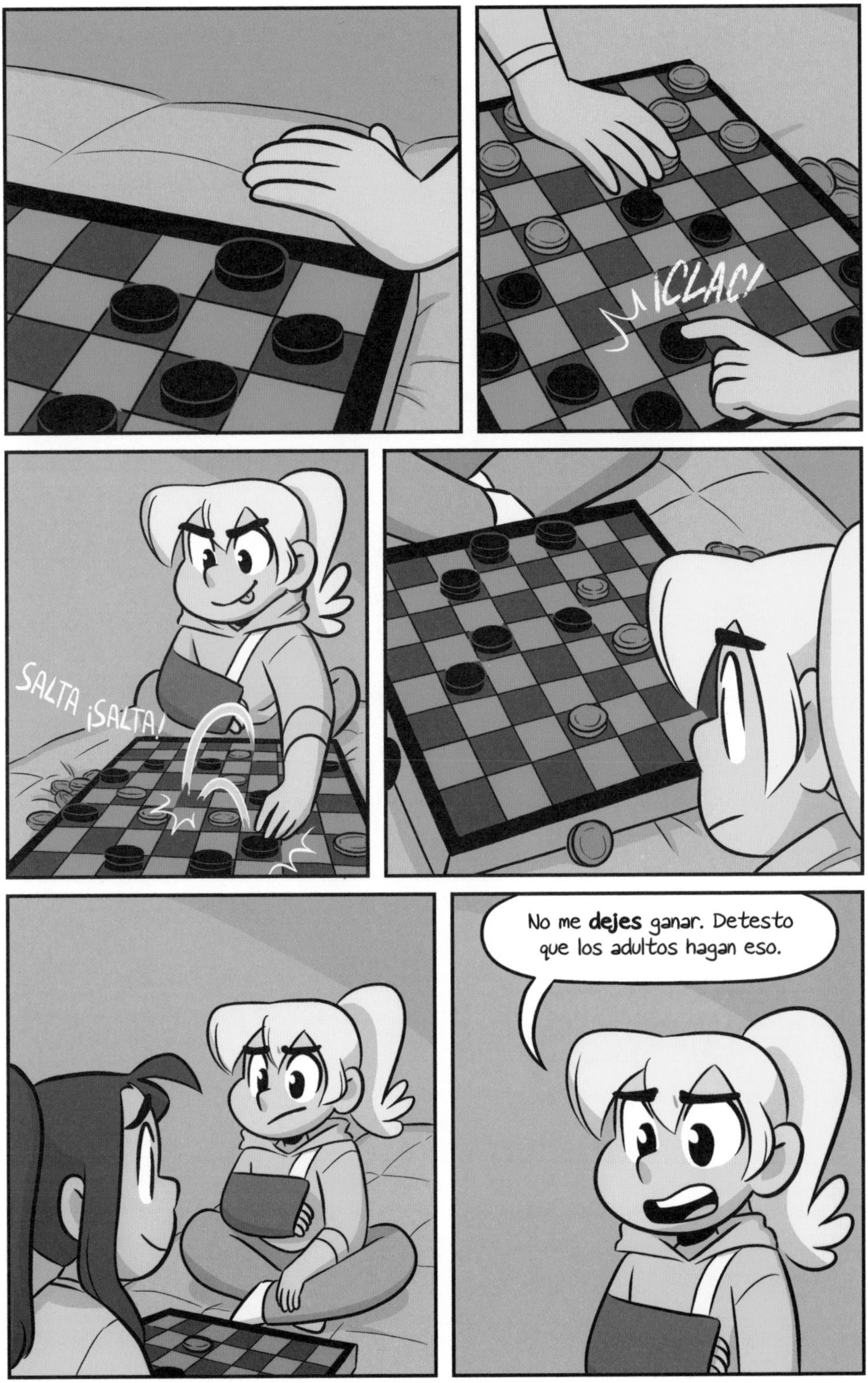
¡CLAC!
SALTA ¡SALTA!
No me **dejes** ganar. Detesto que los adultos hagan eso.

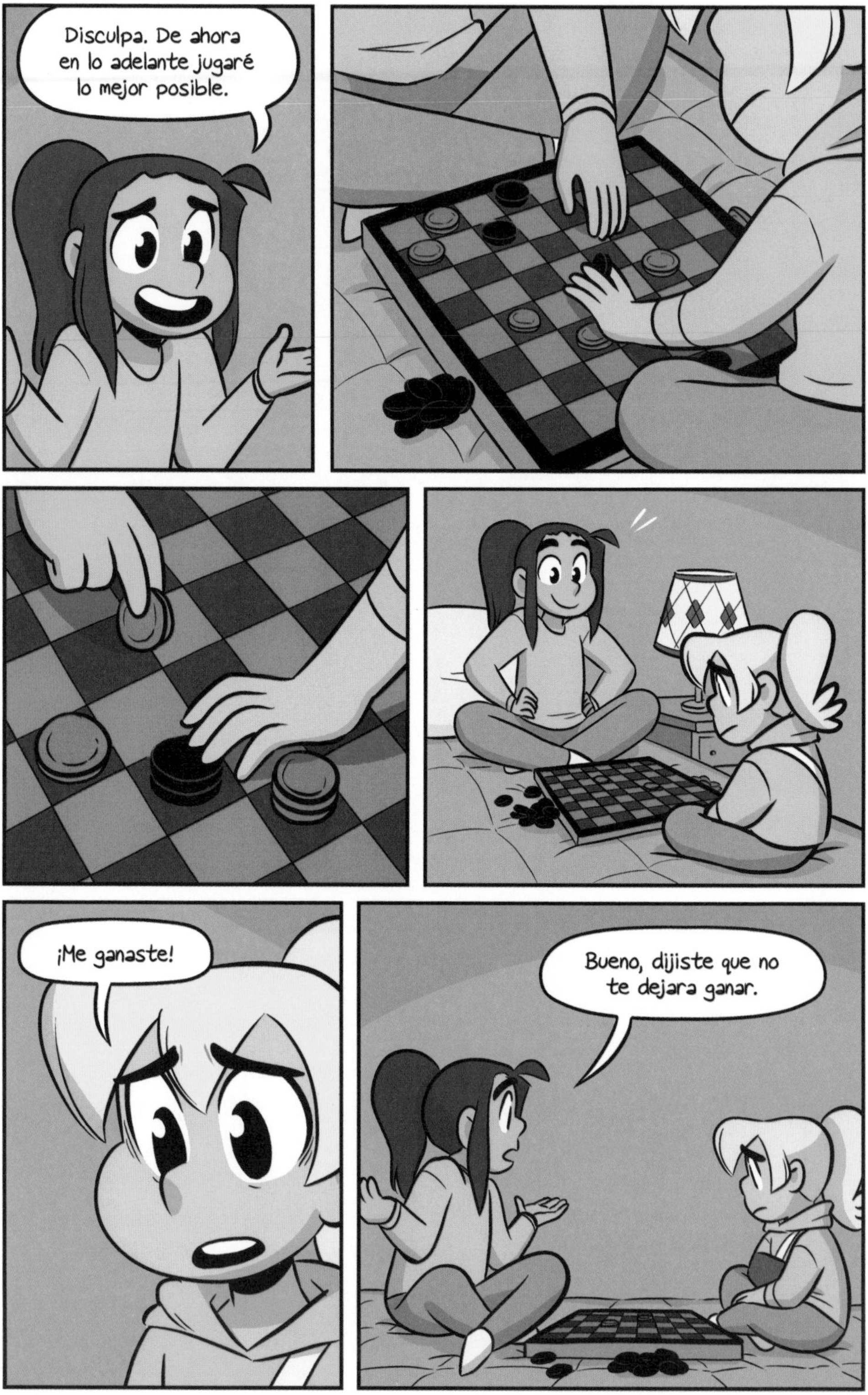
Disculpa. De ahora en lo adelante jugaré lo mejor posible.
¡Me ganaste!
Bueno, dijiste que no te dejara ganar.

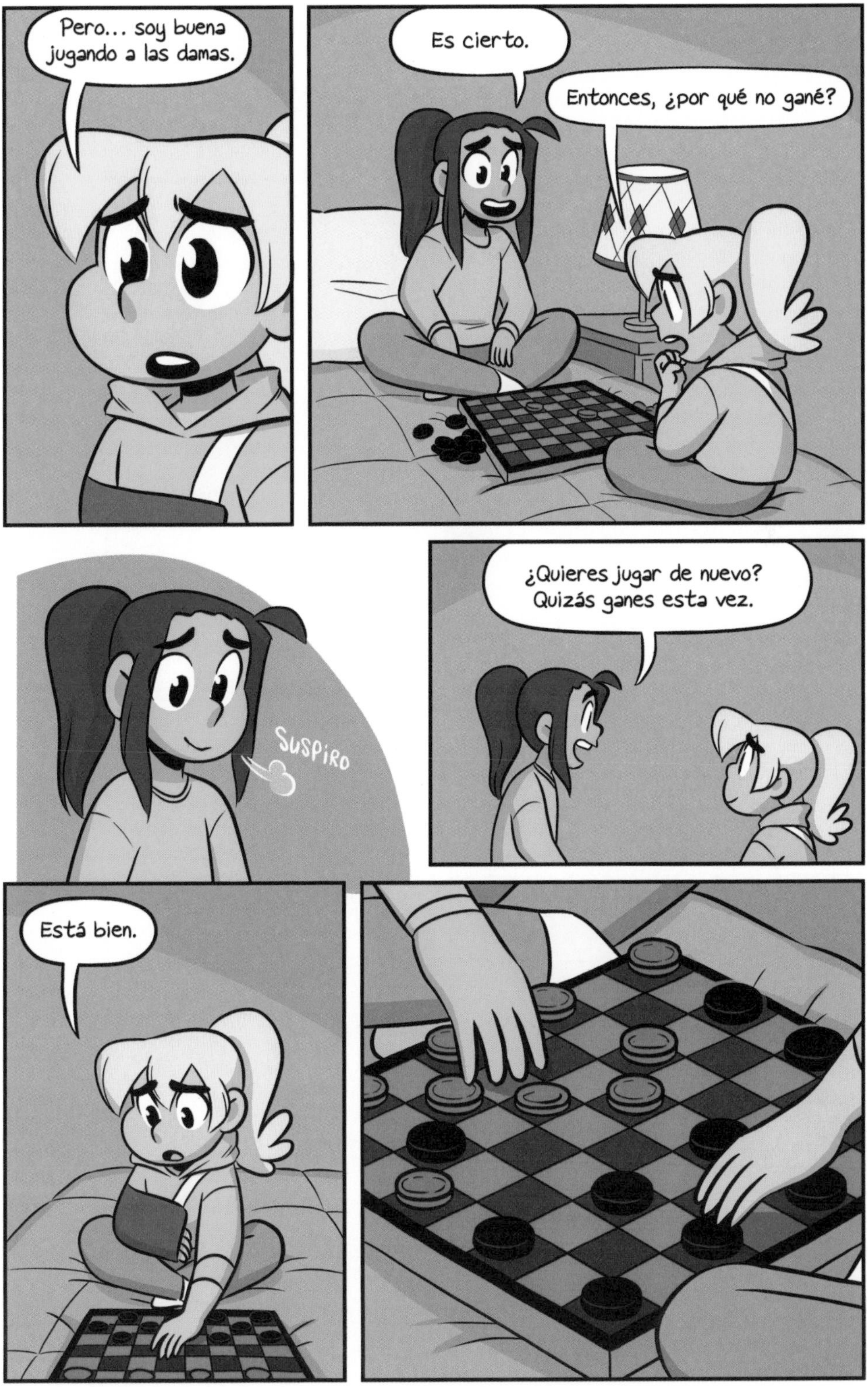
Pero... soy buena jugando a las damas.
Es cierto.
Entonces, ¿por qué no gané?
SUSPIRO
¿Quieres jugar de nuevo? Quizás ganes esta vez.
Está bien.

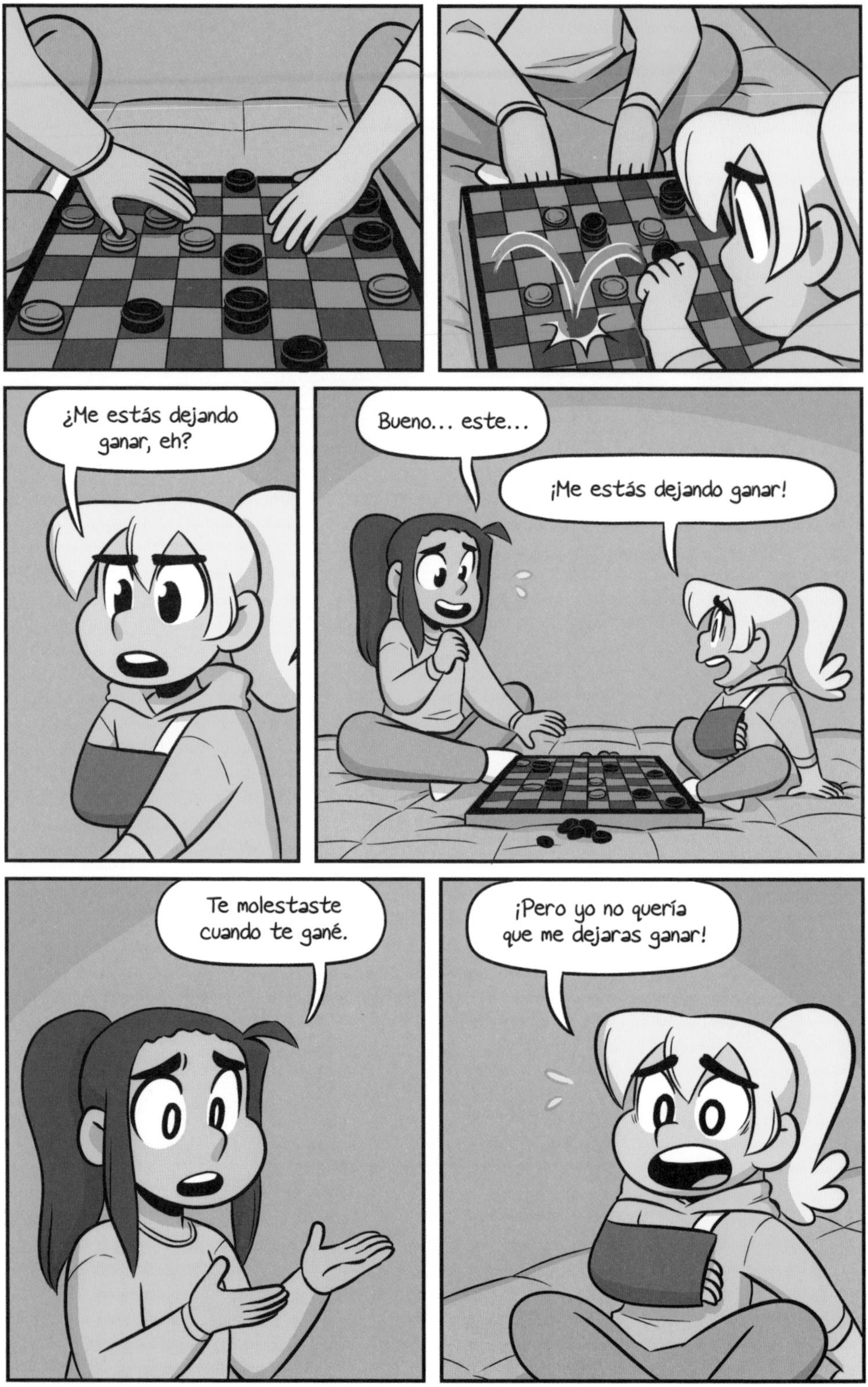
¿Me estás dejando
ganar, eh?
Bueno... este...
¡Me estás dejando ganar!
Te molestaste
cuando te gané.
¡Pero yo no quería
que me dejaras ganar!

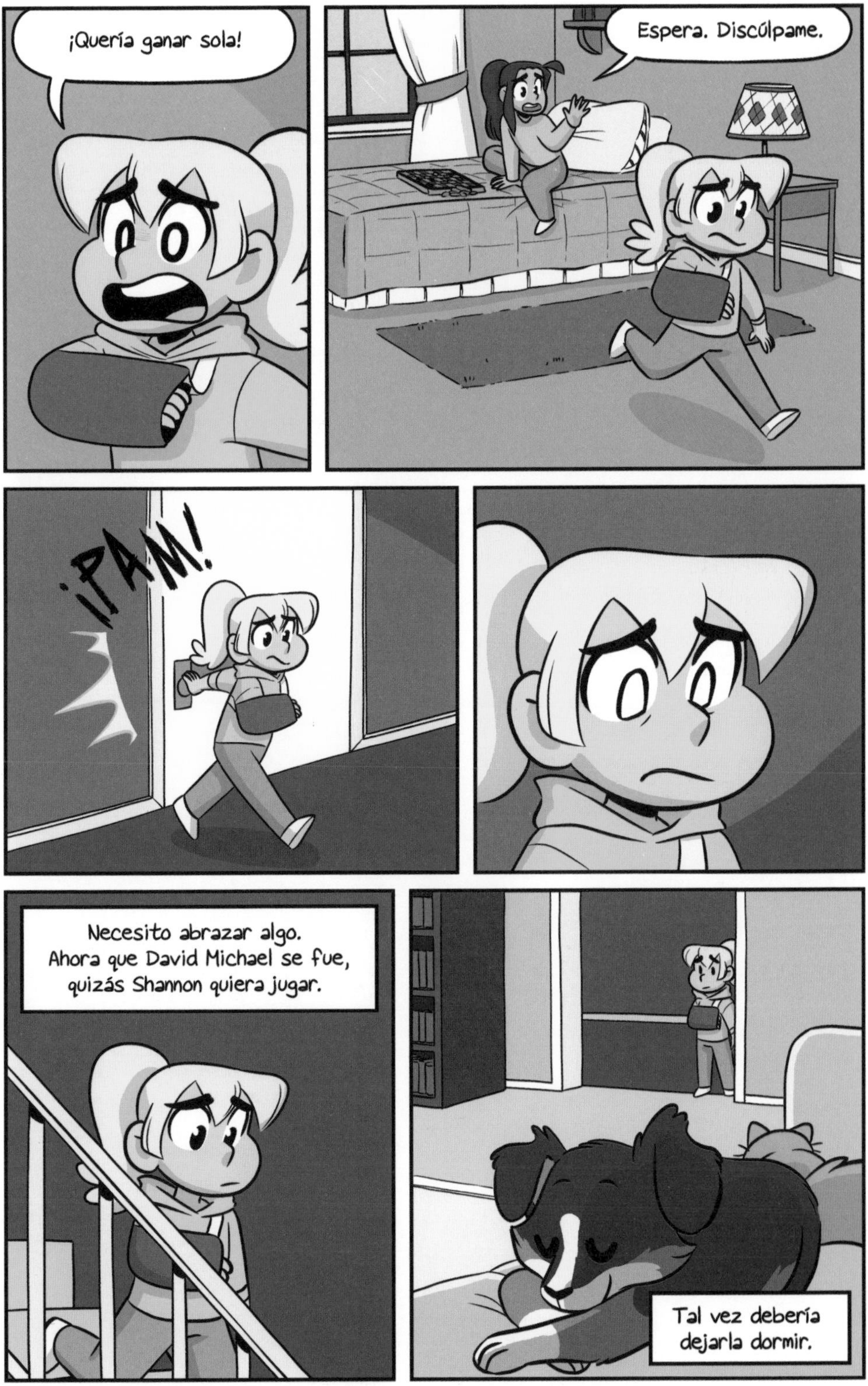
¡Quería ganar sola!
Espera. Discúlpame.
¡PAM!
Necesito abrazar algo.
Ahora que David Michael se fue,
quizás Shannon quiera jugar.
Tal vez debería
dejarla dormir.

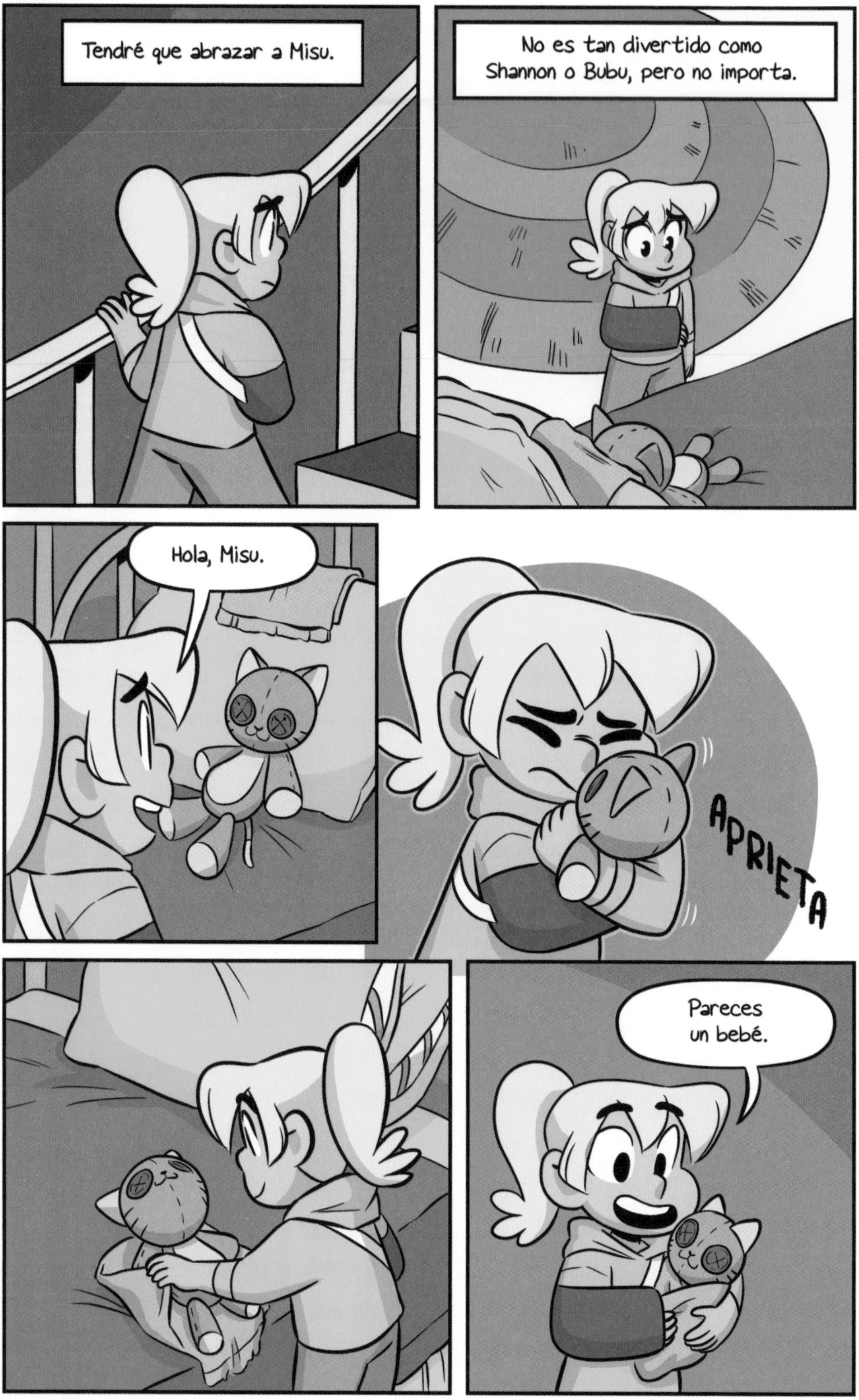
Tendré que abrazar a Misu.
No es tan divertido como Shannon o Bubu, pero no importa.
Hola, Misu.
APRIETA
Pareces un bebé.

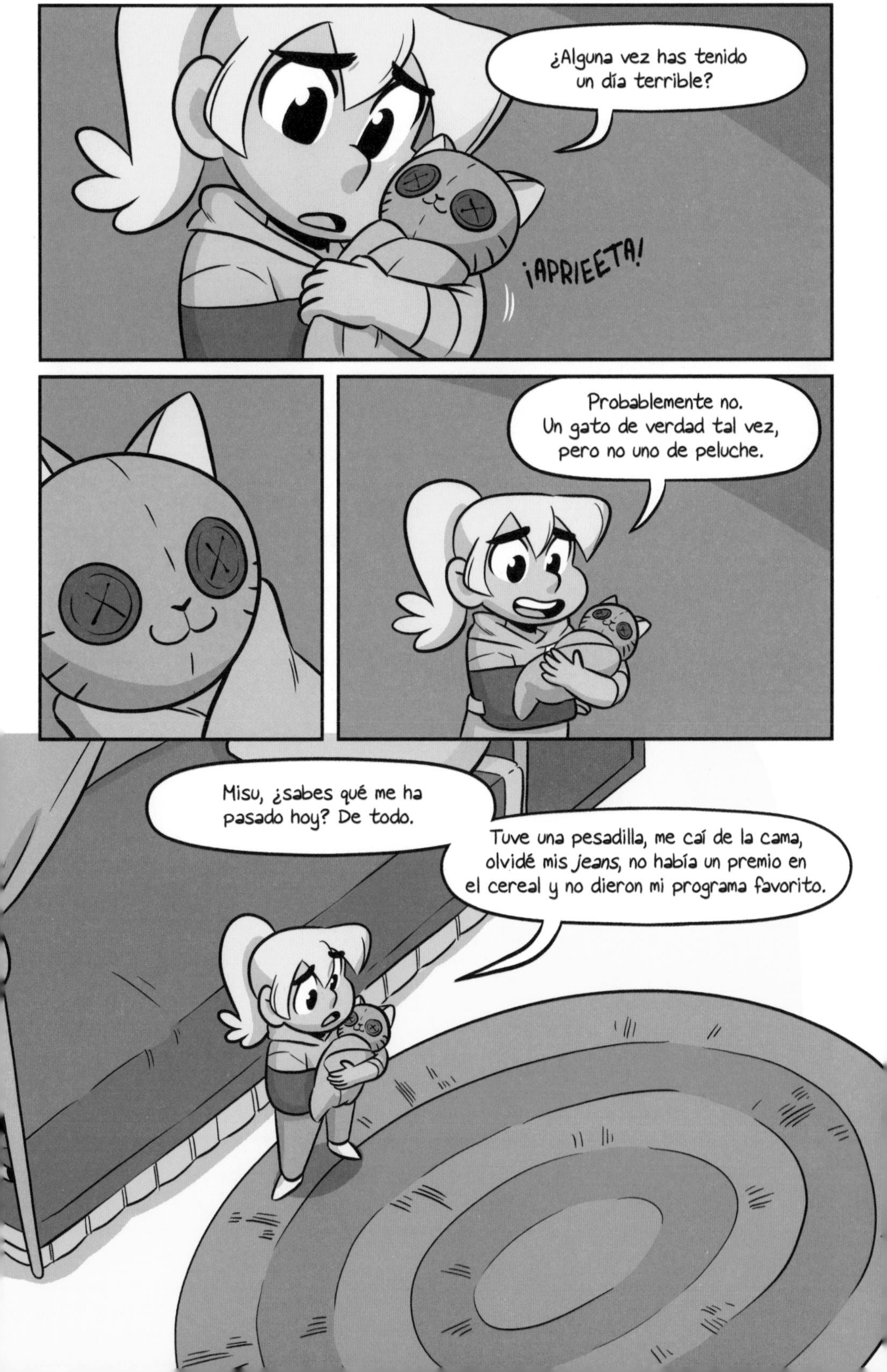
¿Alguna vez has tenido
un día terrible?
¡APRIEETA!
Probablemente no.
Un gato de verdad tal vez,
pero no uno de peluche.
Misu, ¿sabes qué me ha
pasado hoy? De todo.
Tuve una pesadilla, me caí de la cama,
olvidé mis *jeans*, no había un premio en
el cereal y no dieron mi programa favorito.

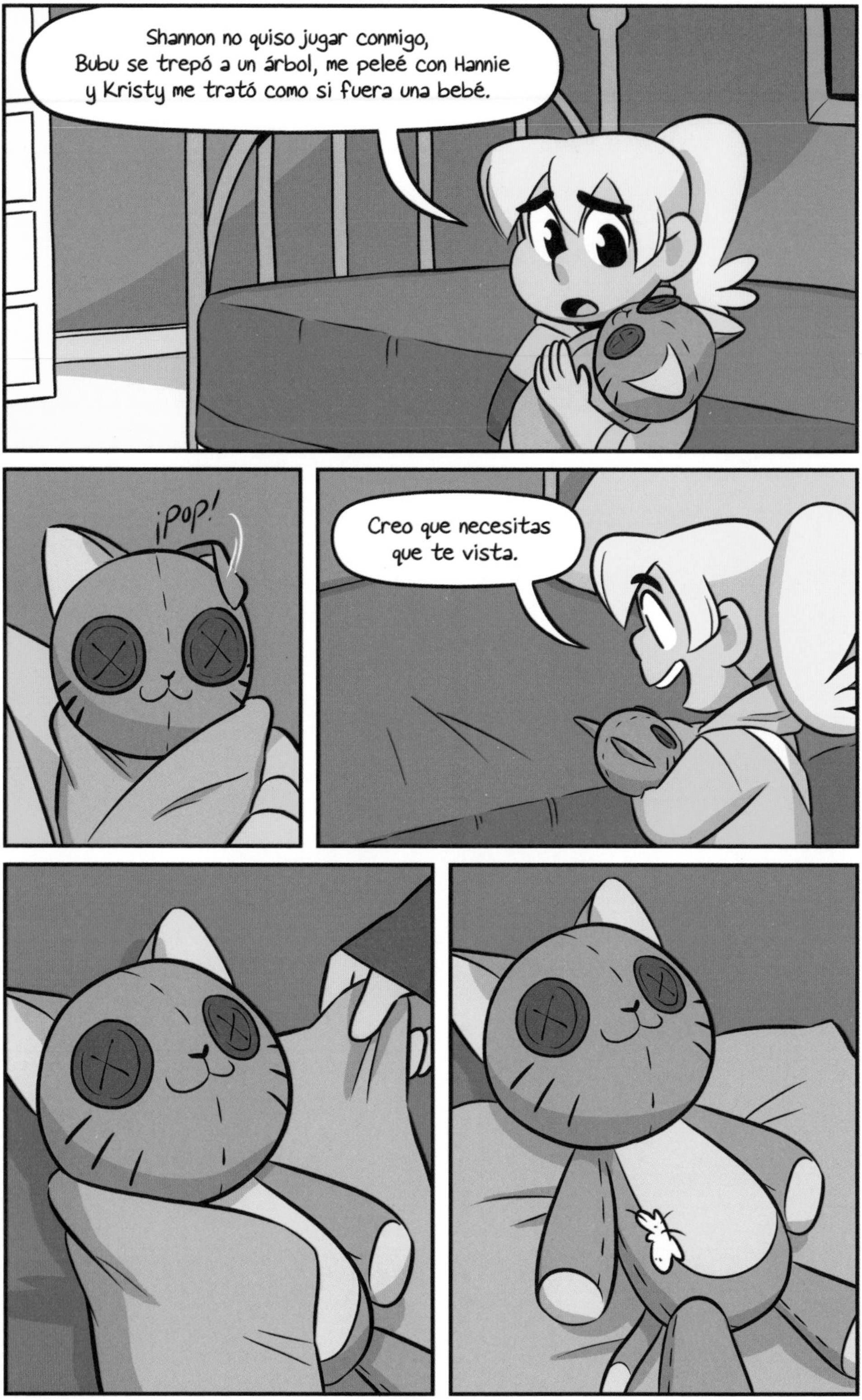
Shannon no quiso jugar conmigo,
Bubu se trepó a un árbol, me peleé con Hannie
y Kristy me trató como si fuera una bebé.
¡Pop!
Creo que necesitas
que te vista.

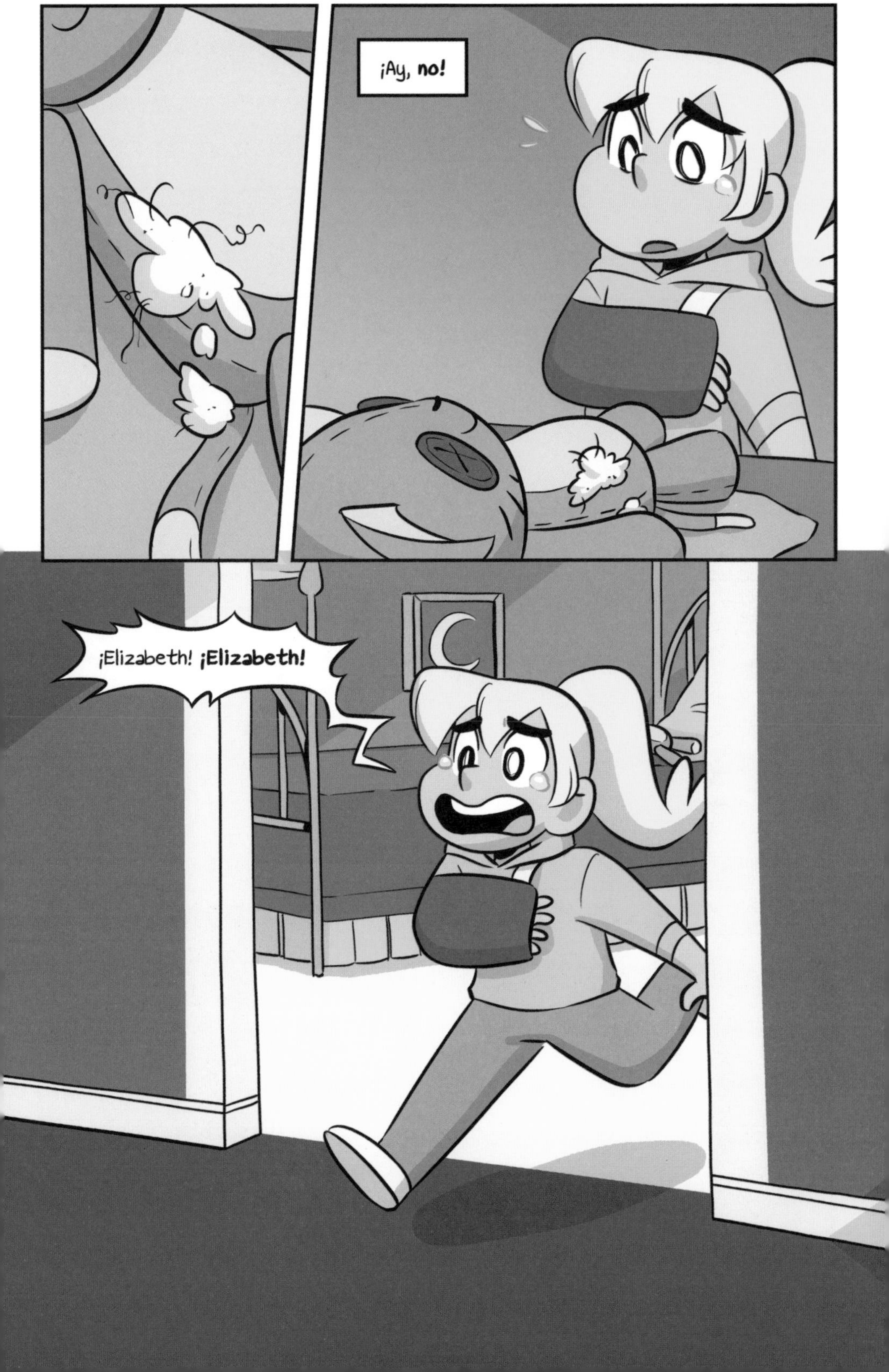
¡Ay, no!
¡Elizabeth! ¡Elizabeth!

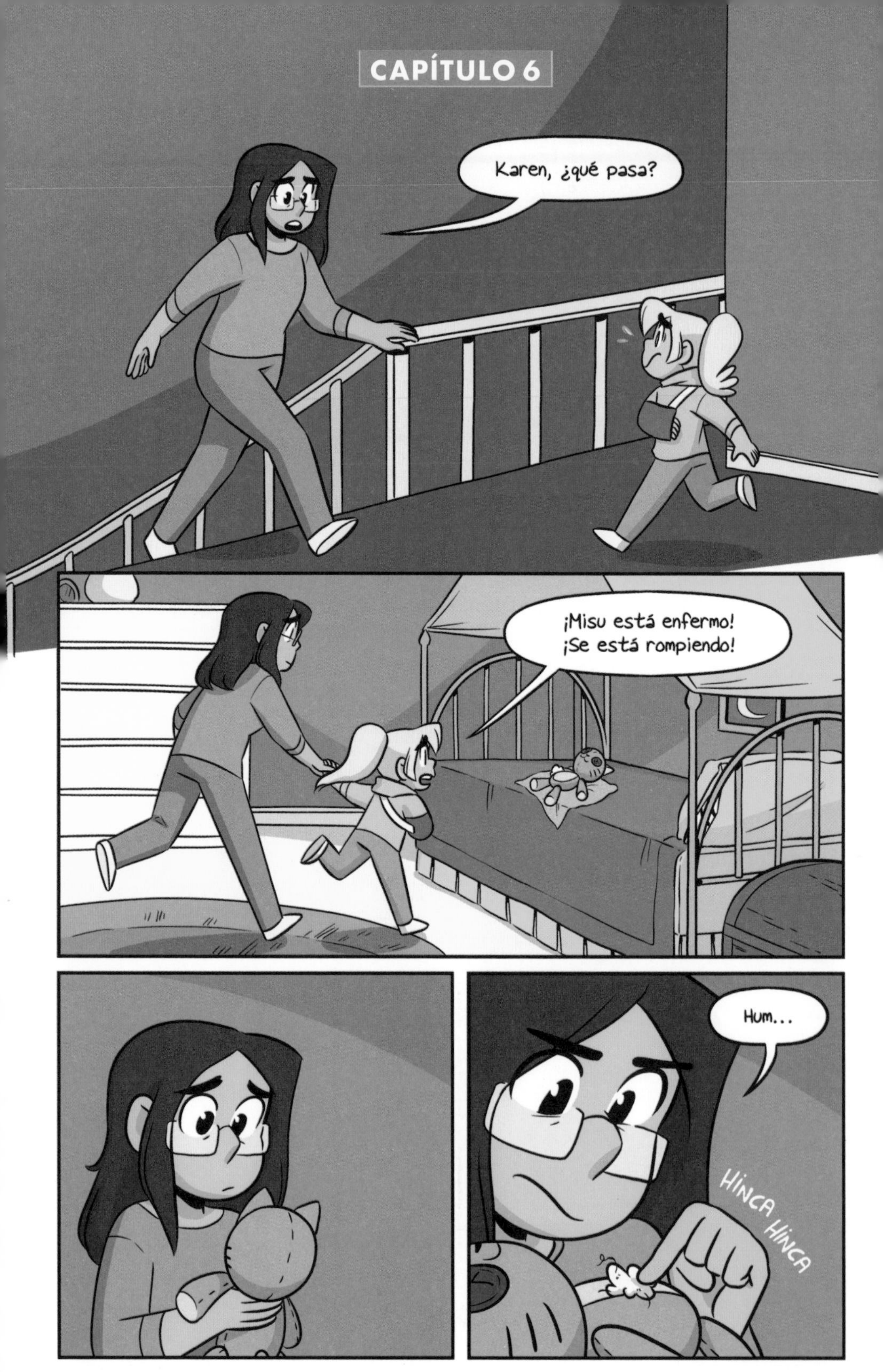
CAPÍTULO 6
Karen, ¿qué pasa?
¡Misu está enfermo!
¡Se está rompiendo!
Hum...
HINCA HINCA

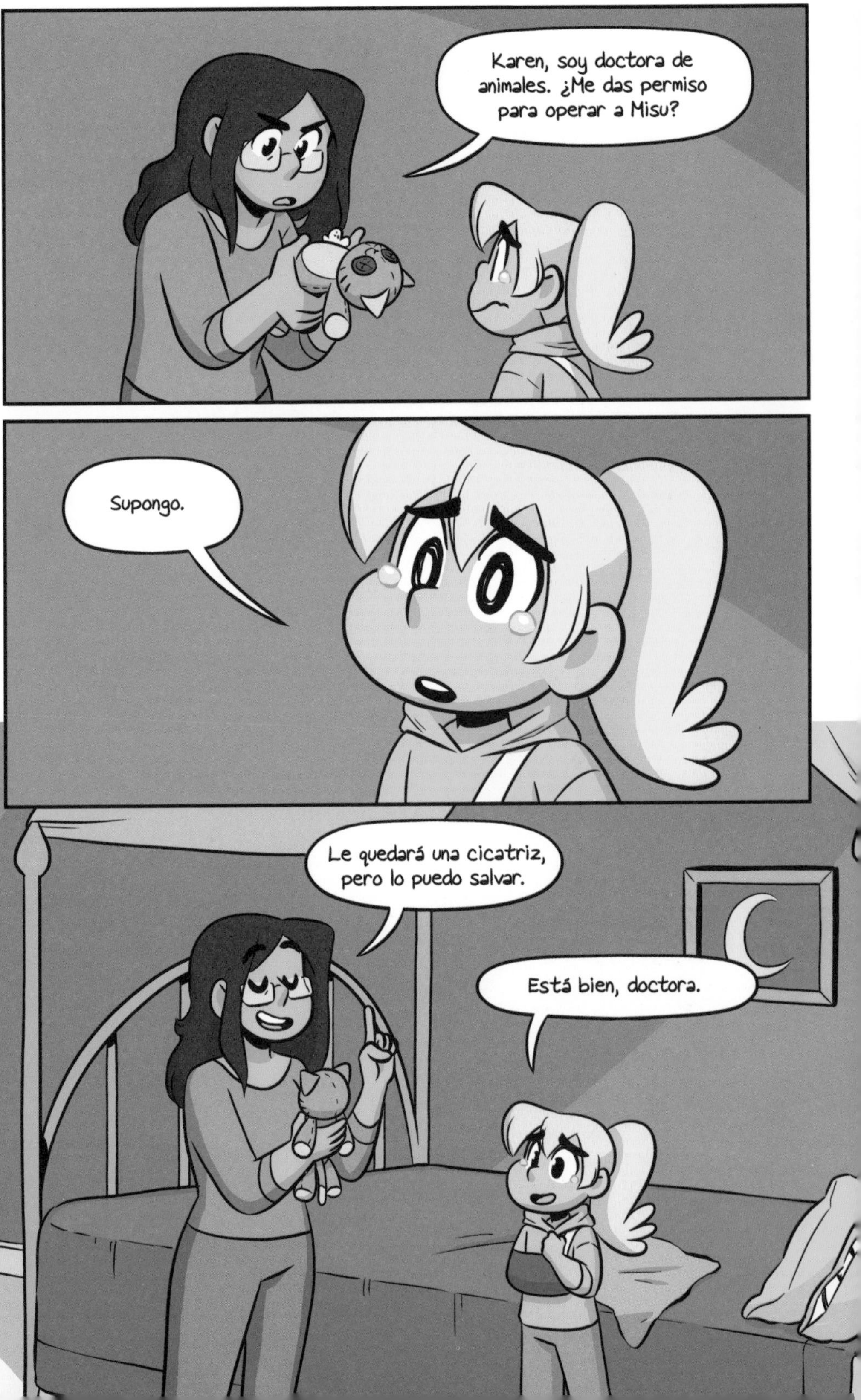
Karen, soy doctora de animales. ¿Me das permiso para operar a Misu?
Supongo.
Le quedará una cicatriz, pero lo puedo salvar.
Está bien, doctora.

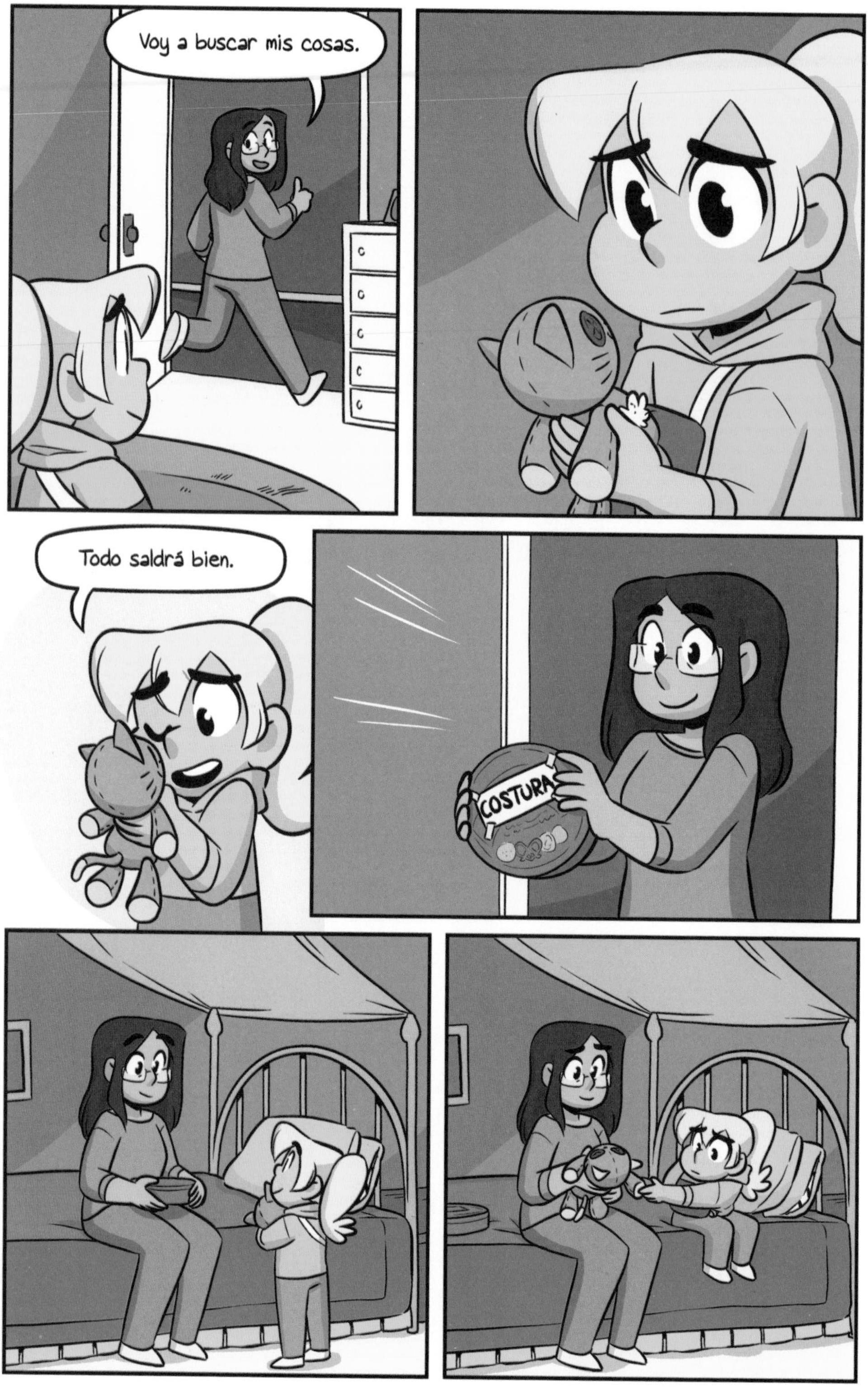
Voy a buscar mis cosas.
Todo saldrá bien.
COSTURA

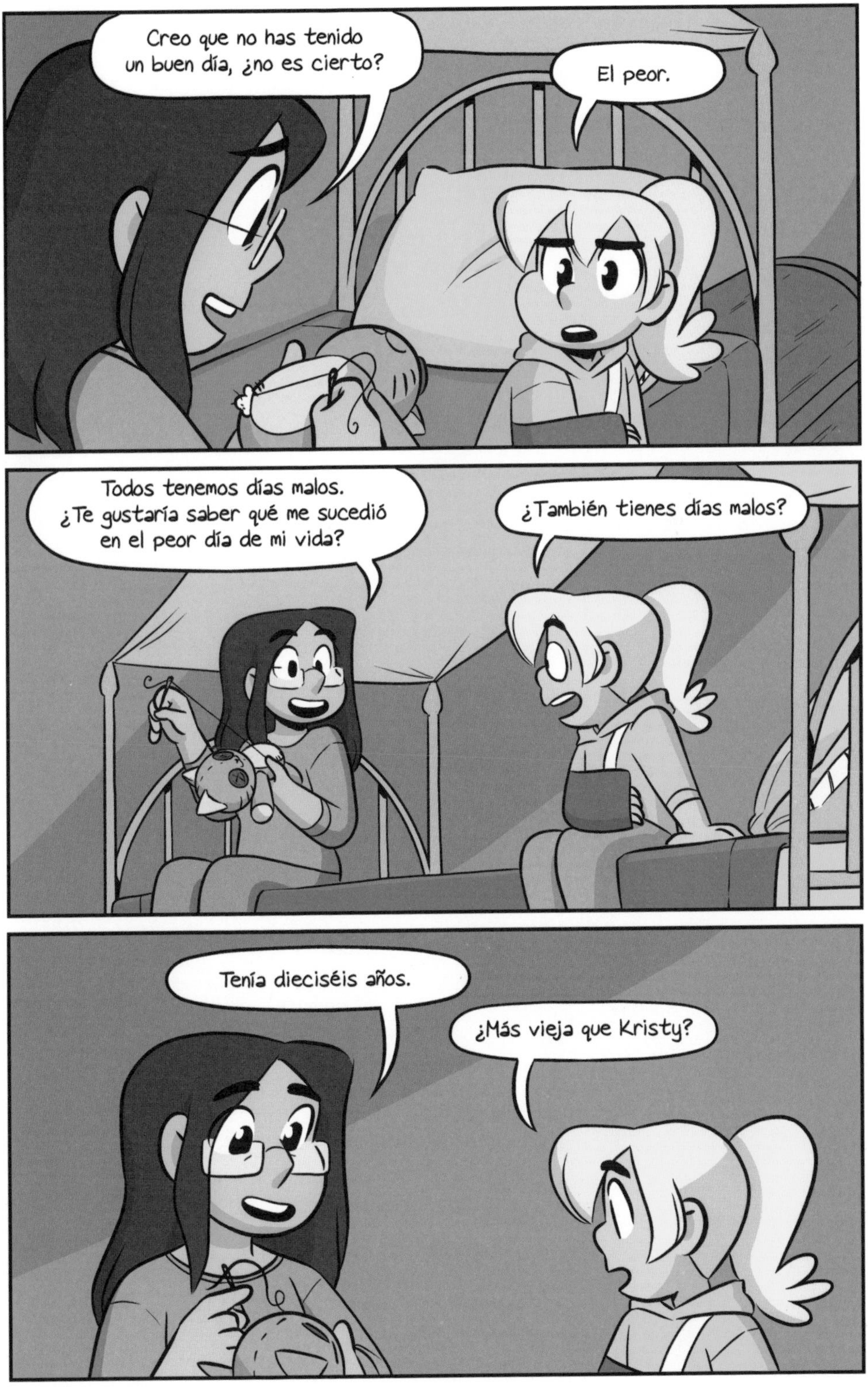
Creo que no has tenido un buen día, ¿no es cierto?
El peor.
Todos tenemos días malos. ¿Te gustaría saber qué me sucedió en el peor día de mi vida?
¿También tienes días malos?
Tenía dieciséis años.
¿Más vieja que Kristy?

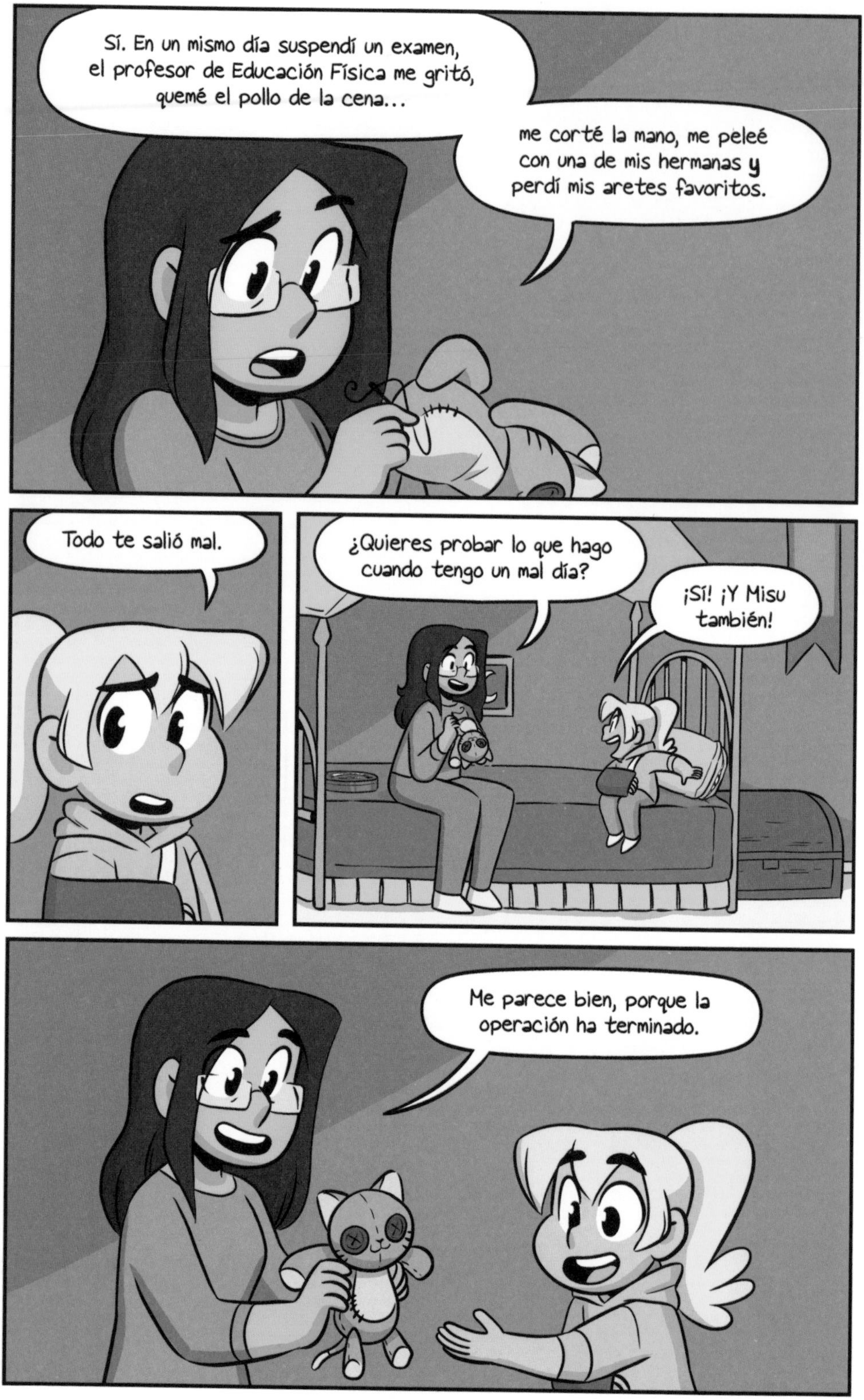
Sí. En un mismo día suspendí un examen, el profesor de Educación Física me gritó, quemé el pollo de la cena...
me corté la mano, me peleé con una de mis hermanas y perdí mis aretes favoritos.
Todo te salió mal.
¿Quieres probar lo que hago cuando tengo un mal día?
¡Sí! ¡Y Misu también!
Me parece bien, porque la operación ha terminado.

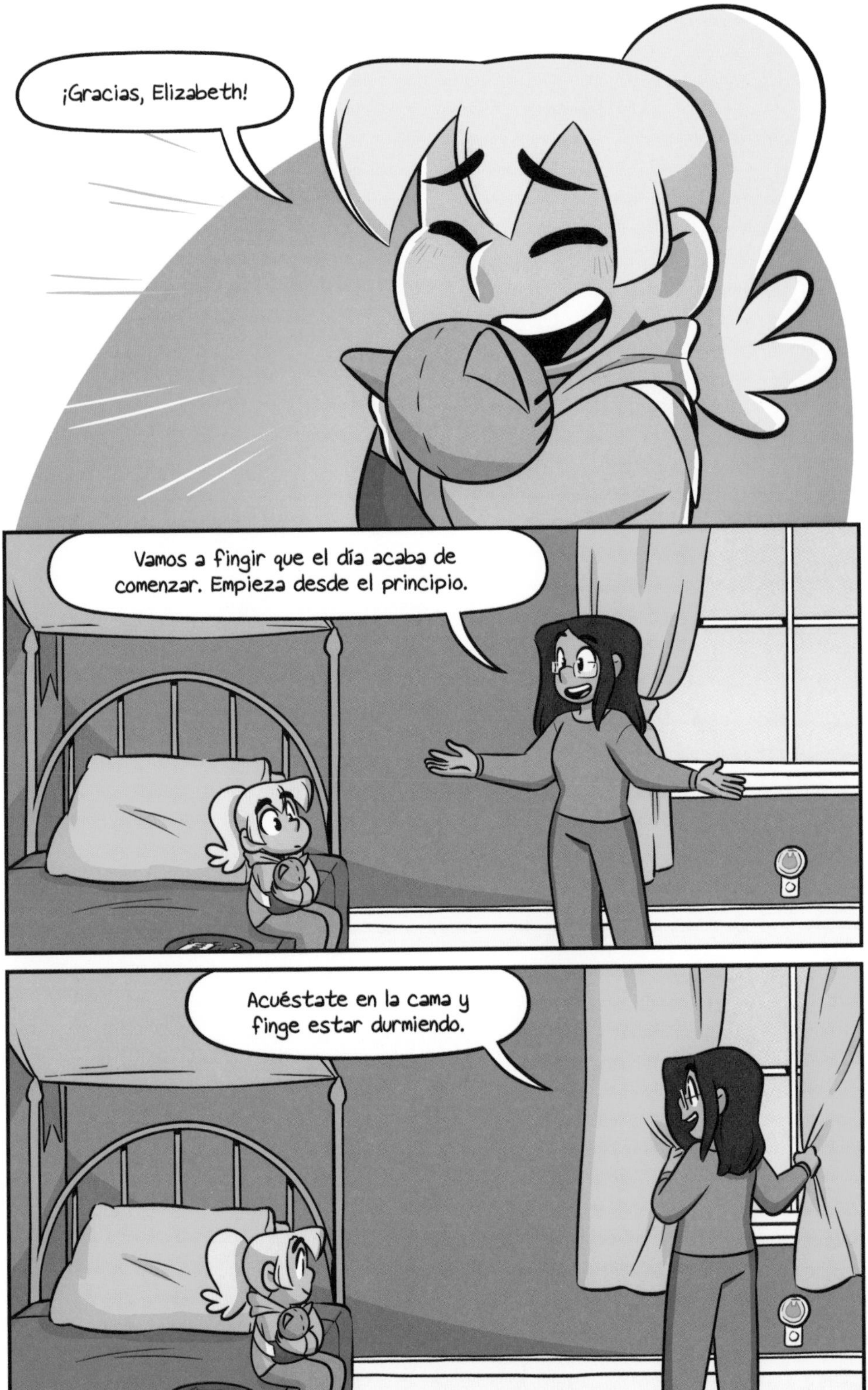
¡Gracias, Elizabeth!
Vamos a fingir que el día acaba de comenzar. Empieza desde el principio.
Acuéstate en la cama y finge estar durmiendo.

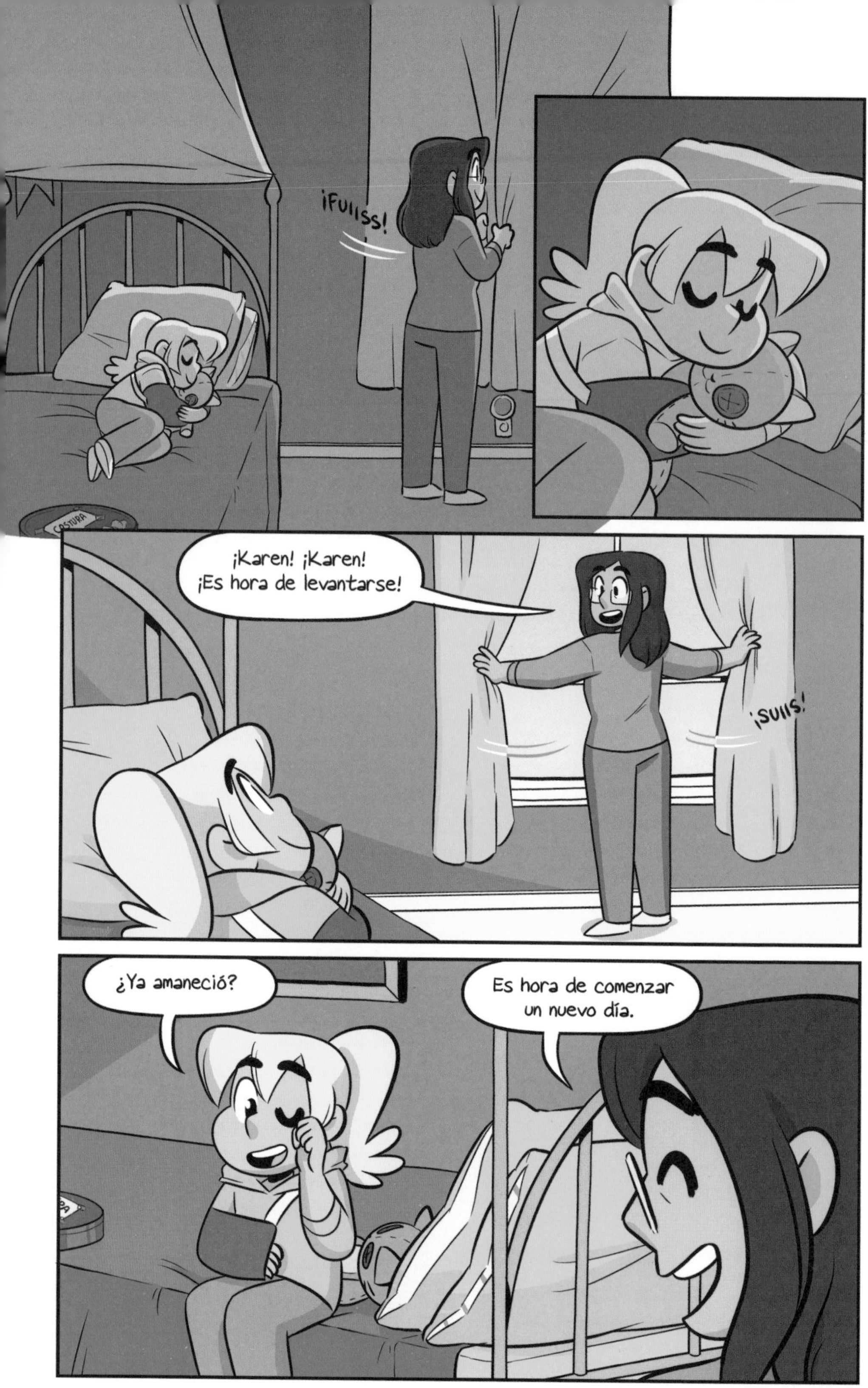
¡FUIISS!
¡Karen! ¡Karen!
¡Es hora de levantarse!
¡SUIIS!
¿Ya amaneció?
Es hora de comenzar
un nuevo día.

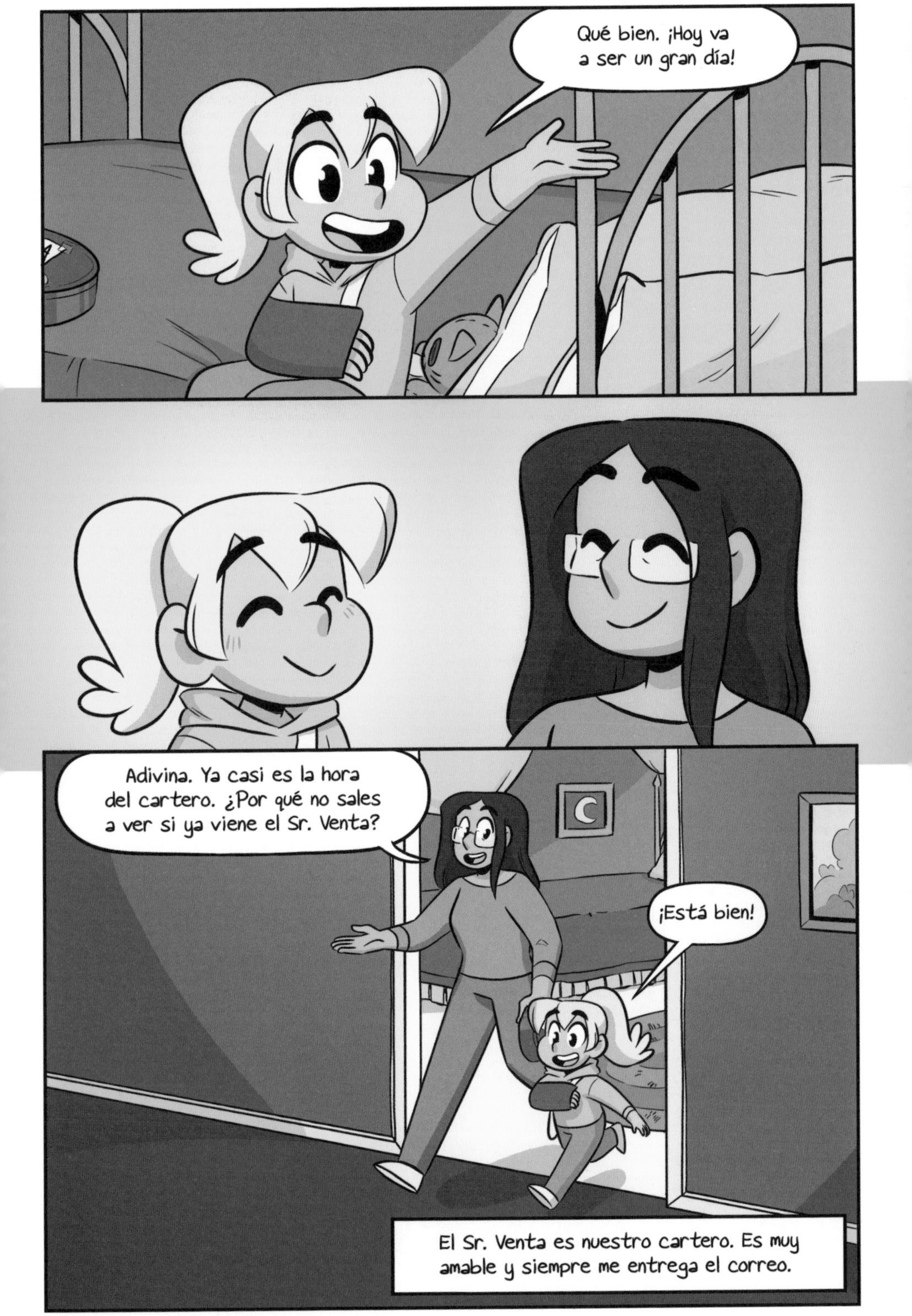
Qué bien. ¡Hoy va a ser un gran día!
Adivina. Ya casi es la hora del cartero. ¿Por qué no sales a ver si ya viene el Sr. Venta?
¡Está bien!
El Sr. Venta es nuestro cartero. Es muy amable y siempre me entrega el correo.

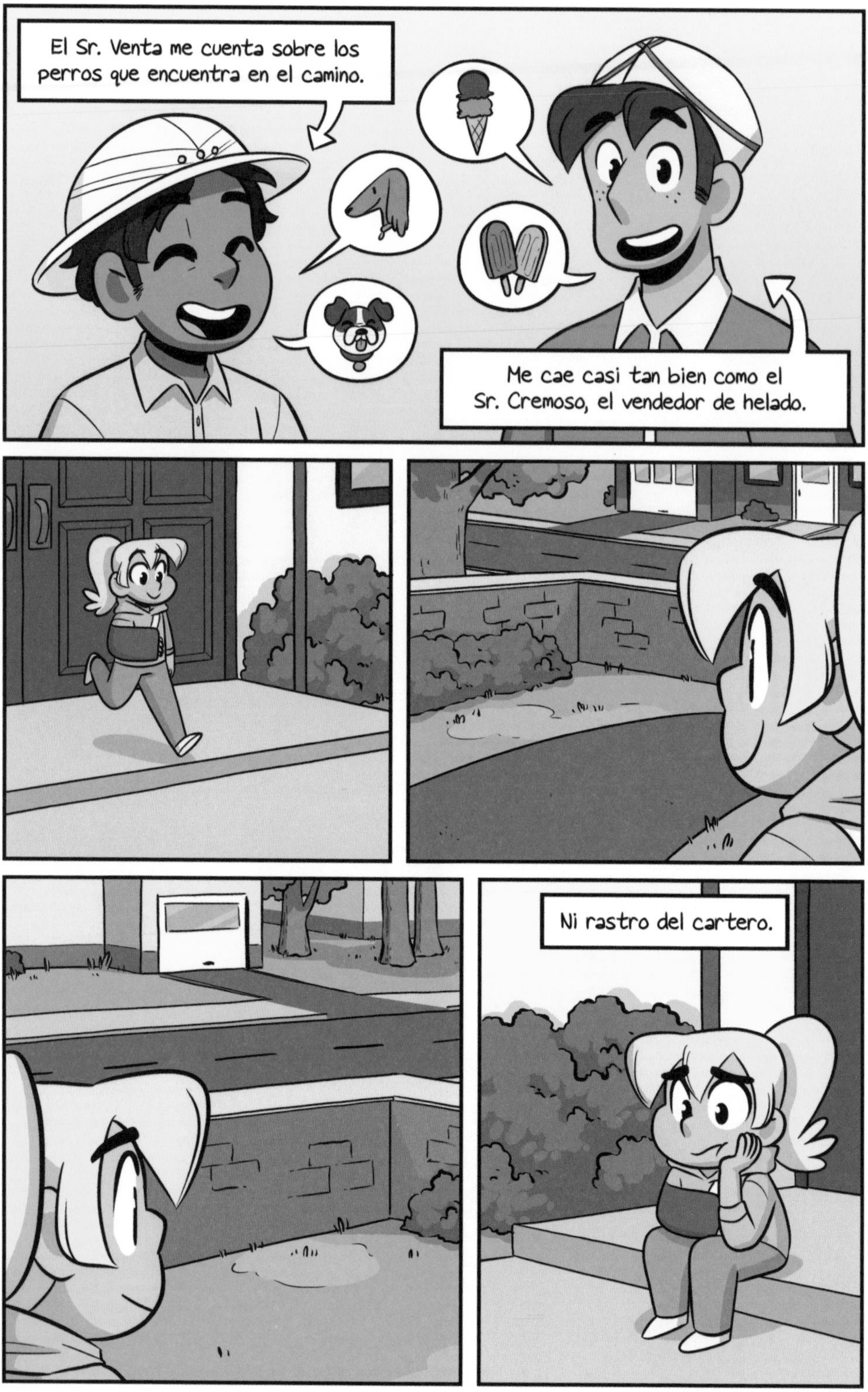
El Sr. Venta me cuenta sobre los perros que encuentra en el camino.
Me cae casi tan bien como el Sr. Cremoso, el vendedor de helado.
Ni rastro del cartero.

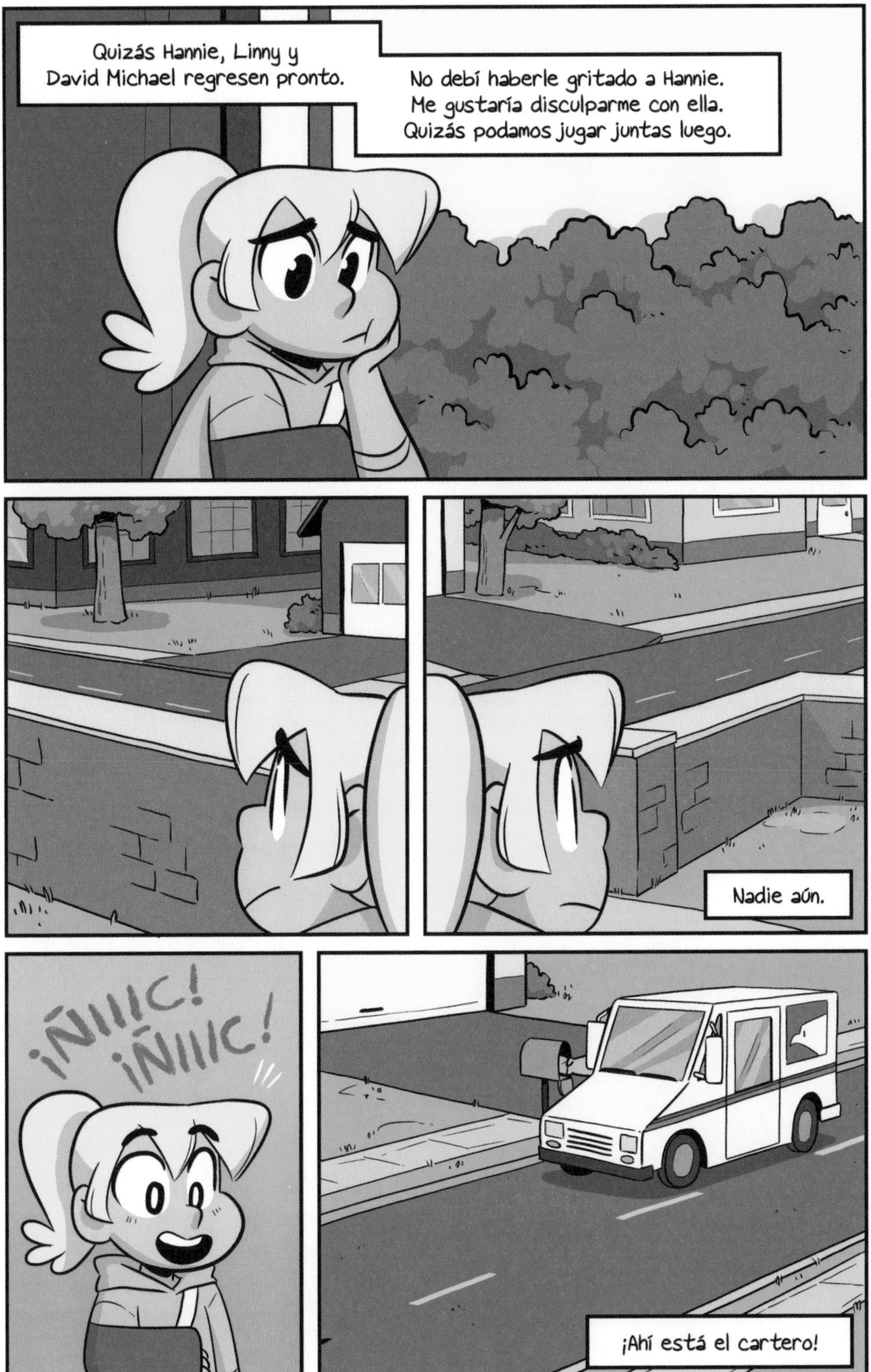
Quizás Hannie, Linny y David Michael regresen pronto.
No debí haberle gritado a Hannie. Me gustaría disculparme con ella. Quizás podamos jugar juntas luego.
Nadie aún.
¡ÑIIIC! ¡ÑIIIC!
¡Ahí está el cartero!

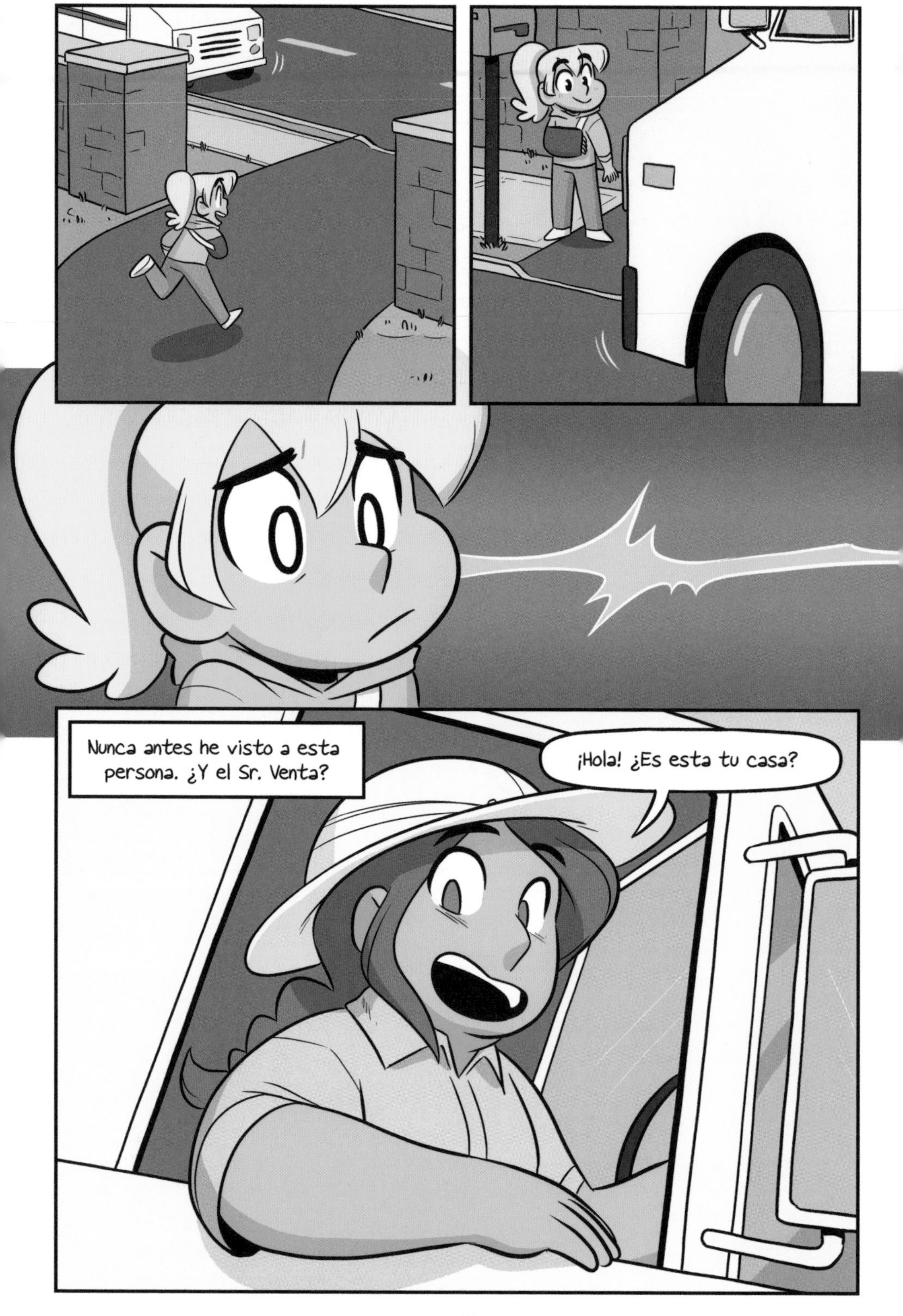
Nunca antes he visto a esta persona. ¿Y el Sr. Venta?
¡Hola! ¿Es esta tu casa?

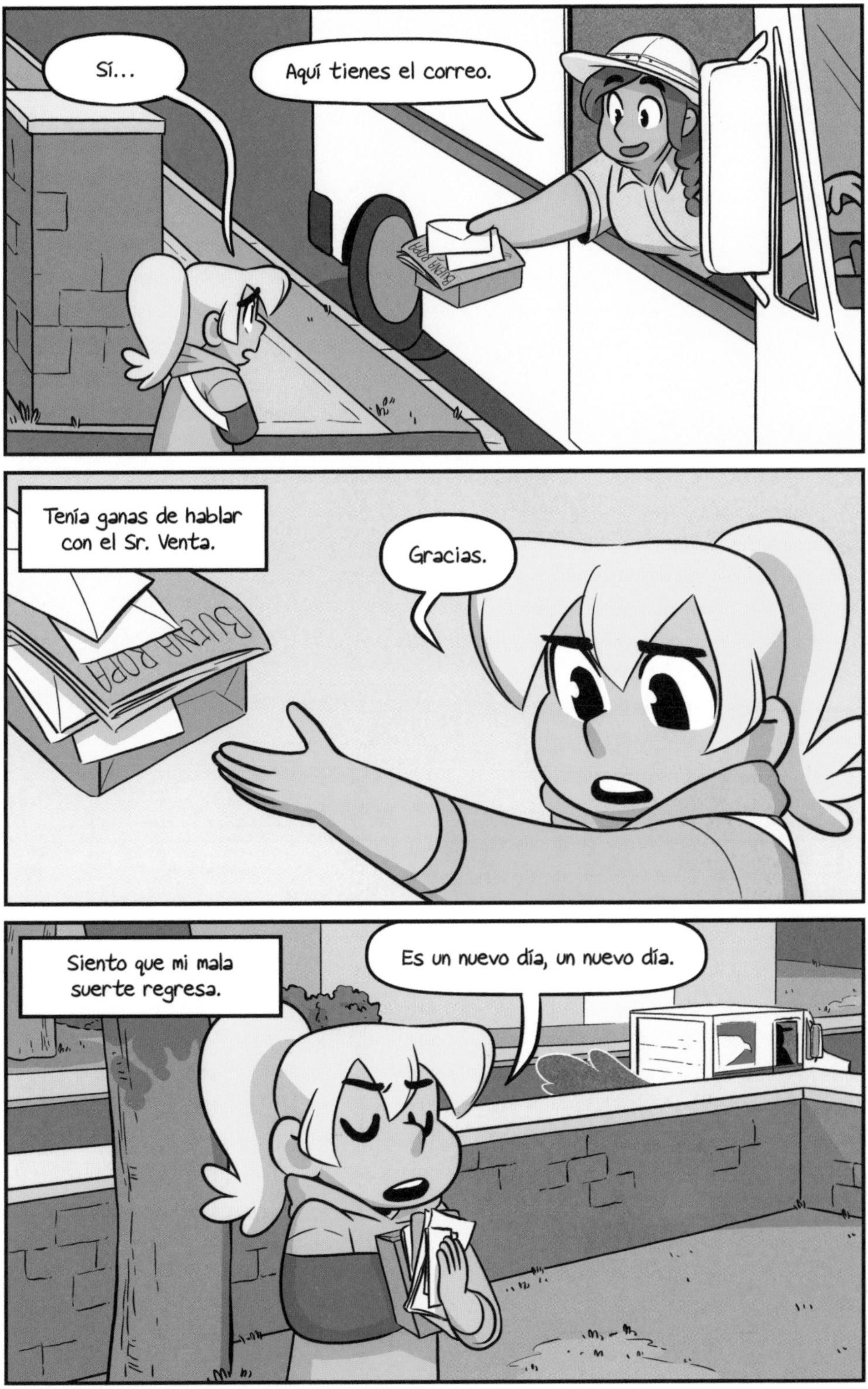
Sí...
Aquí tienes el correo.
BUENA ROPA
Tenía ganas de hablar con el Sr. Venta.
Gracias.
BUENA ROPA
Siento que mi mala suerte regresa.
Es un nuevo día, un nuevo día.

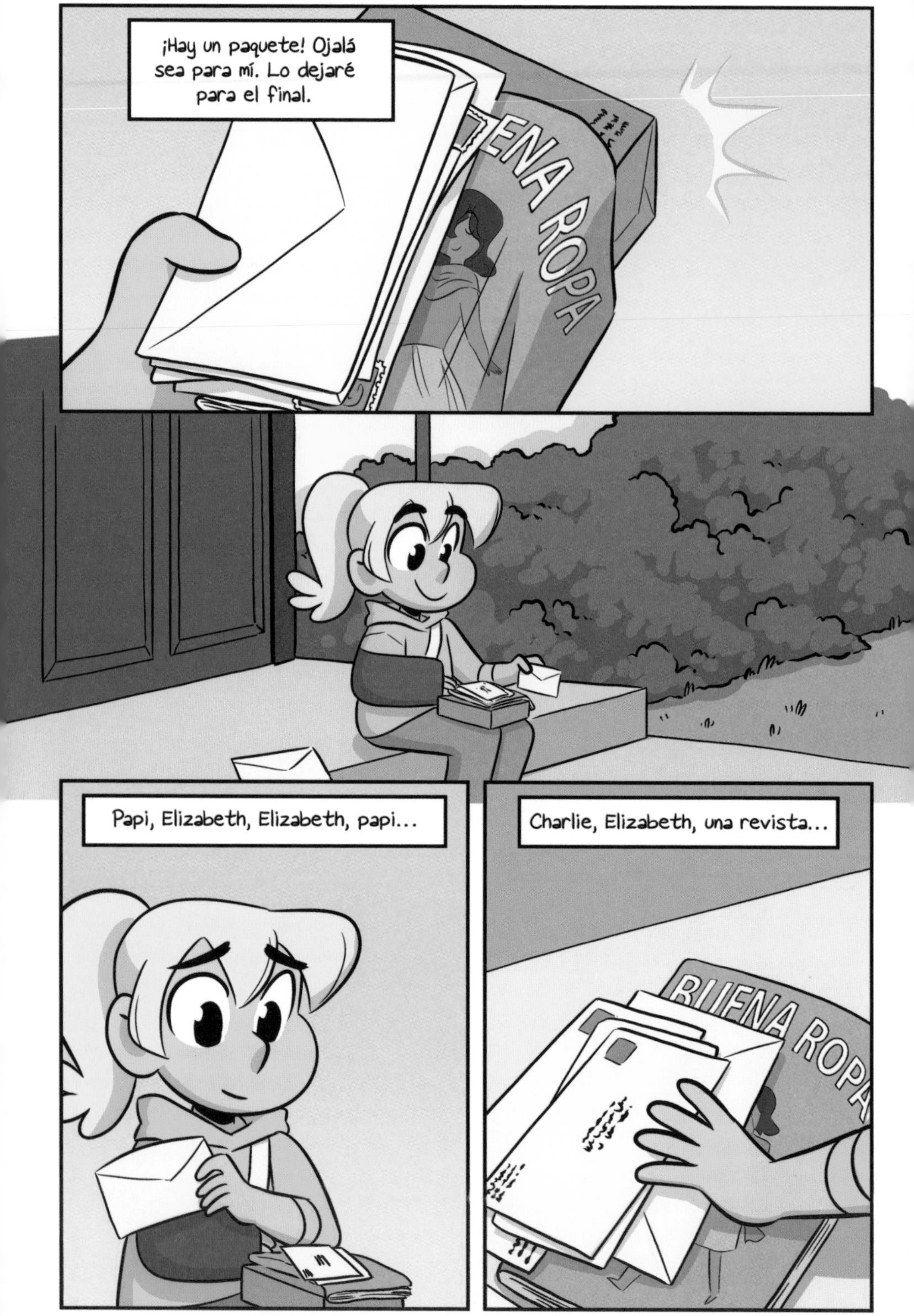
¡Hay un paquete! Ojalá sea para mí. Lo dejaré para el final.
BUENA ROPA
Papi, Elizabeth, Elizabeth, papi...
Charlie, Elizabeth, una revista...
BUENA ROPA

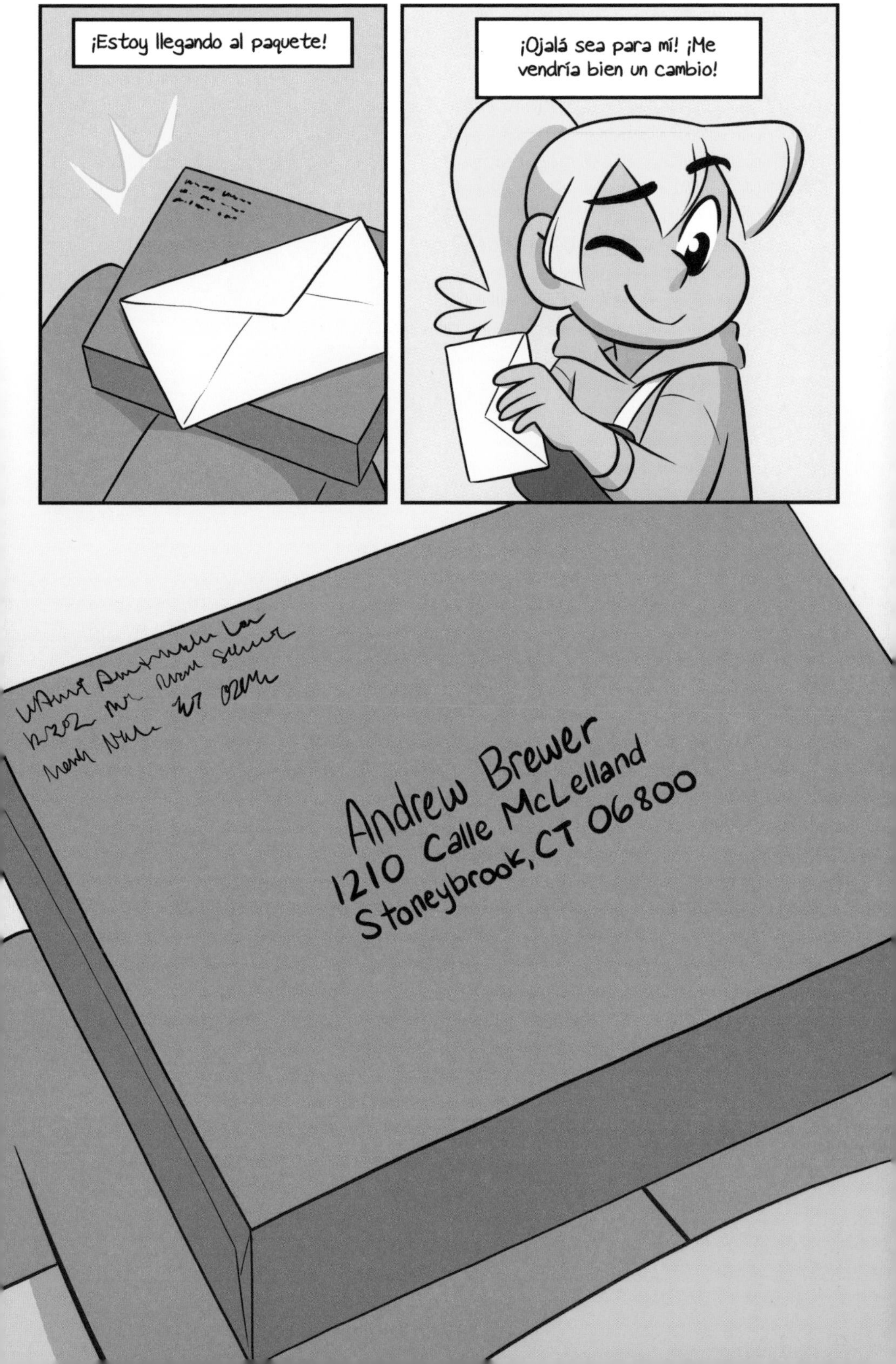
¡Estoy llegando al paquete!
¡Ojalá sea para mí! ¡Me vendría bien un cambio!
Andrew Brewer
1210 Calle McLelland
Stoneybrook, CT 06800

CAPÍTULO 7

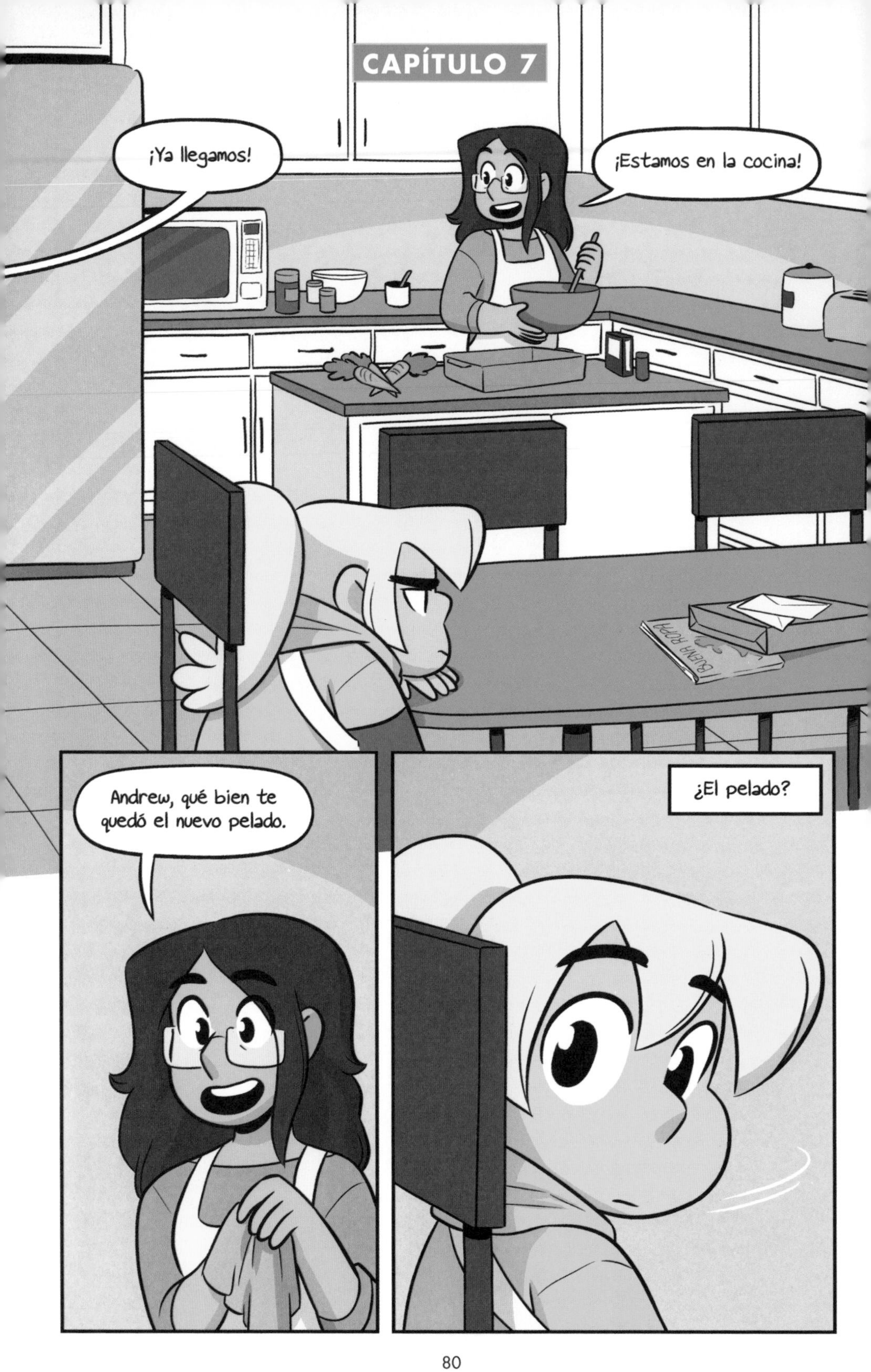
¡Ya llegamos!
¡Estamos en la cocina!
BUENA ROPA
Andrew, qué bien te quedó el nuevo pelado.
¿El pelado?

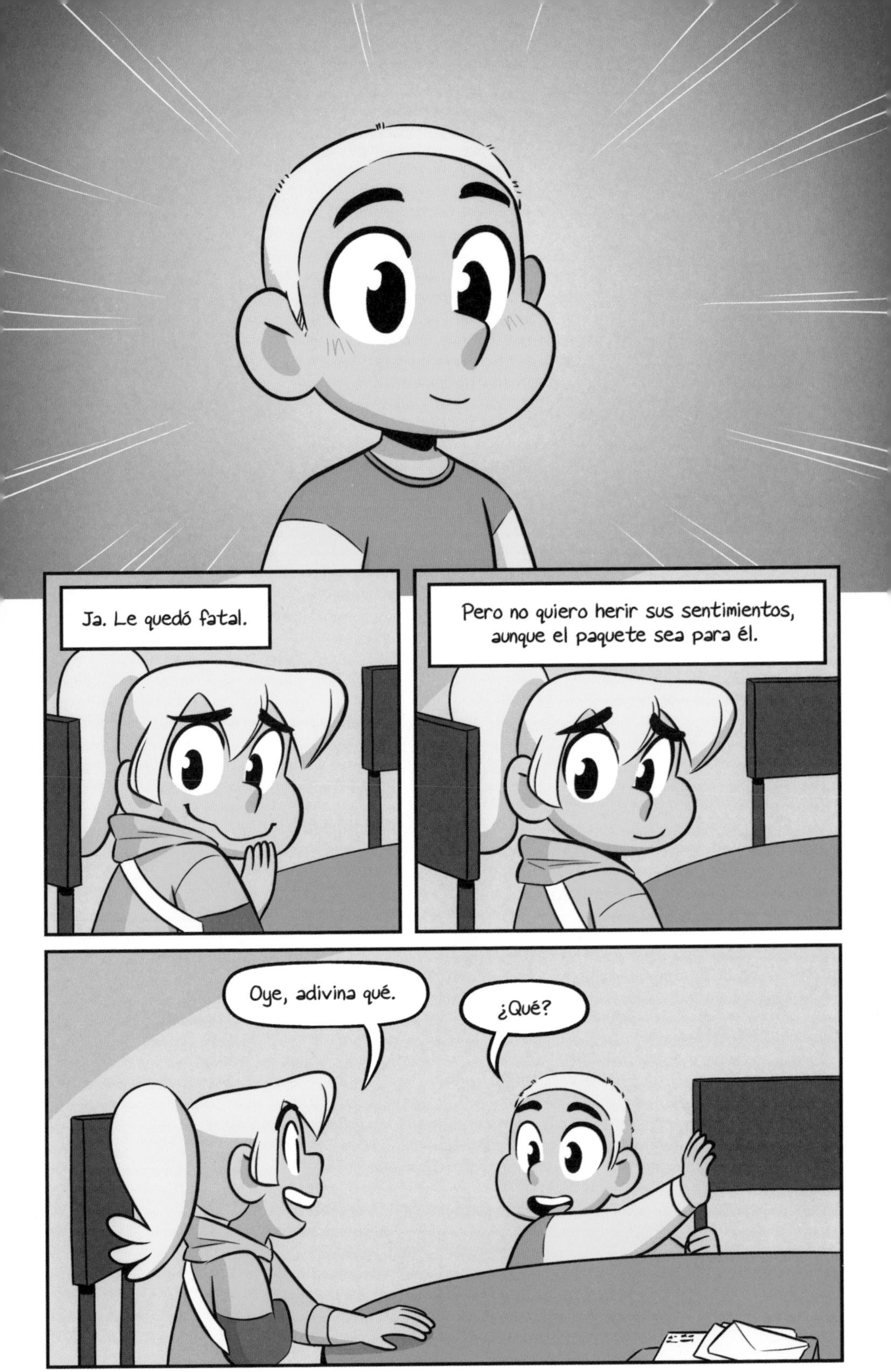
Ja. Le quedó fatal.
Pero no quiero herir sus sentimientos, aunque el paquete sea para él.
Oye, adivina qué.
¿Qué?

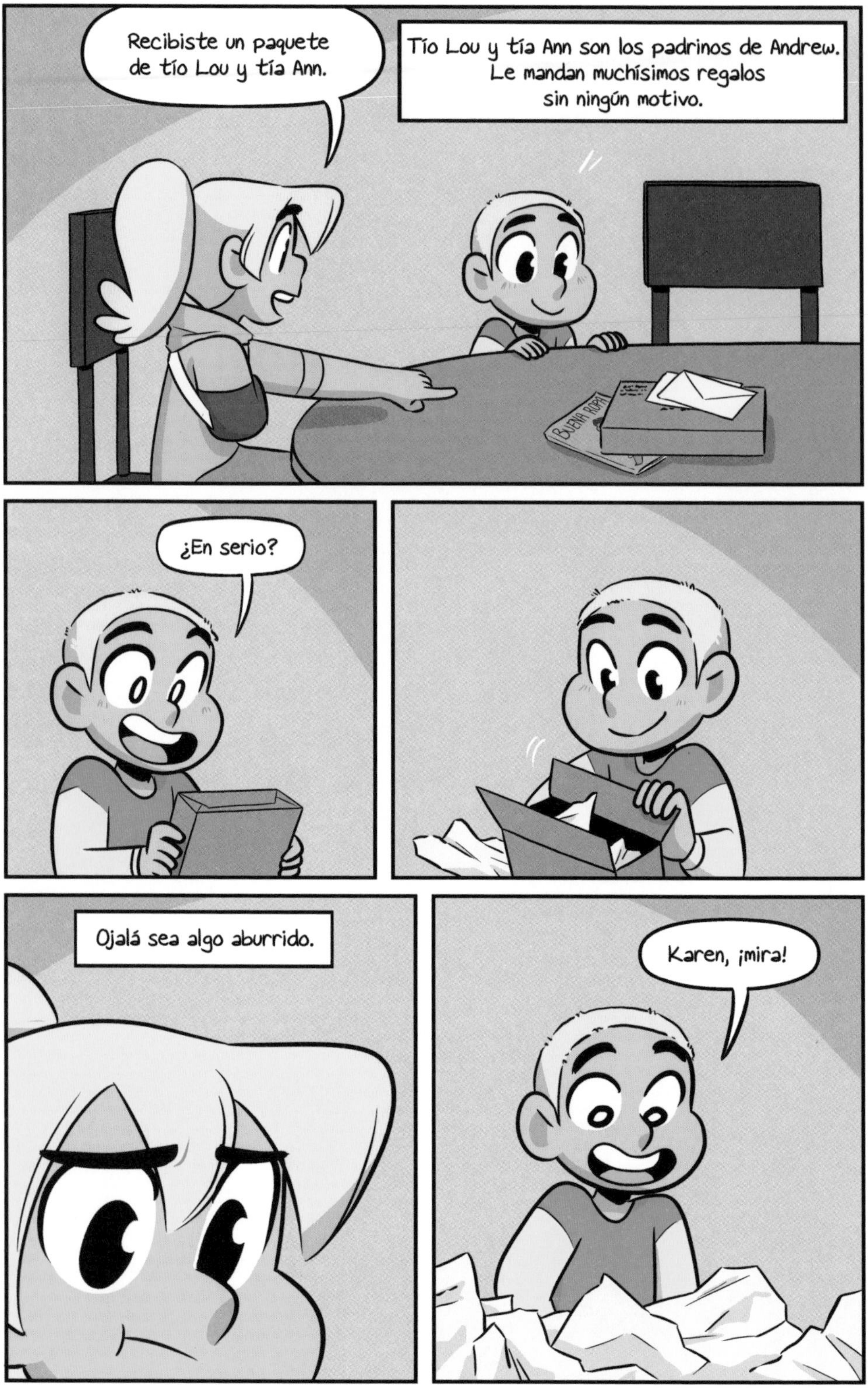
Recibiste un paquete de tío Lou y tía Ann.
Tío Lou y tía Ann son los padrinos de Andrew. Le mandan muchísimos regalos sin ningún motivo.
BUENA ROPA!
¿En serio?
Ojalá sea algo aburrido.
Karen, ¡mira!

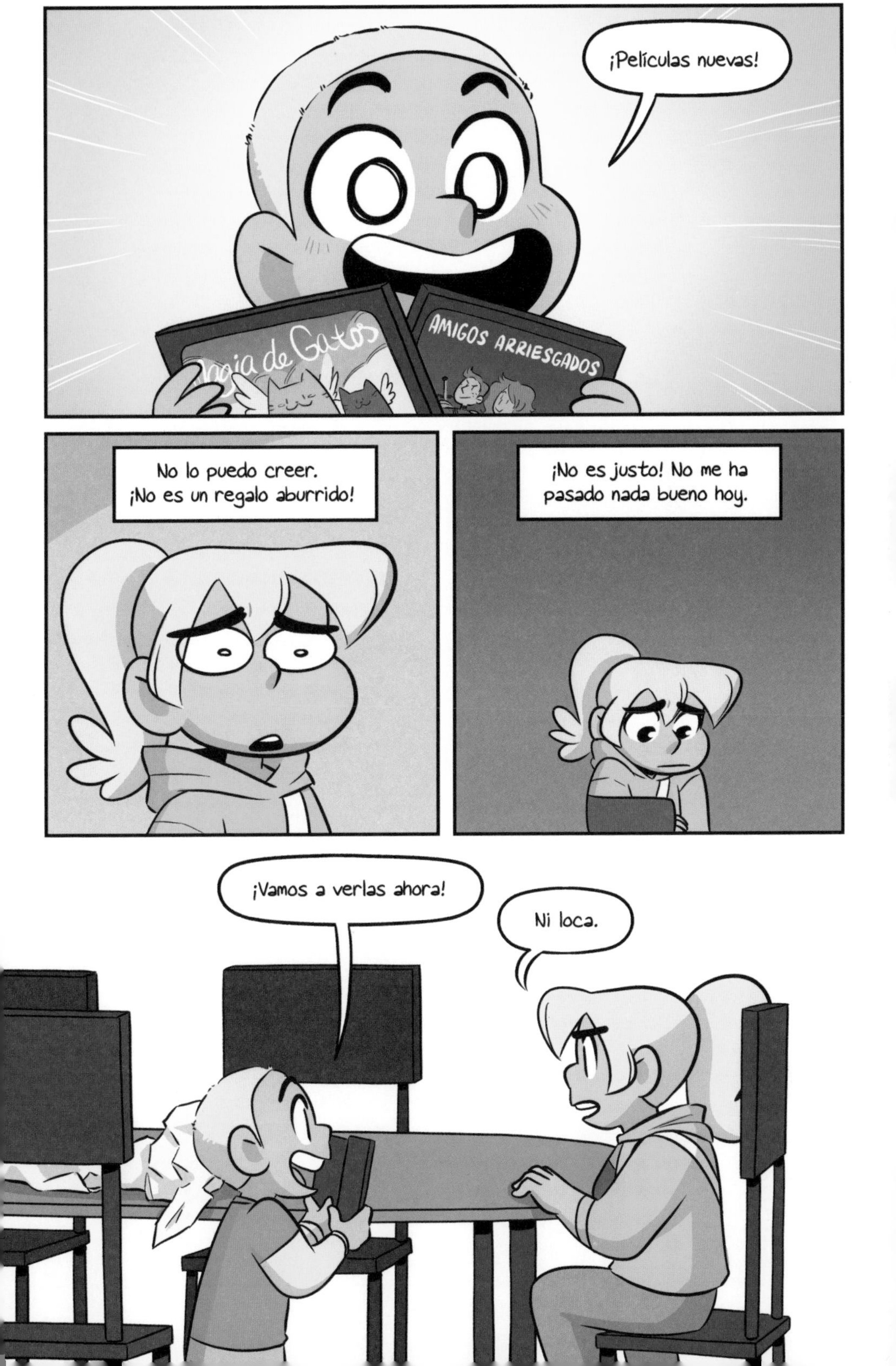

¡Películas nuevas!
AMIGOS ARRIESGADOS
No lo puedo creer. ¡No es un regalo aburrido!
¡No es justo! No me ha pasado nada bueno hoy.
¡Vamos a verlas ahora!
Ni loca.

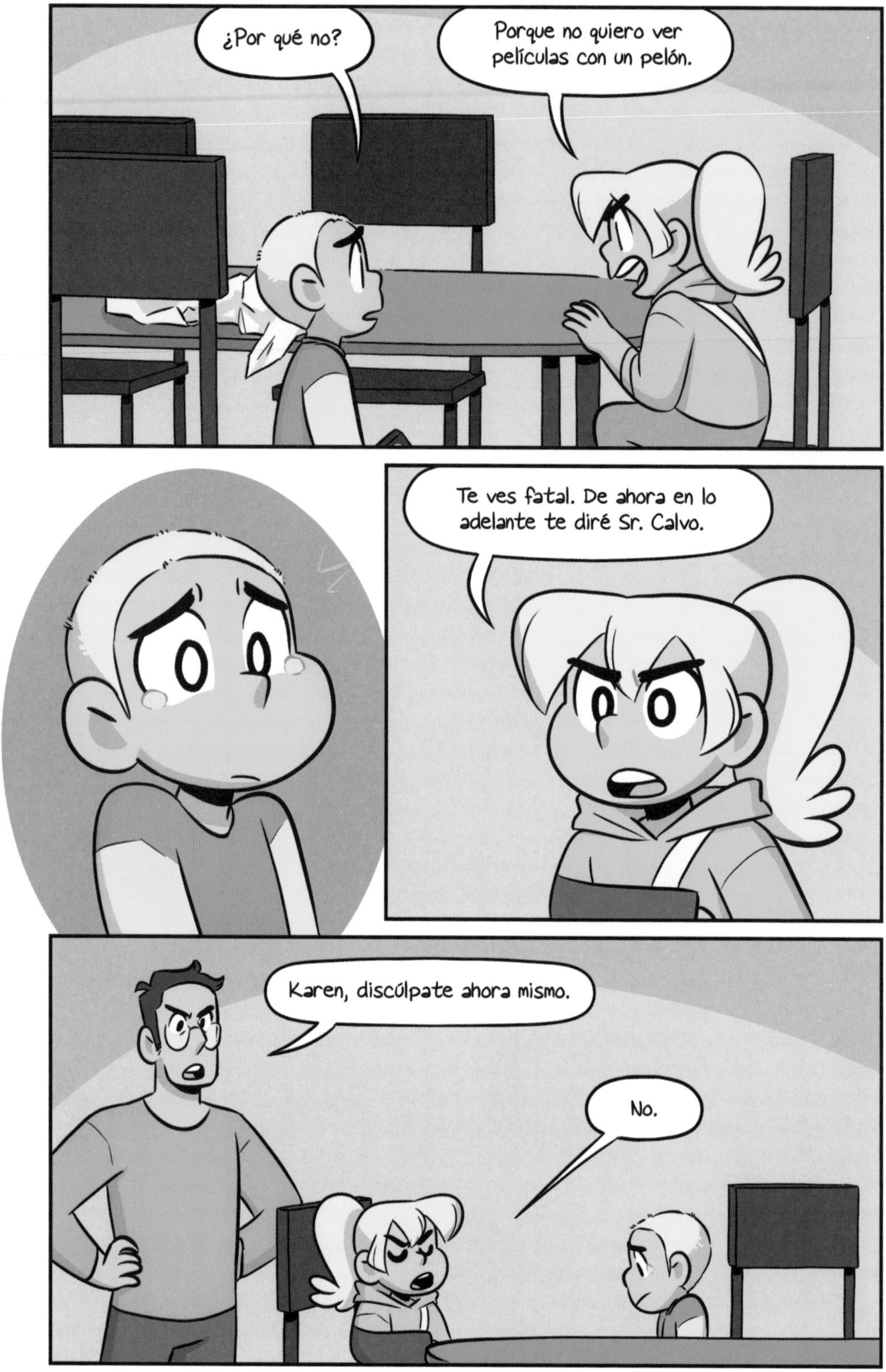
¿Por qué no?
Porque no quiero ver películas con un pelón.
Te ves fatal. De ahora en lo adelante te diré Sr. Calvo.
Karen, discúlpate ahora mismo.
No.

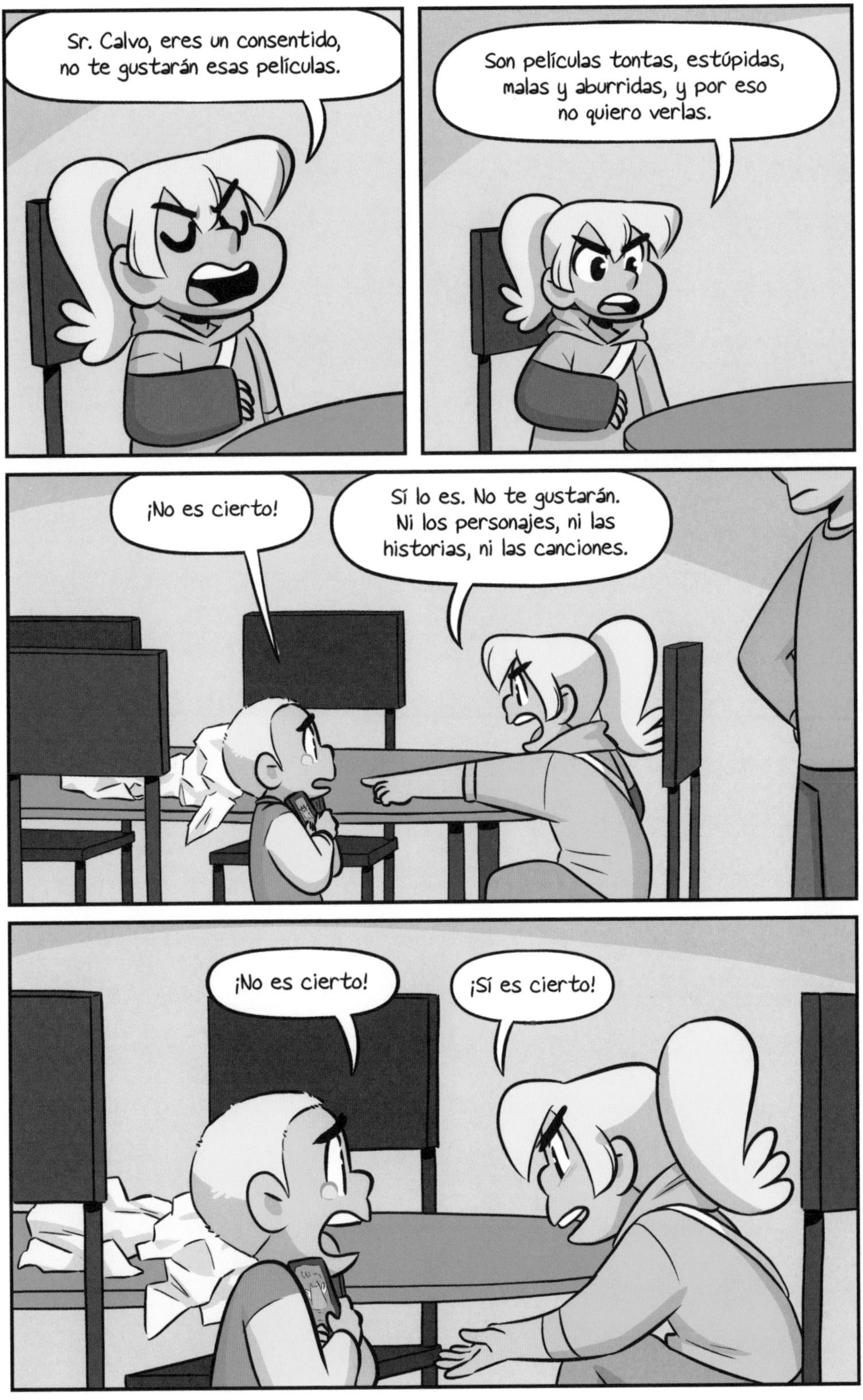
Sr. Calvo, eres un consentido,
no te gustarán esas películas.
Son películas tontas, estúpidas, malas y aburridas, y por eso no quiero verlas.
¡No es cierto!
Sí lo es. No te gustarán. Ni los personajes, ni las historias, ni las canciones.
¡No es cierto!
¡Sí es cierto!

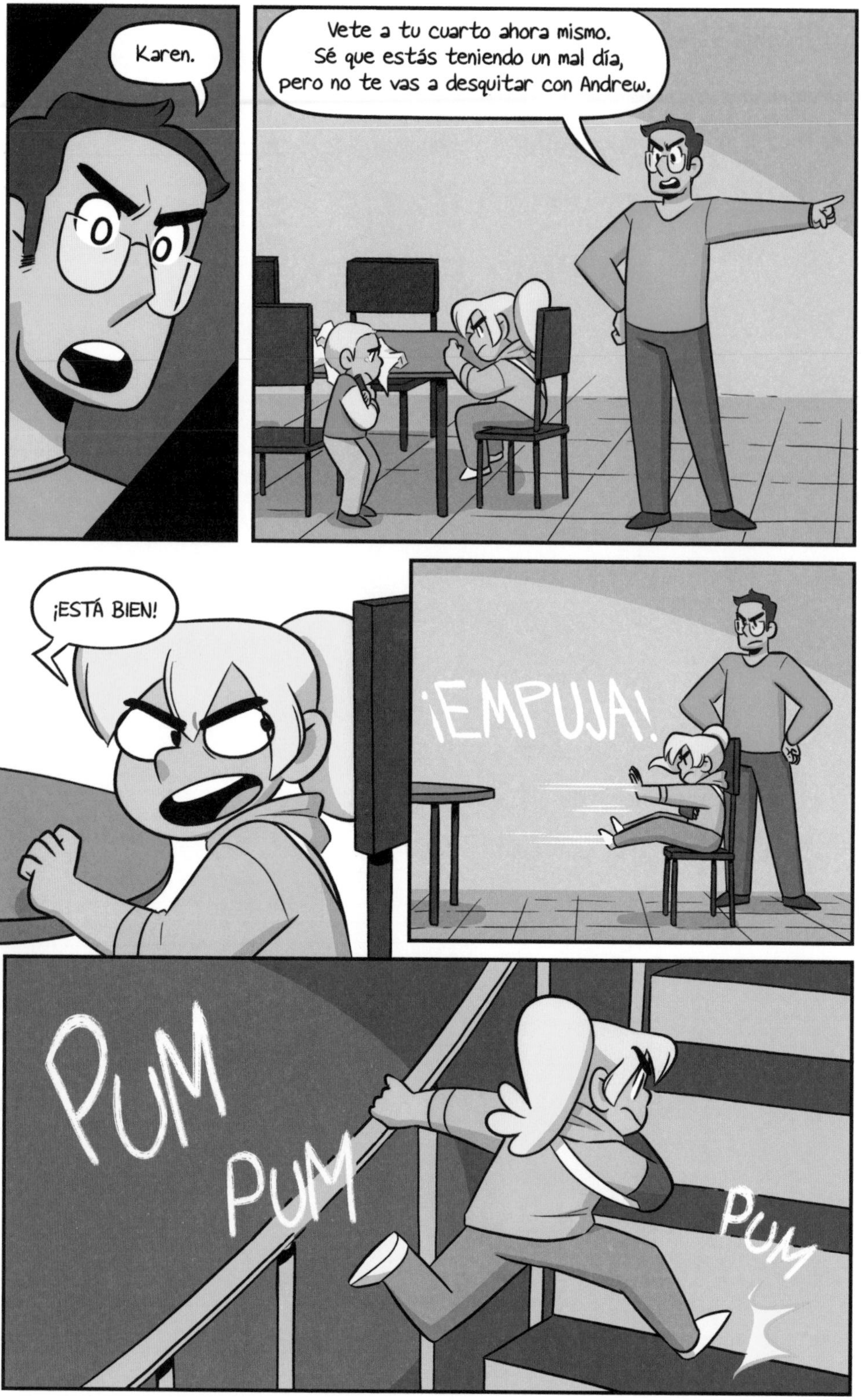
Karen.
Vete a tu cuarto ahora mismo. Sé que estás teniendo un mal día, pero no te vas a desquitar con Andrew.
¡ESTÁ BIEN!
¡EMPUJA!
PUM
PUM
PUM

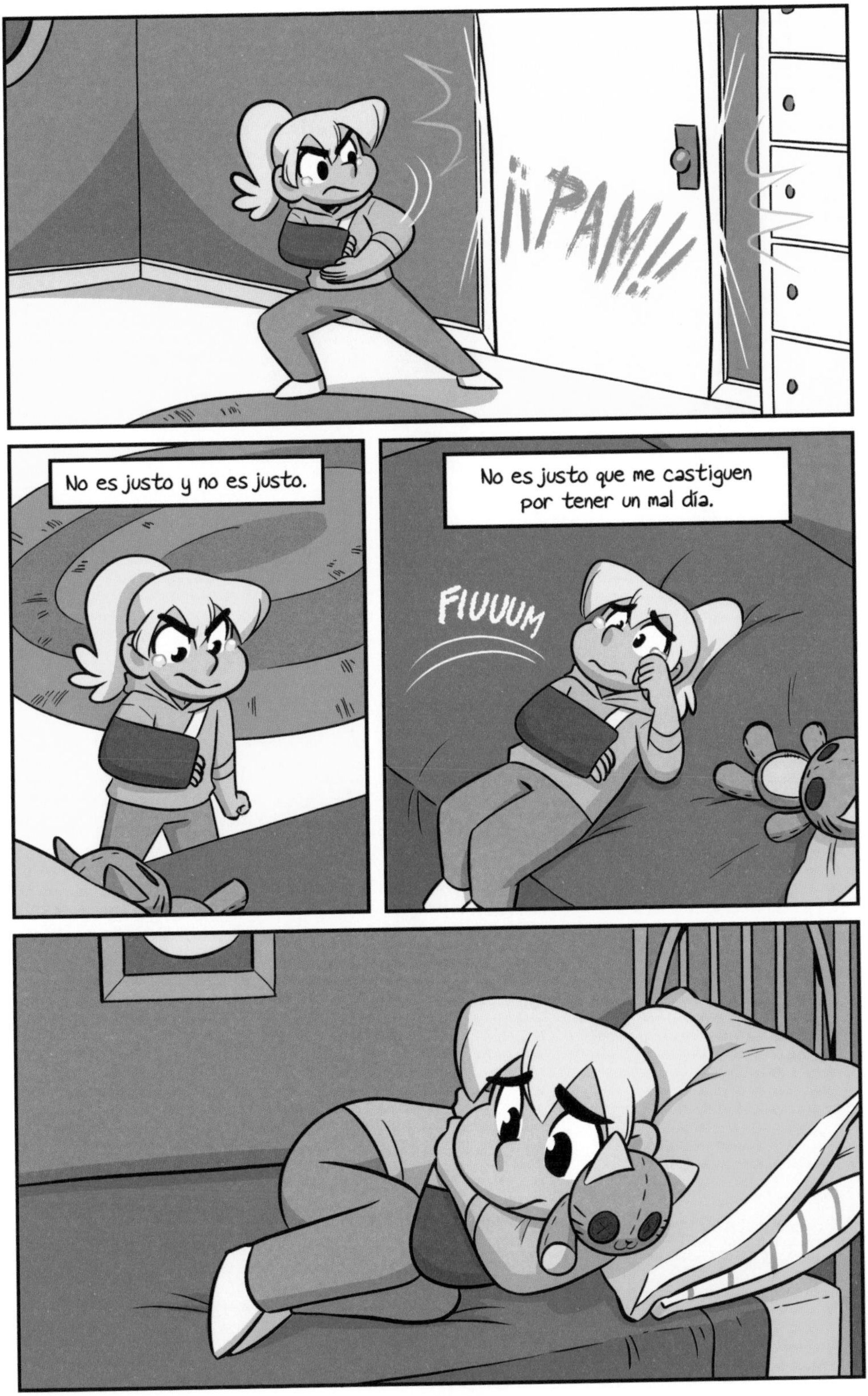

¡¡PAM!!
No es justo y no es justo.
No es justo que me castiguen por tener un mal día.
FIUUUM

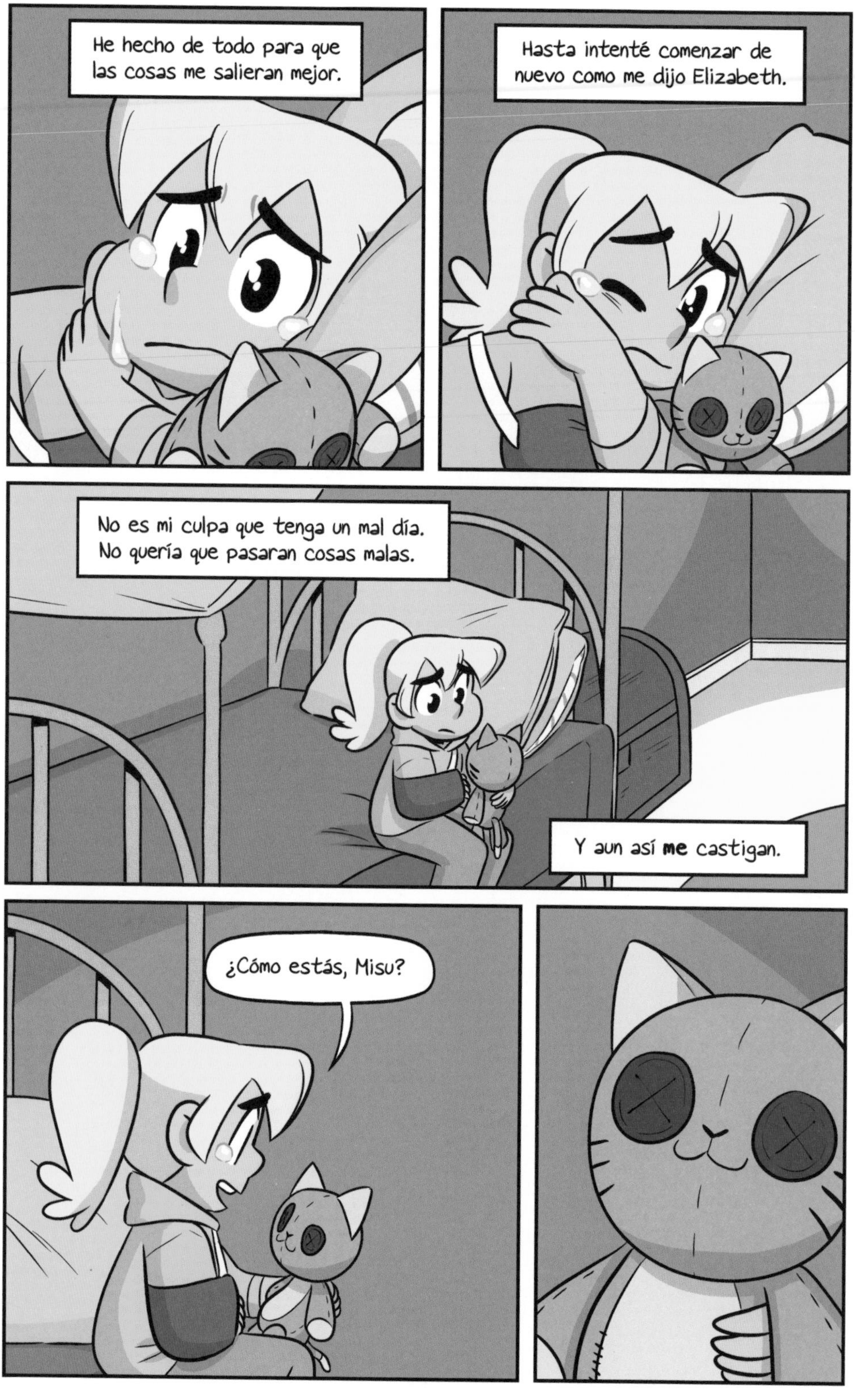
He hecho de todo para que las cosas me salieran mejor.
Hasta intenté comenzar de nuevo como me dijo Elizabeth.
No es mi culpa que tenga un mal día. No quería que pasaran cosas malas.
Y aun así **me** castigan.
¿Cómo estás, Misu?

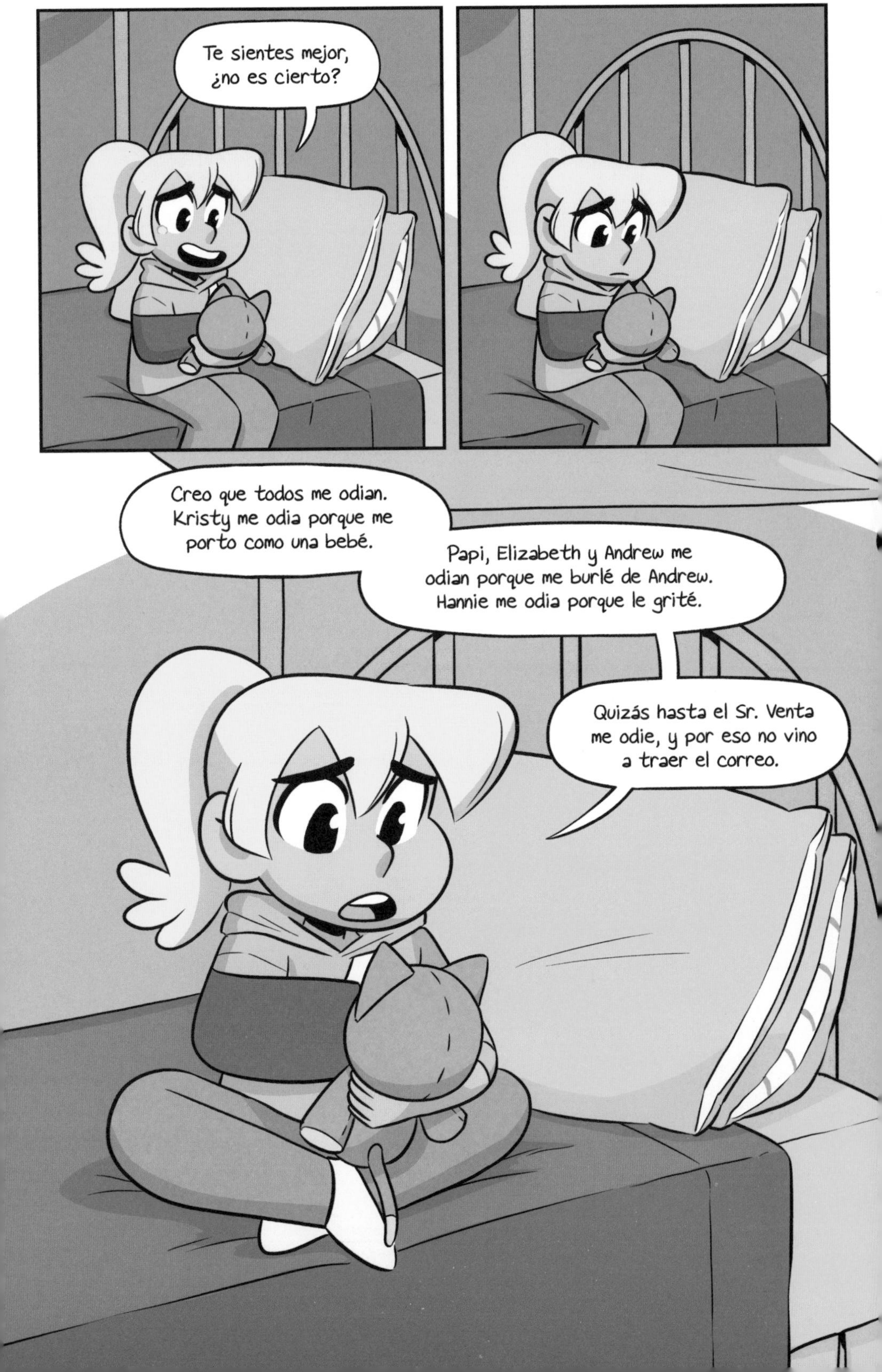

Te sientes mejor, ¿no es cierto?
Creo que todos me odian. Kristy me odia porque me porto como una bebé.
Papi, Elizabeth y Andrew me odian porque me burlé de Andrew. Hannie me odia porque le grité.
Quizás hasta el Sr. Venta me odie, y por eso no vino a traer el correo.

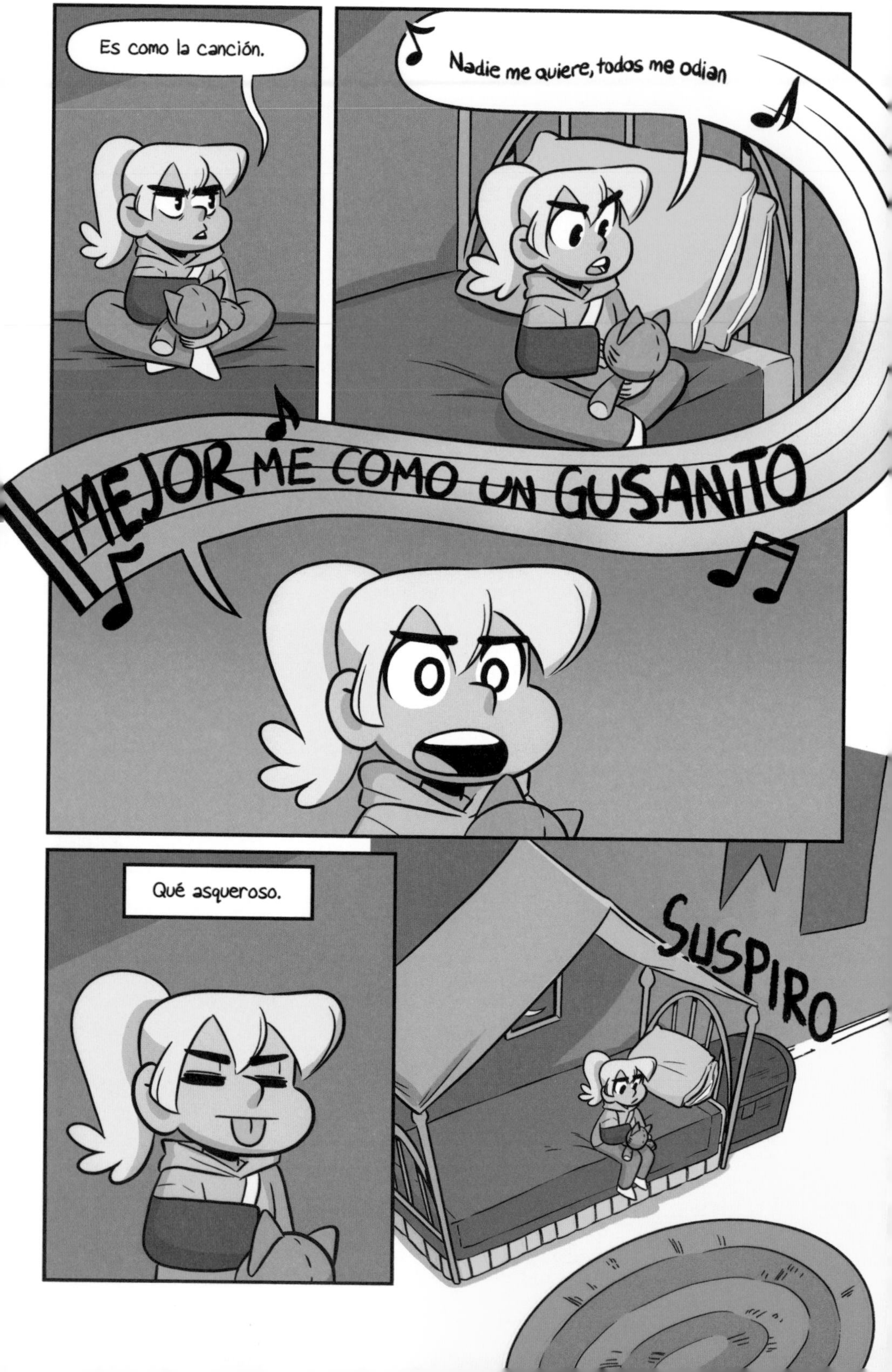
Es como la canción.
Nadie me quiere, todos me odian
MEJOR ME COMO UN GUSANITO
Qué asqueroso.
SUSPIRO

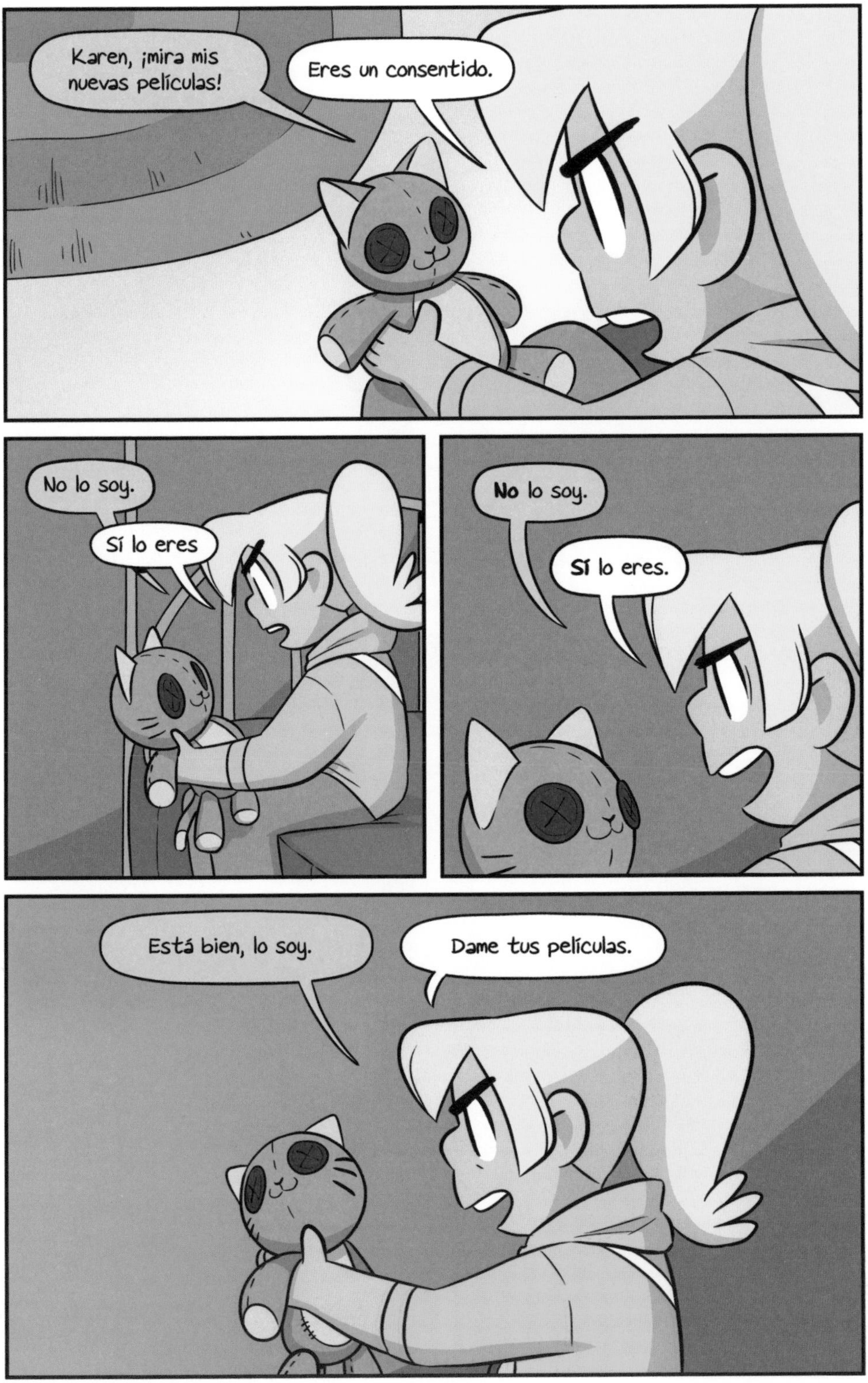
Karen, ¡mira mis nuevas películas!
Eres un consentido.
No lo soy.
Sí lo eres
No lo soy.
Sí lo eres.
Está bien, lo soy.
Dame tus películas.

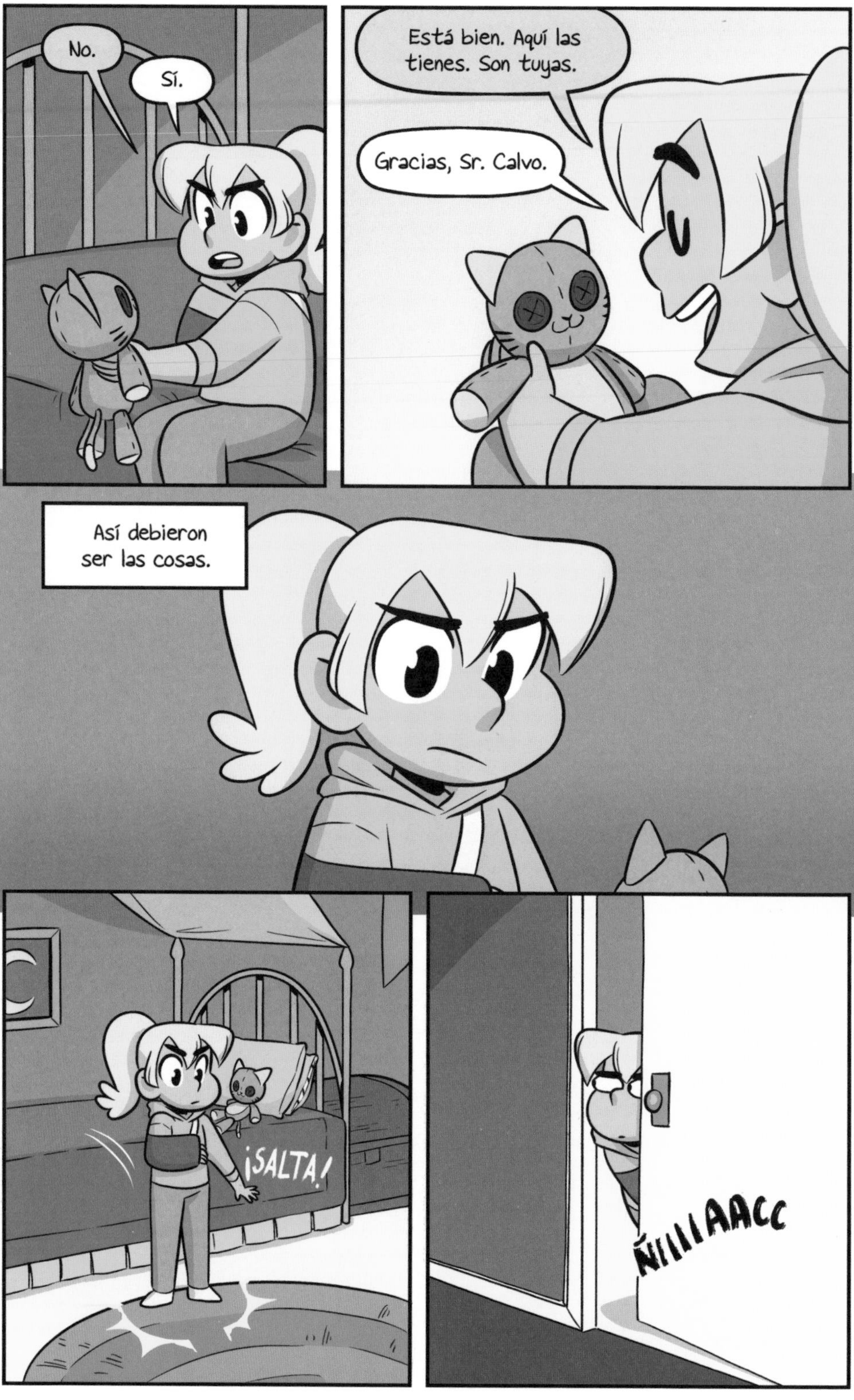
No.
Sí.
Está bien. Aquí las tienes. Son tuyas.
Gracias, Sr. Calvo.
Así debieron ser las cosas.
¡SALTA!
ÑIIIIAACC

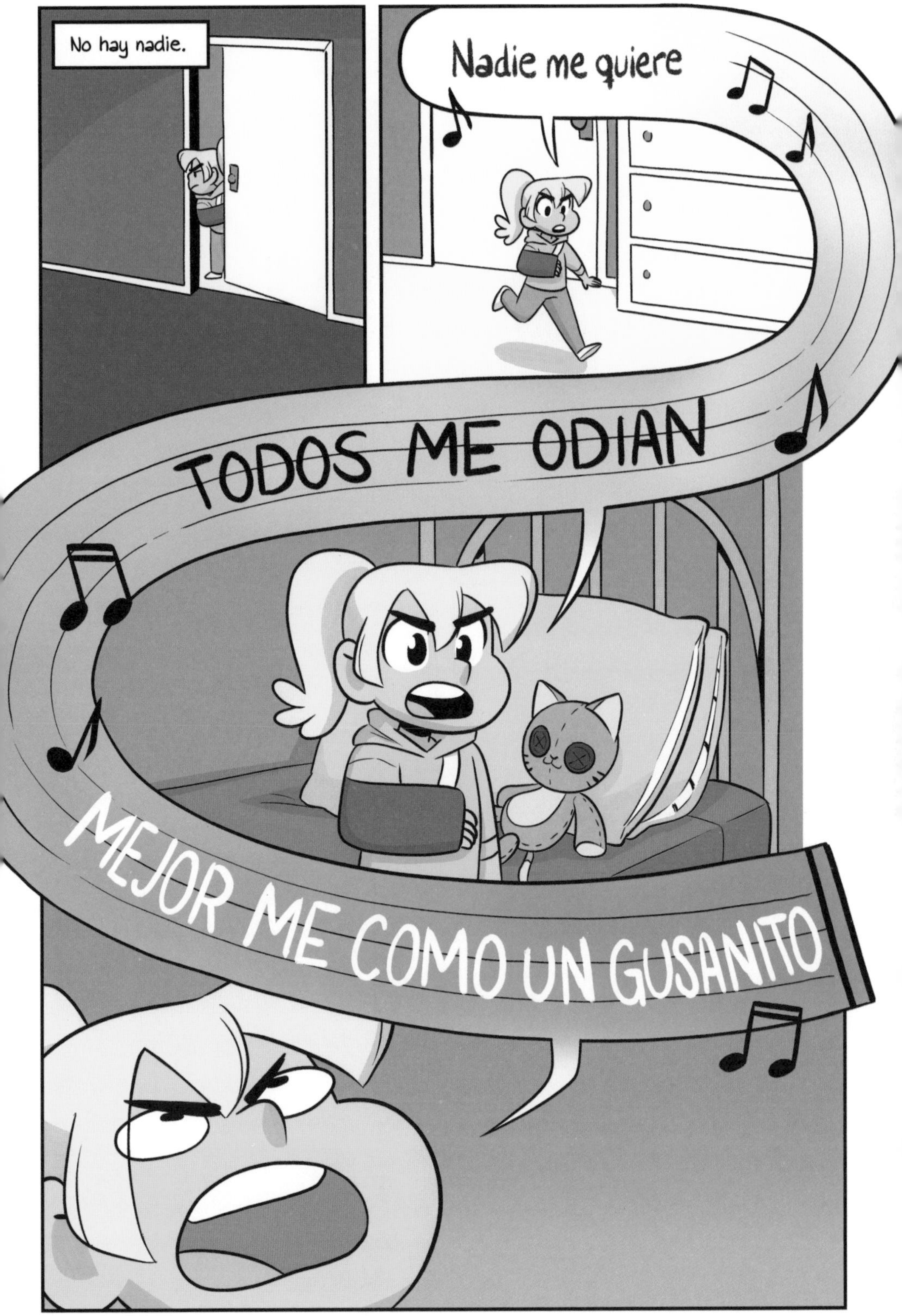
No hay nadie.
Nadie me quiere
TODOS ME ODIAN
MEJOR ME COMO UN GUSANITO

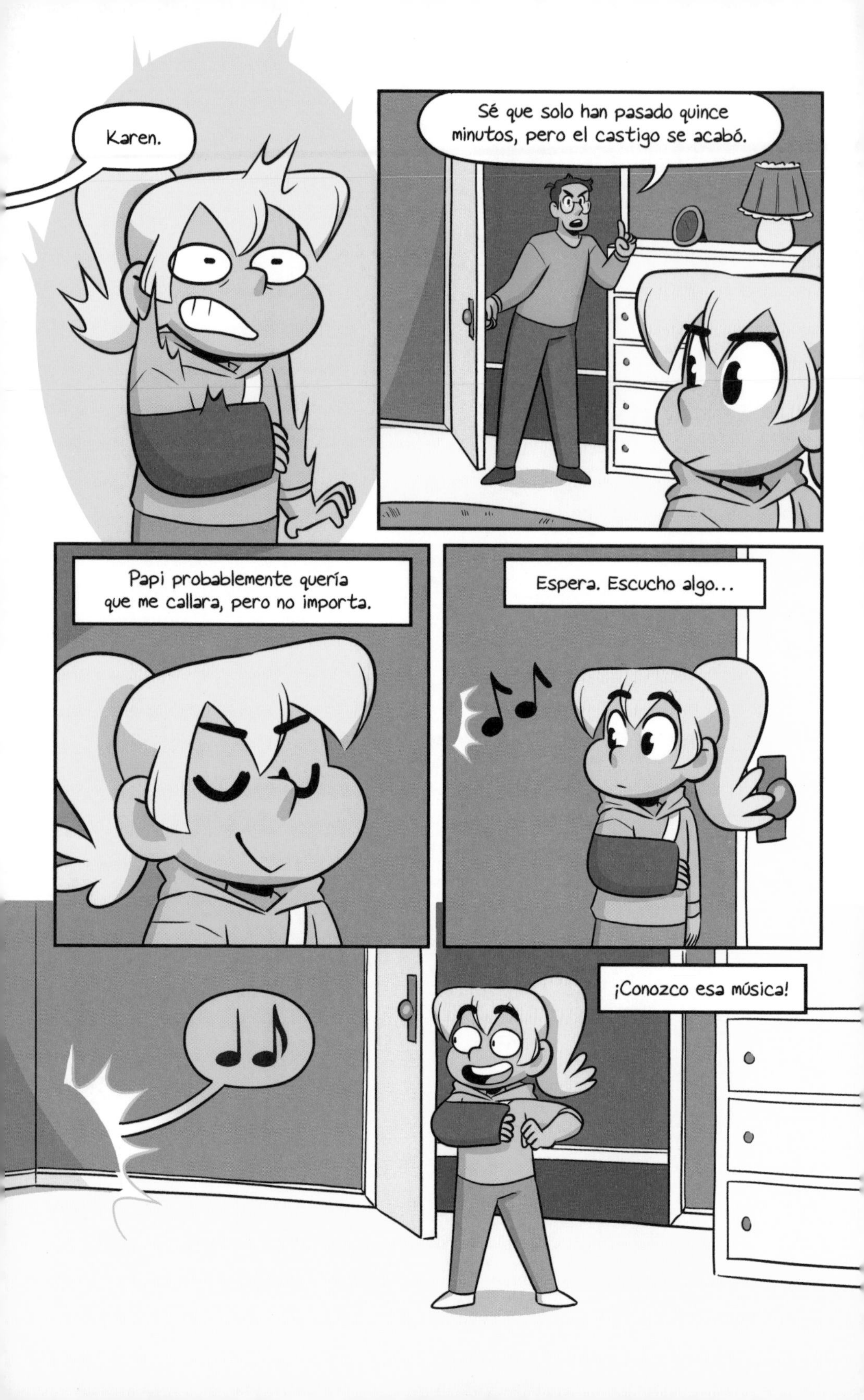
Karen.
Sé que solo han pasado quince minutos, pero el castigo se acabó.
Papi probablemente quería que me callara, pero no importa.
Espera. Escucho algo...
¡Conozco esa música!

CAPÍTULO 8

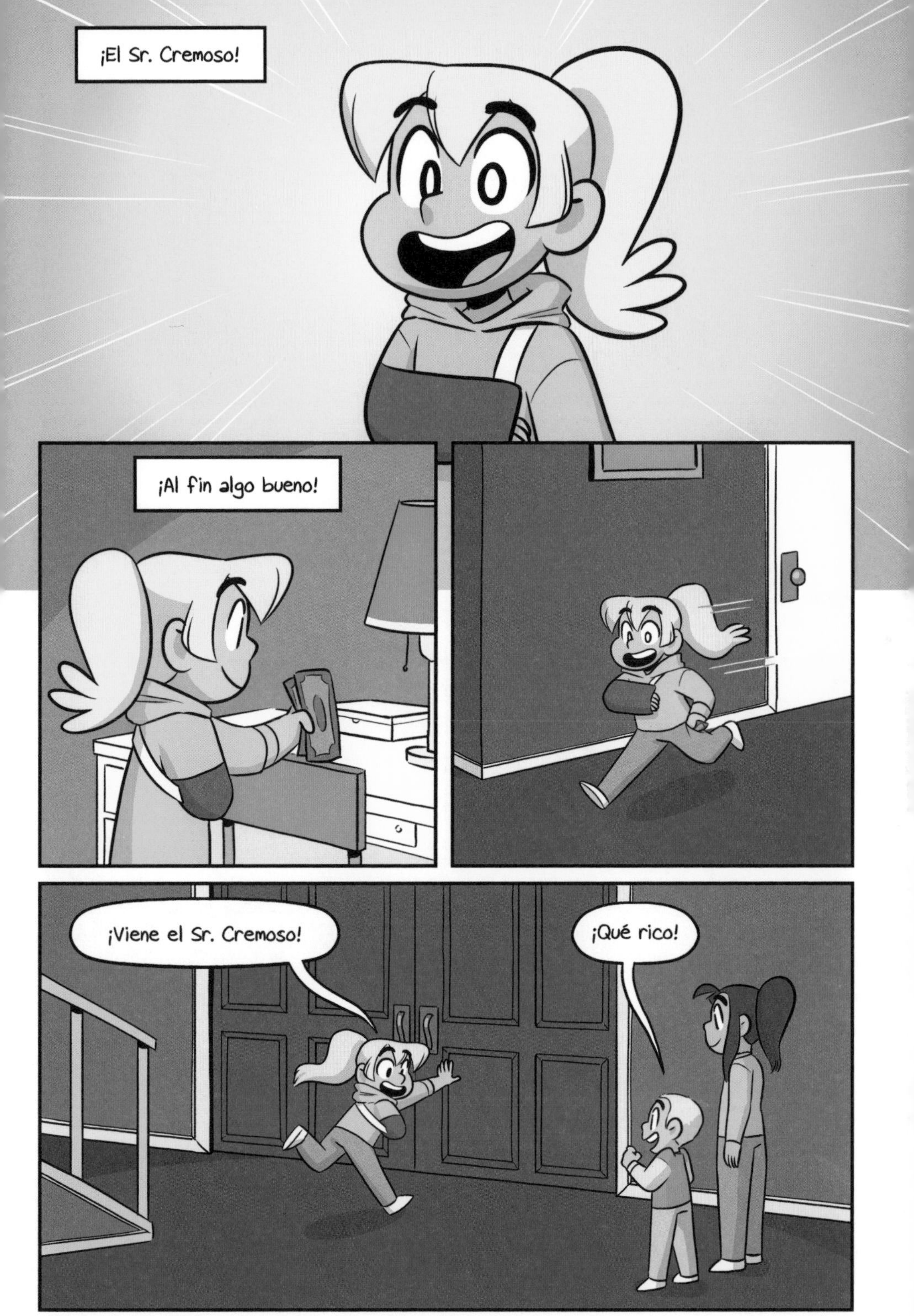
¡El Sr. Cremoso!
¡Al fin algo bueno!
¡Viene el Sr. Cremoso!
¡Qué rico!

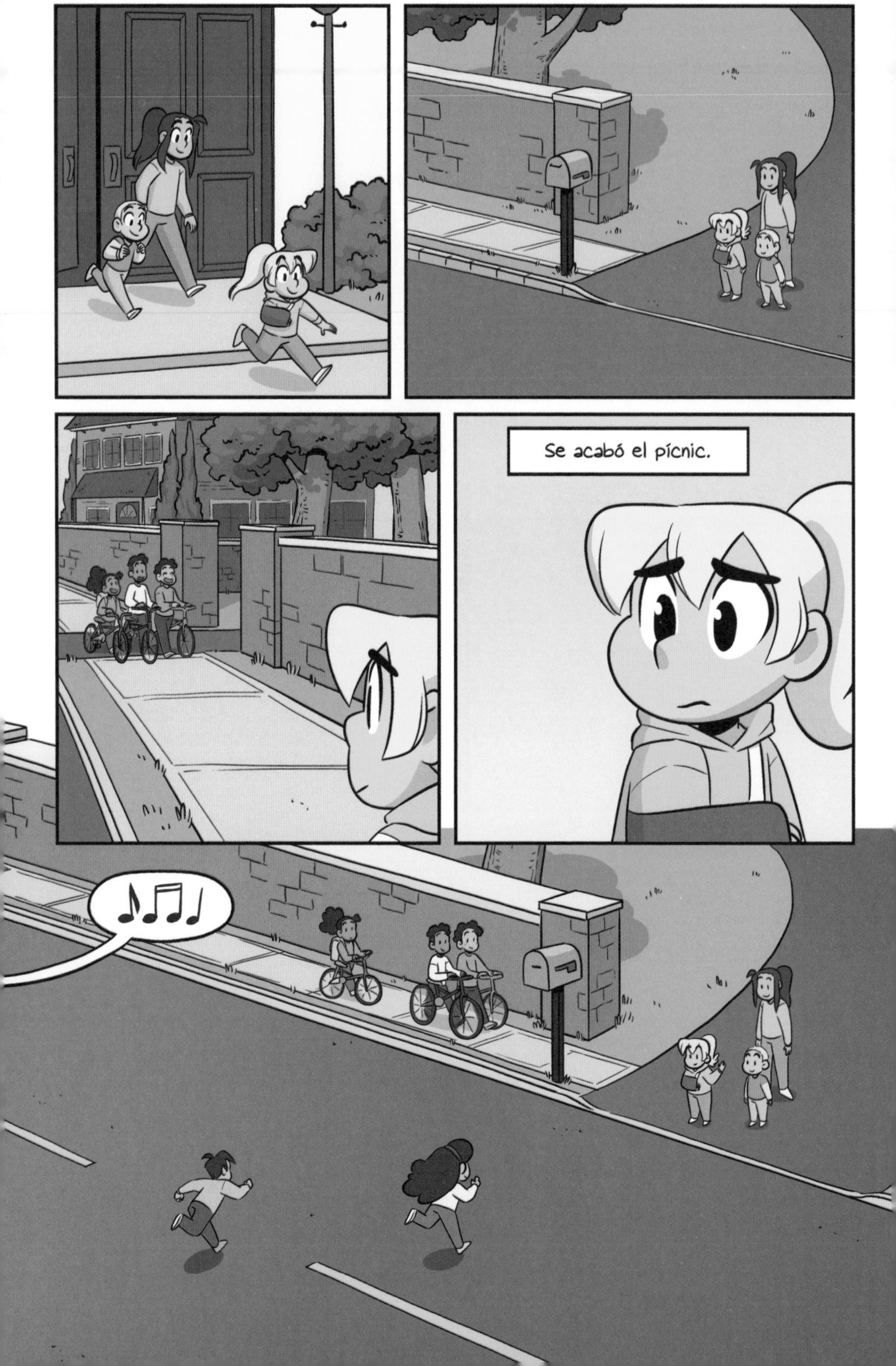
Se acabó el pícnic.
♪♫♩

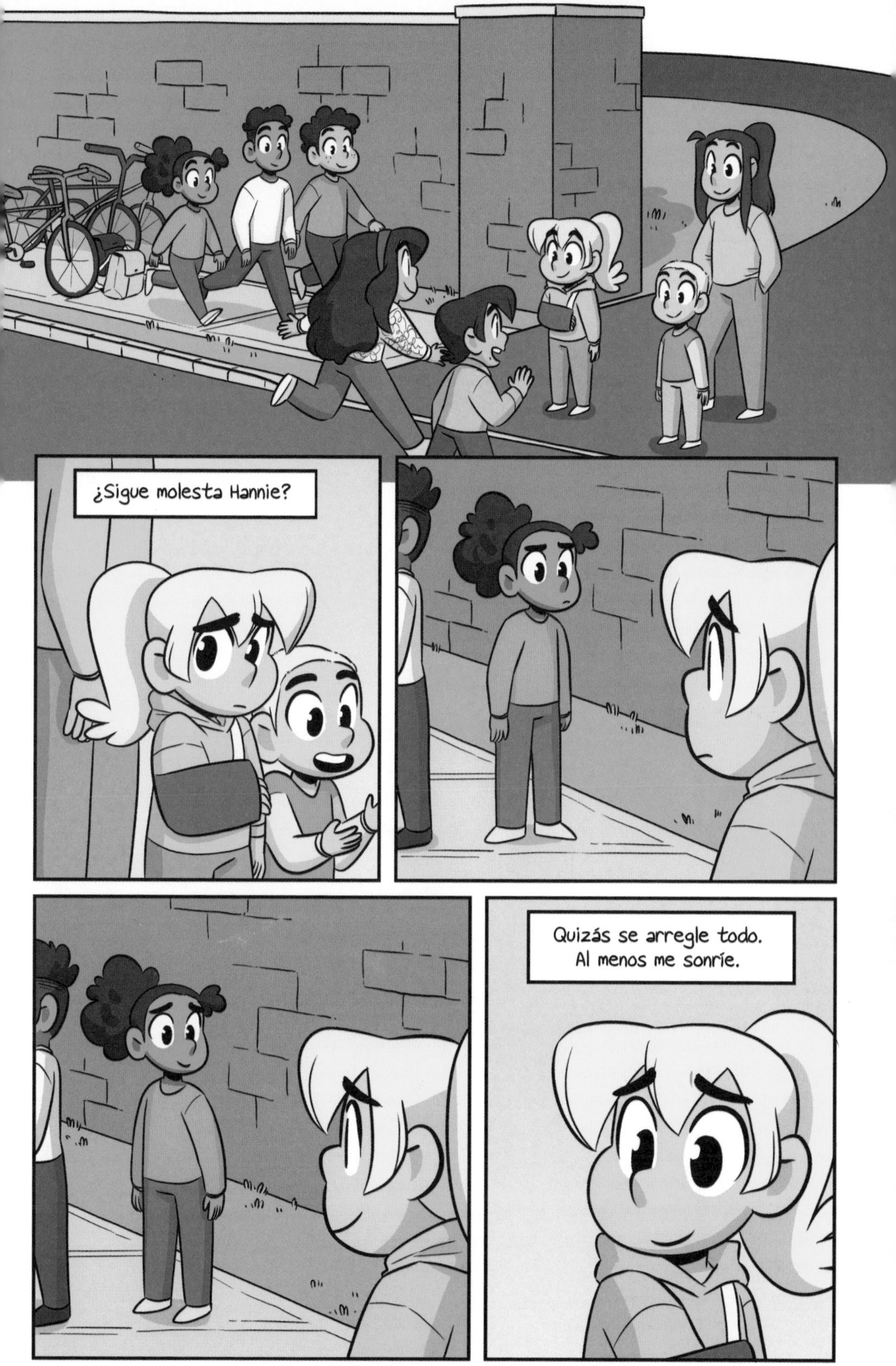
¿Sigue molesta Hannie?
Quizás se arregle todo. Al menos me sonríe.

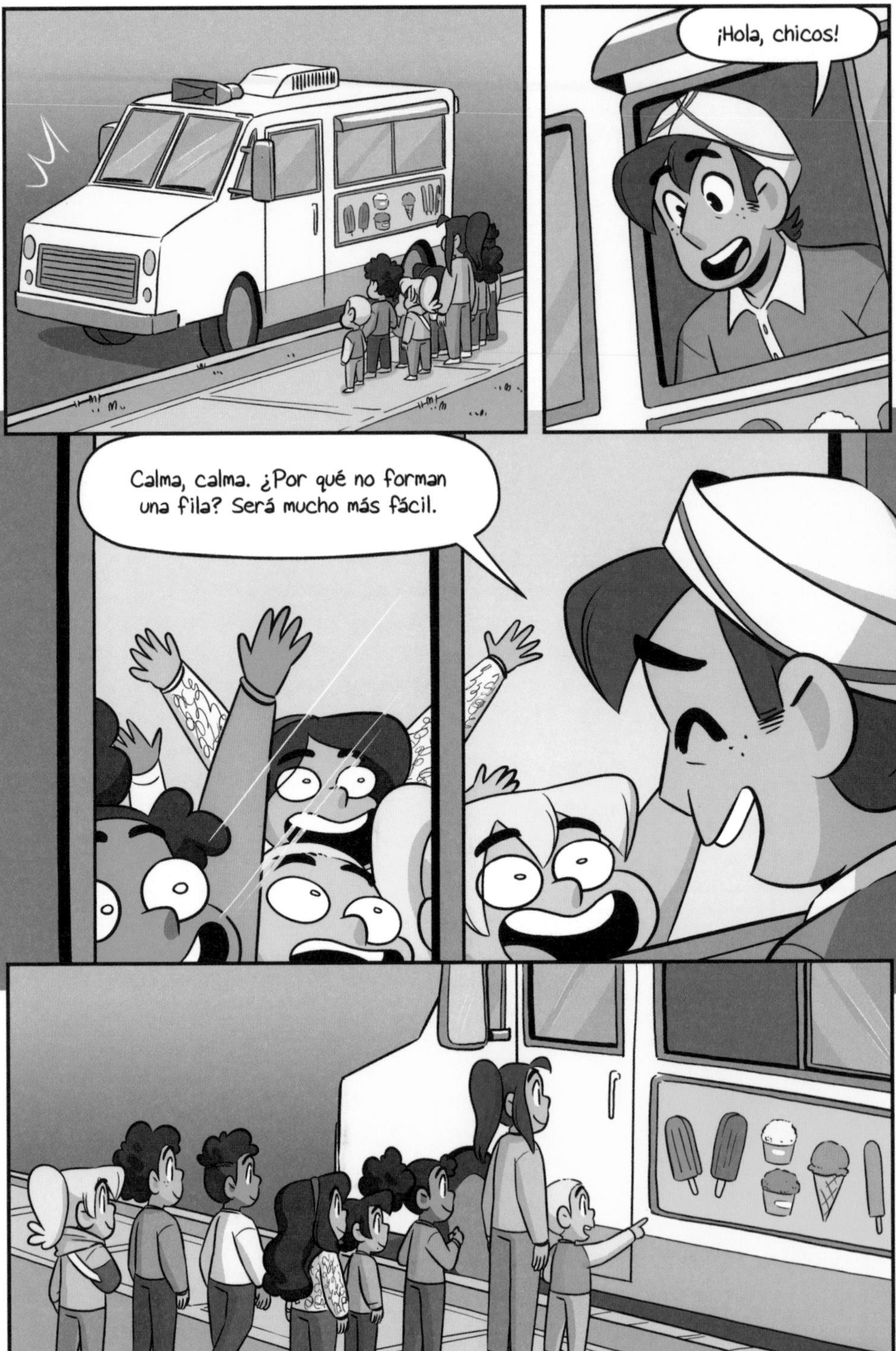
¡Hola, chicos!
Calma, calma. ¿Por qué no forman una fila? Será mucho más fácil.

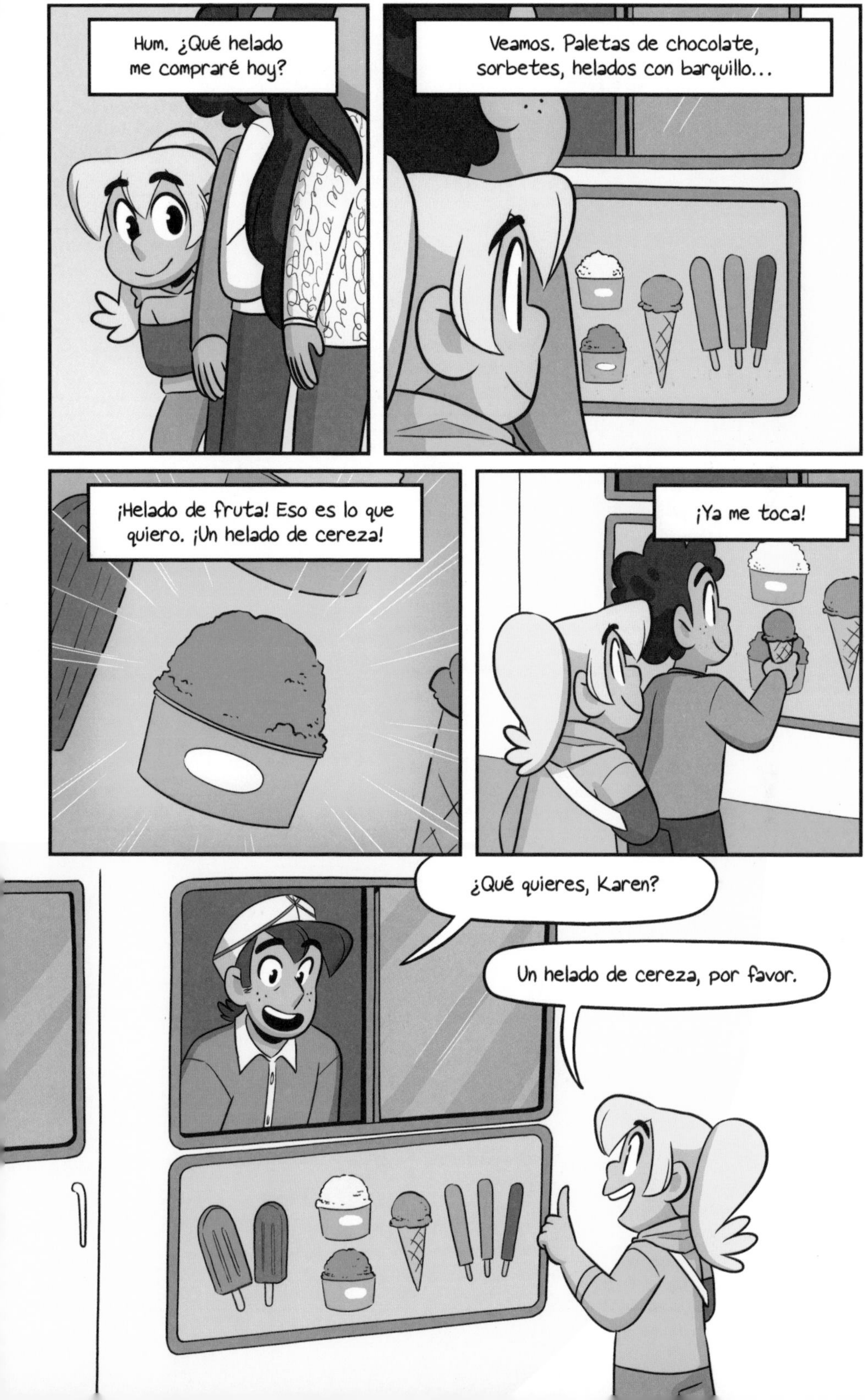

Hum. ¿Qué helado me compraré hoy?
Veamos. Paletas de chocolate, sorbetes, helados con barquillo...
¡Helado de fruta! Eso es lo que quiero. ¡Un helado de cereza!
¡Ya me toca!
¿Qué quieres, Karen?
Un helado de cereza, por favor.

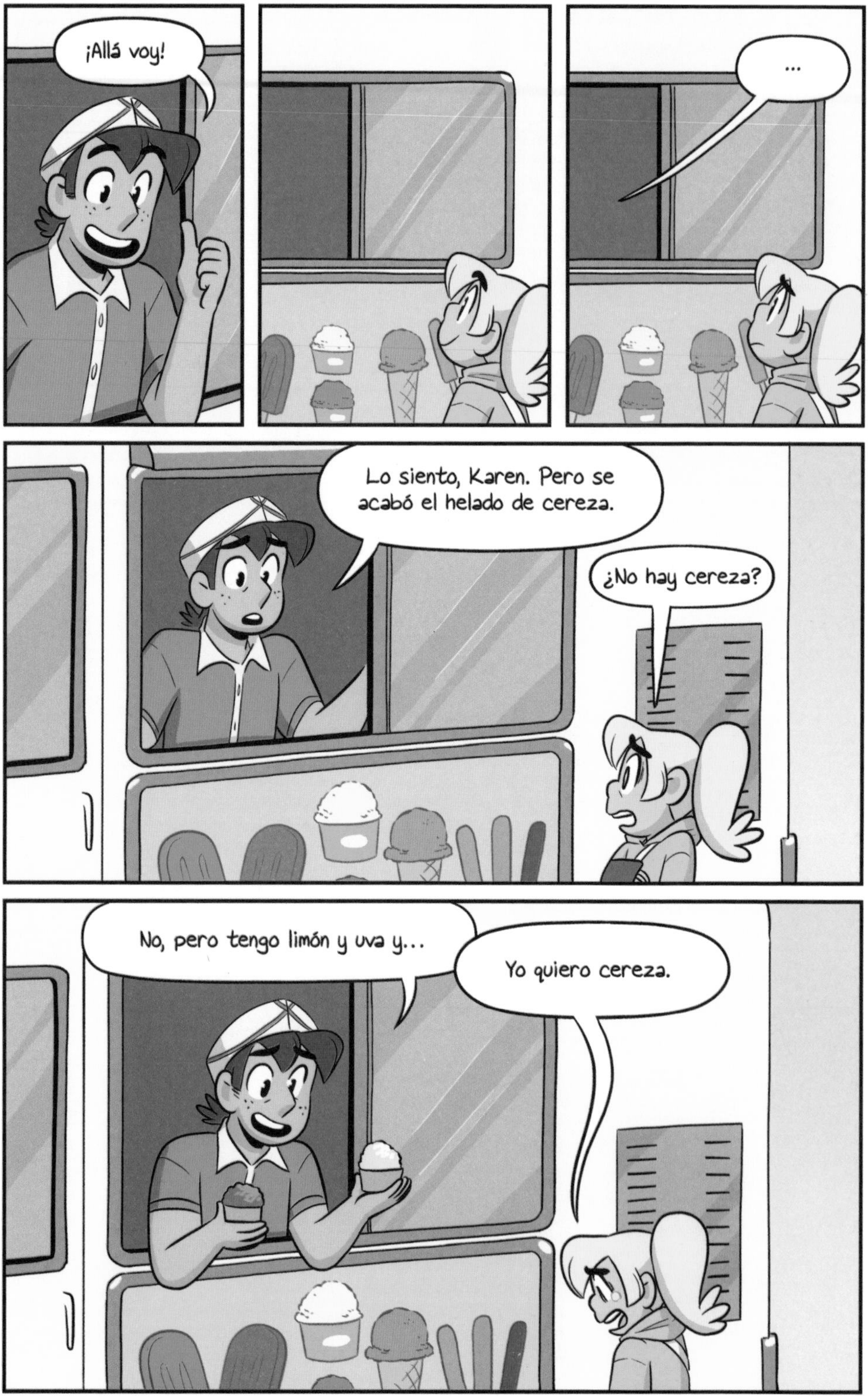
¡Allá voy!
...
Lo siento, Karen. Pero se acabó el helado de cereza.
¿No hay cereza?
No, pero tengo limón y uva y...
Yo quiero cereza.

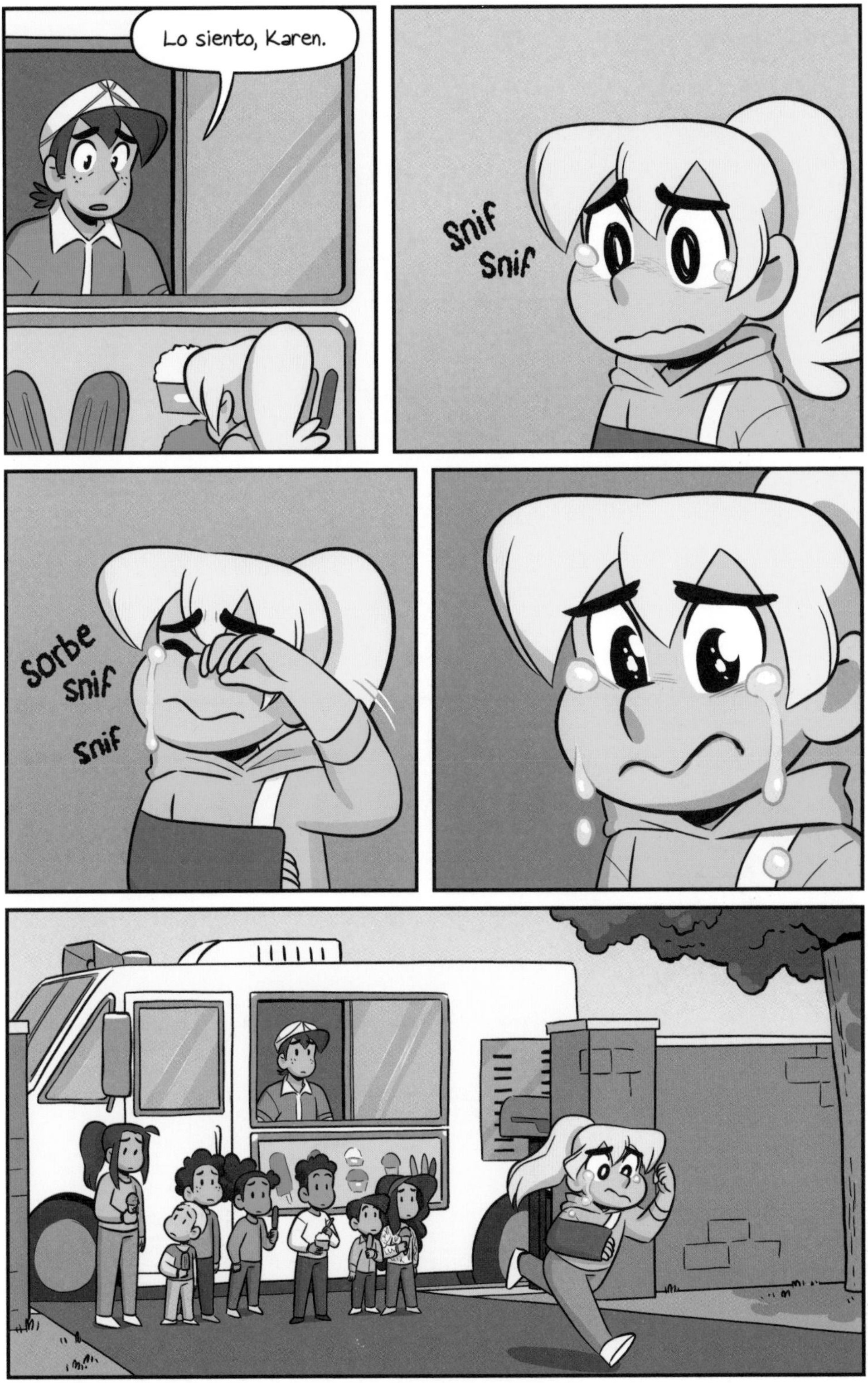
Lo siento, Karen.
Snif
Snif
Sorbe
snif
snif

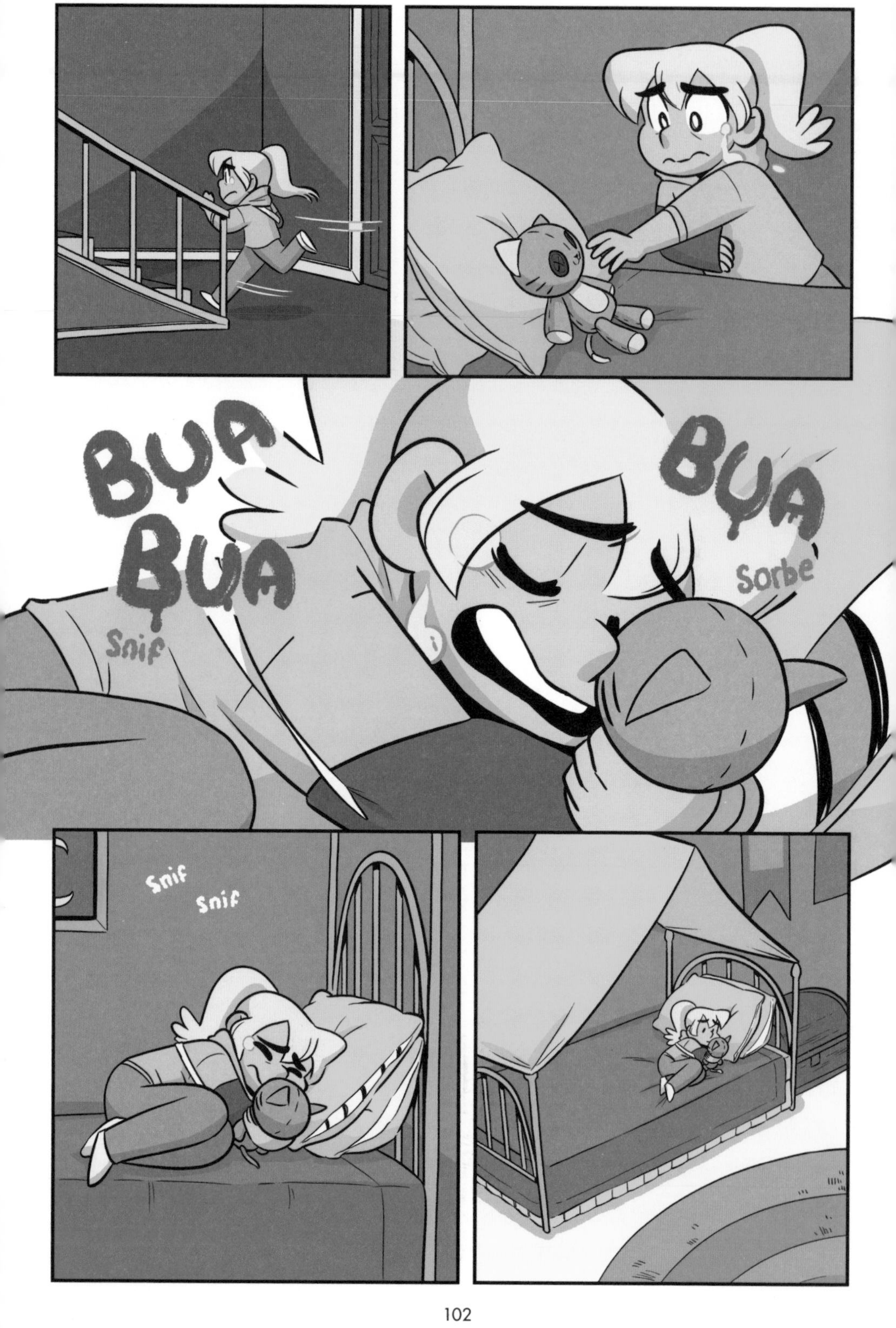
BỤA BỤA
Snif
BỤA
Sorbe
Snif
Snif

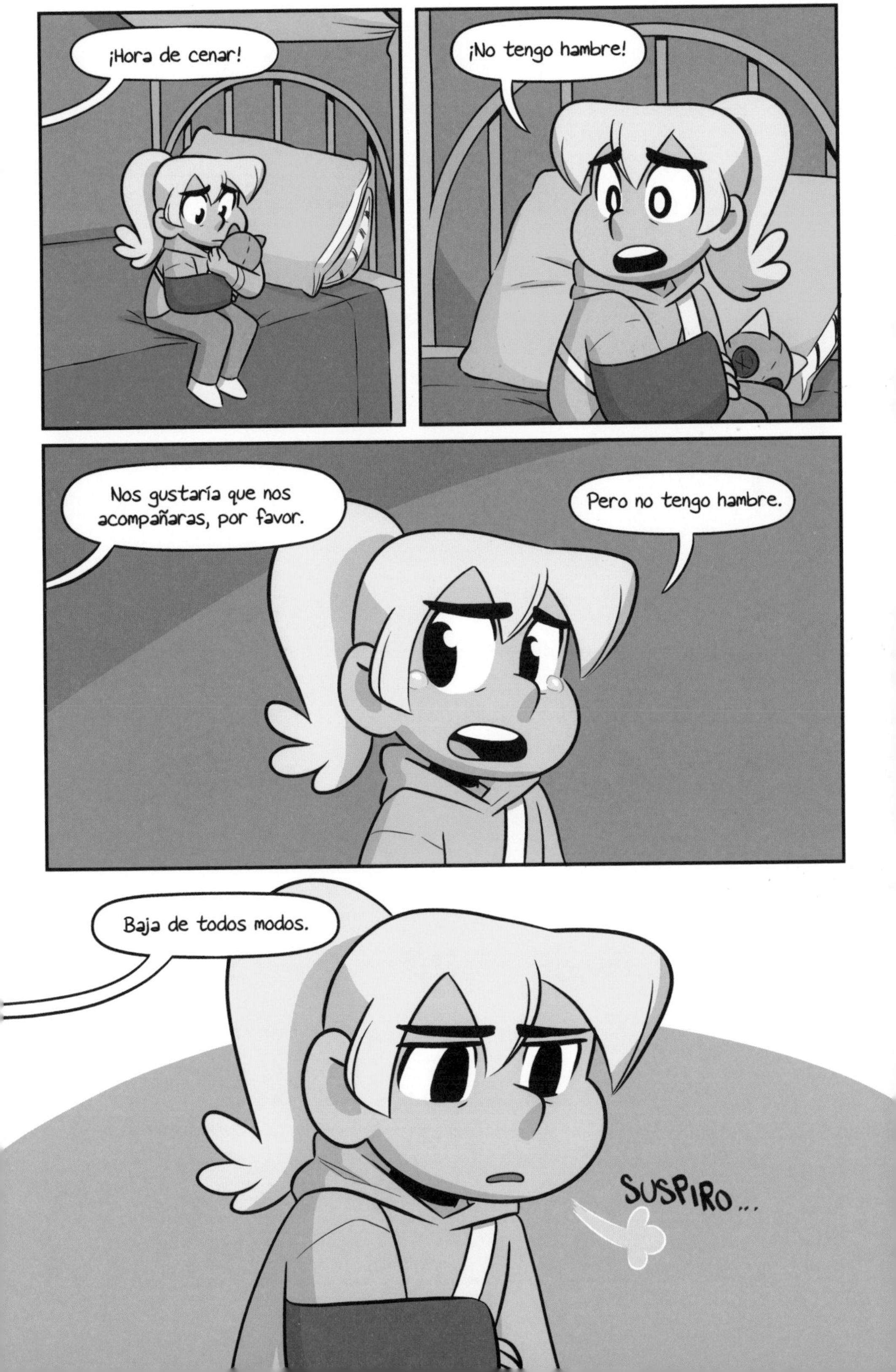
¡Hora de cenar!
¡No tengo hambre!
Nos gustaría que nos acompañaras, por favor.
Pero no tengo hambre.
Baja de todos modos.
SUSPIRO...

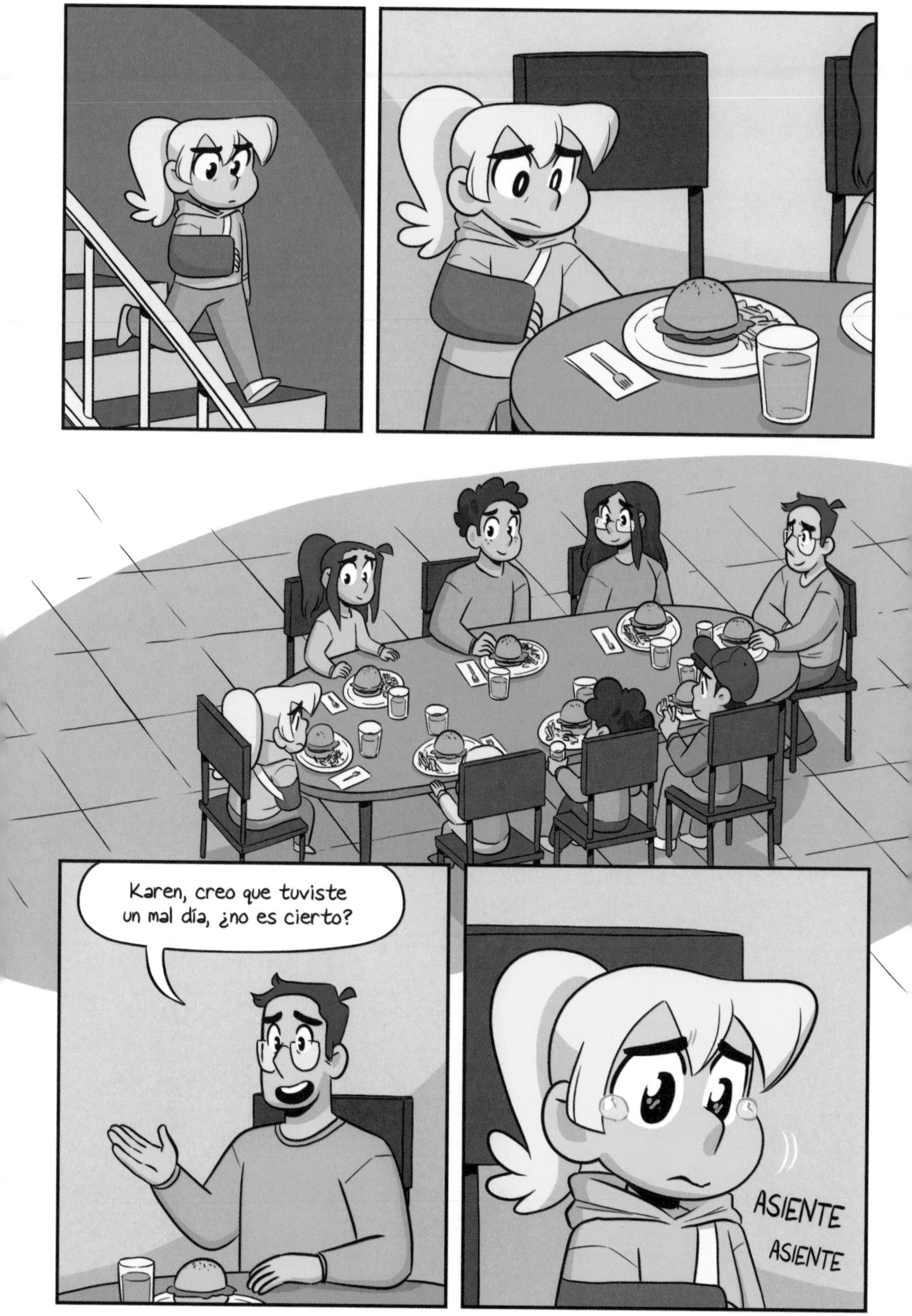
Karen, creo que tuviste un mal día, ¿no es cierto?
ASIENTE
ASIENTE

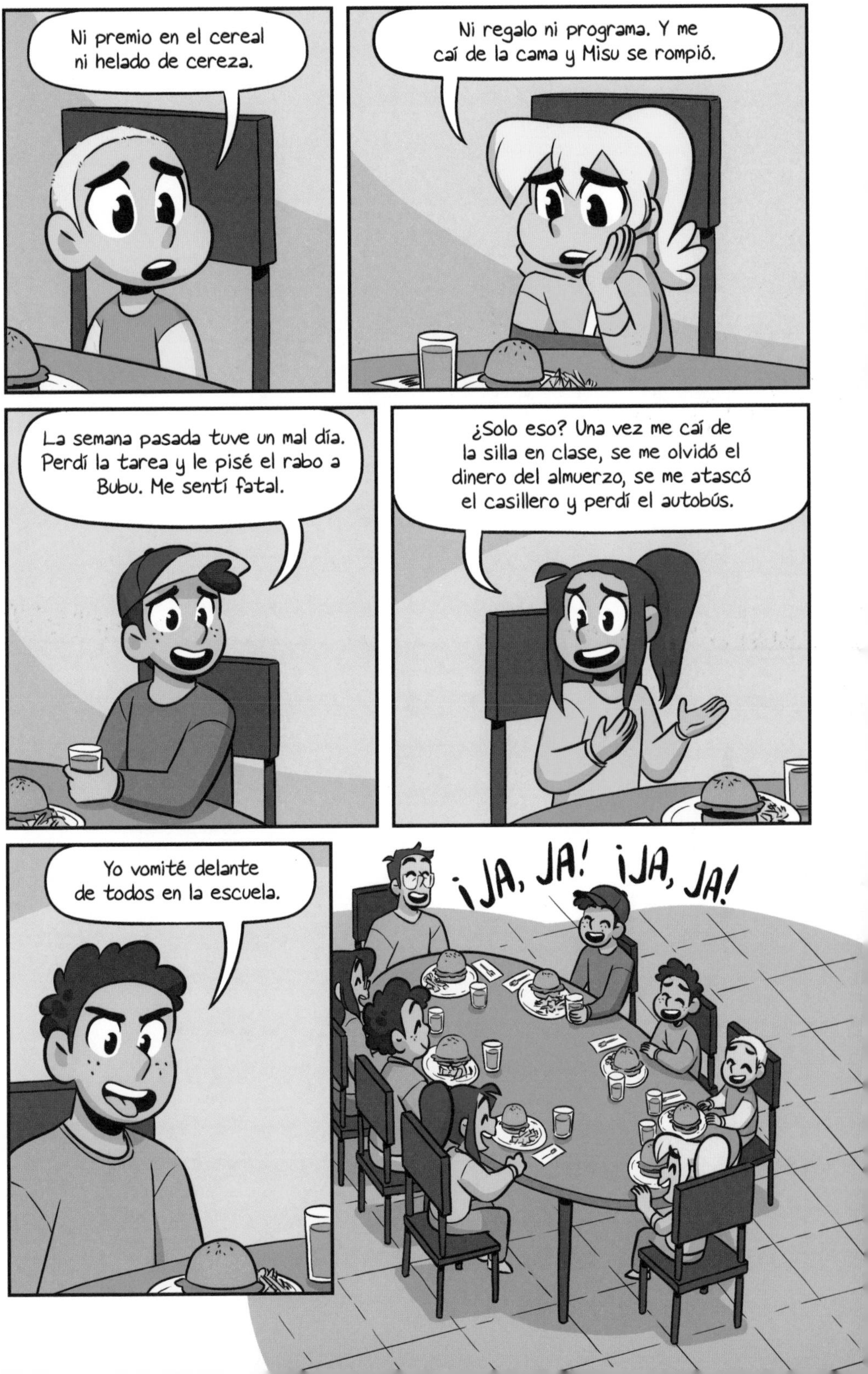
Ni premio en el cereal ni helado de cereza.
Ni regalo ni programa. Y me caí de la cama y Misu se rompió.
La semana pasada tuve un mal día. Perdí la tarea y le pisé el rabo a Bubu. Me sentí fatal.
¿Solo eso? Una vez me caí de la silla en clase, se me olvidó el dinero del almuerzo, se me atascó el casillero y perdí el autobús.
Yo vomité delante de todos en la escuela.
¡JA, JA! ¡JA, JA!

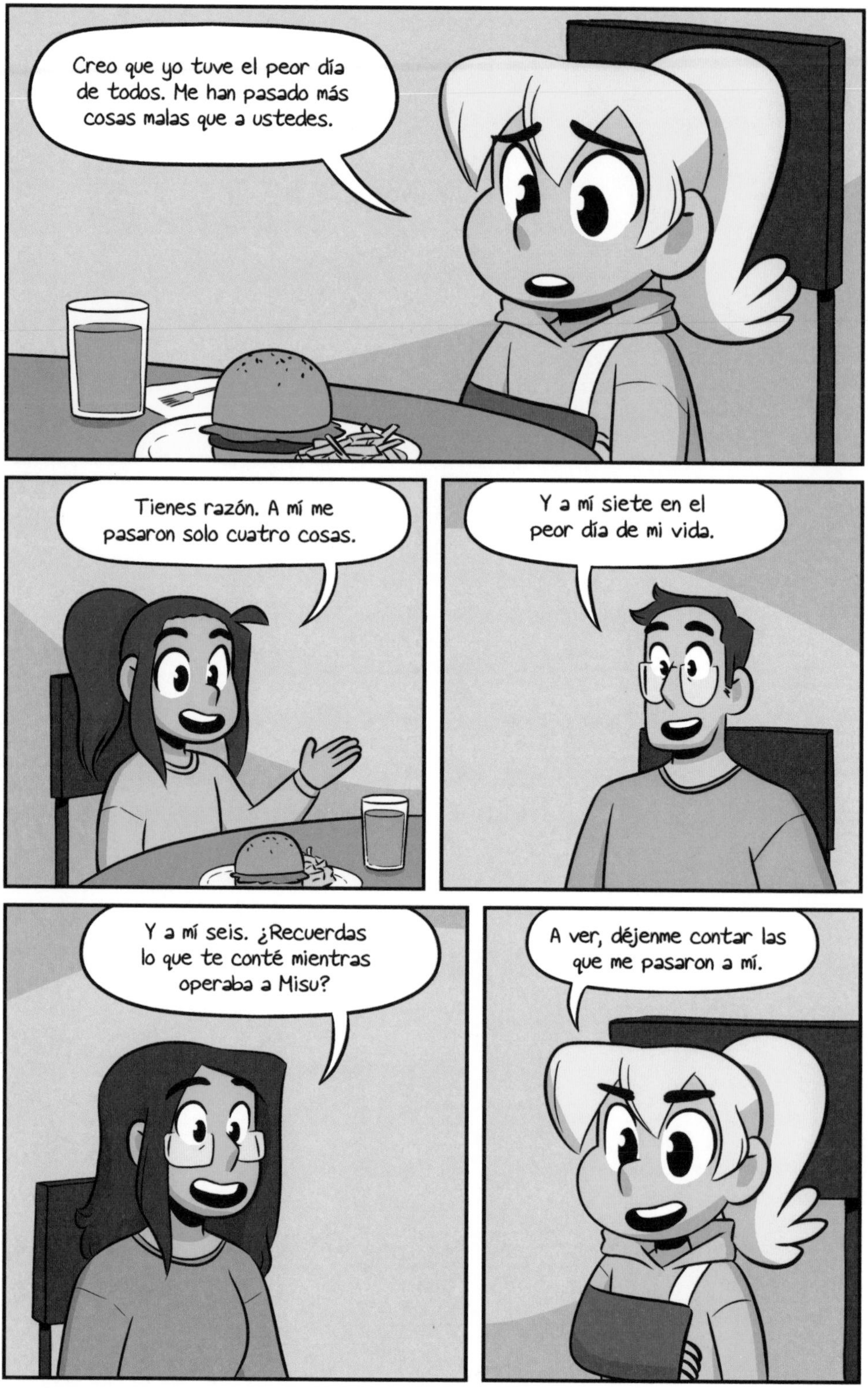

Creo que yo tuve el peor día de todos. Me han pasado más cosas malas que a ustedes.
Tienes razón. A mí me pasaron solo cuatro cosas.
Y a mí siete en el peor día de mi vida.
Y a mí seis. ¿Recuerdas lo que te conté mientras operaba a Misu?
A ver, déjenme contar las que me pasaron a mí.

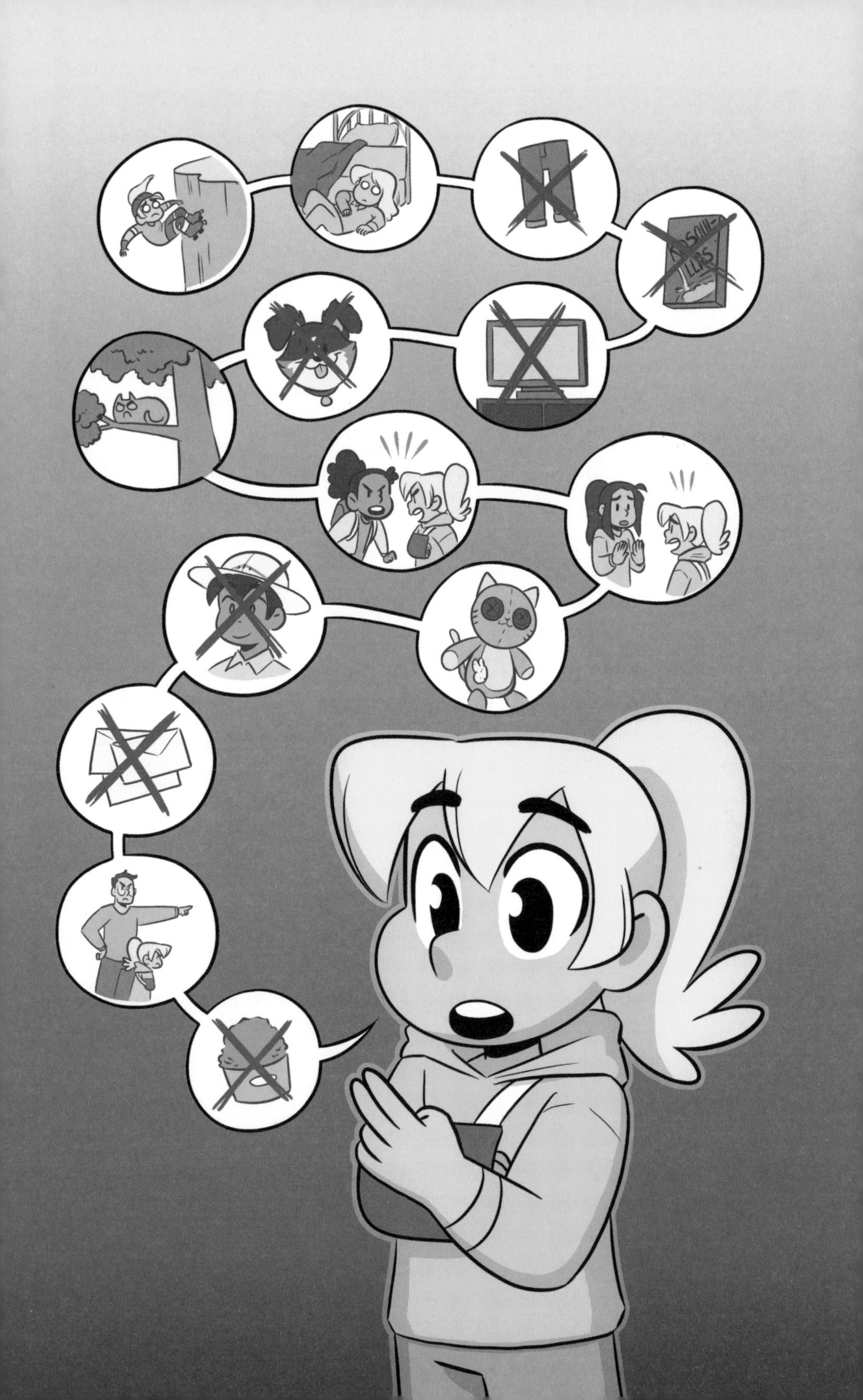

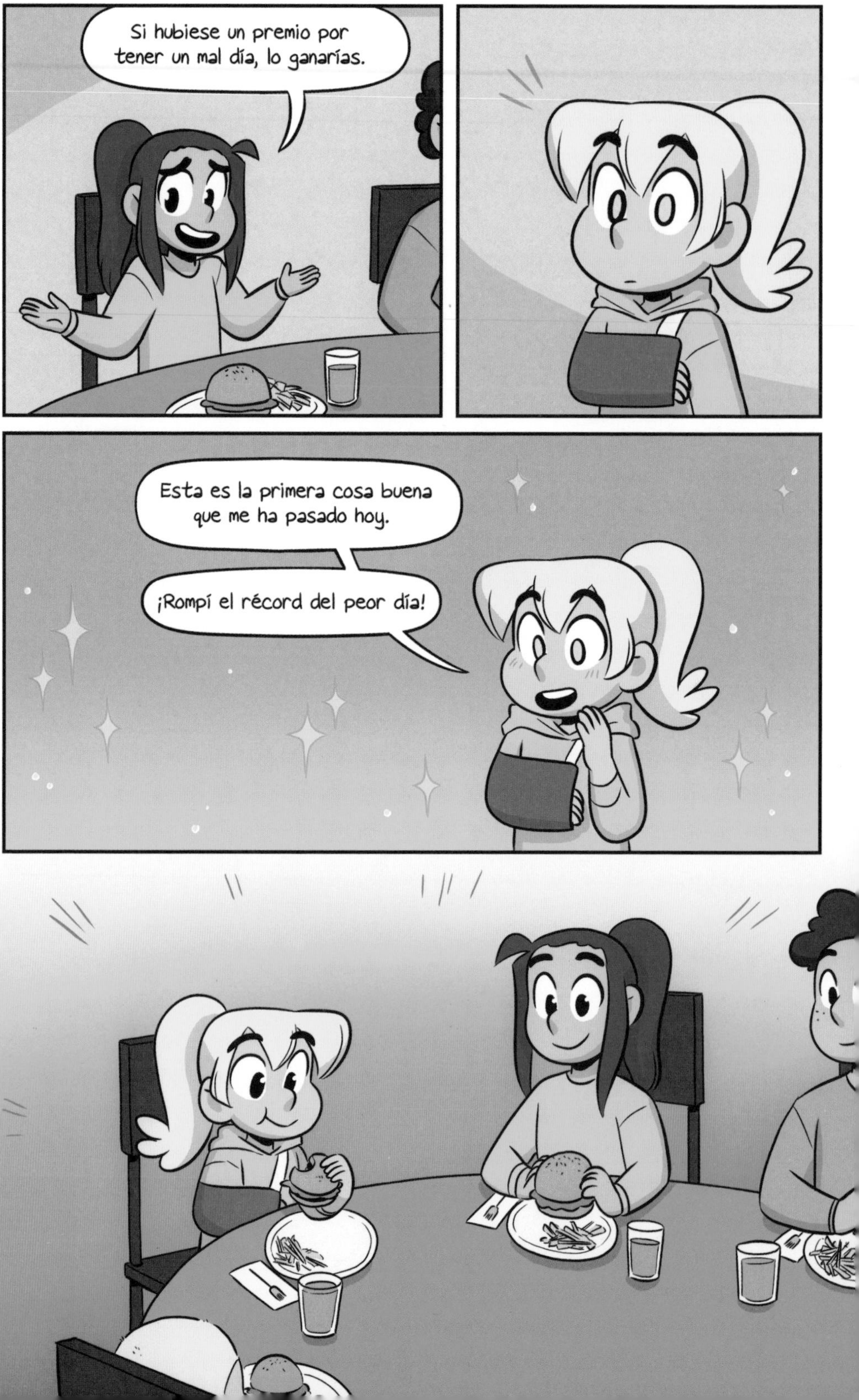
Si hubiese un premio por tener un mal día, lo ganarías.
Esta es la primera cosa buena que me ha pasado hoy.
¡Rompí el récord del peor día!

CAPÍTULO 9

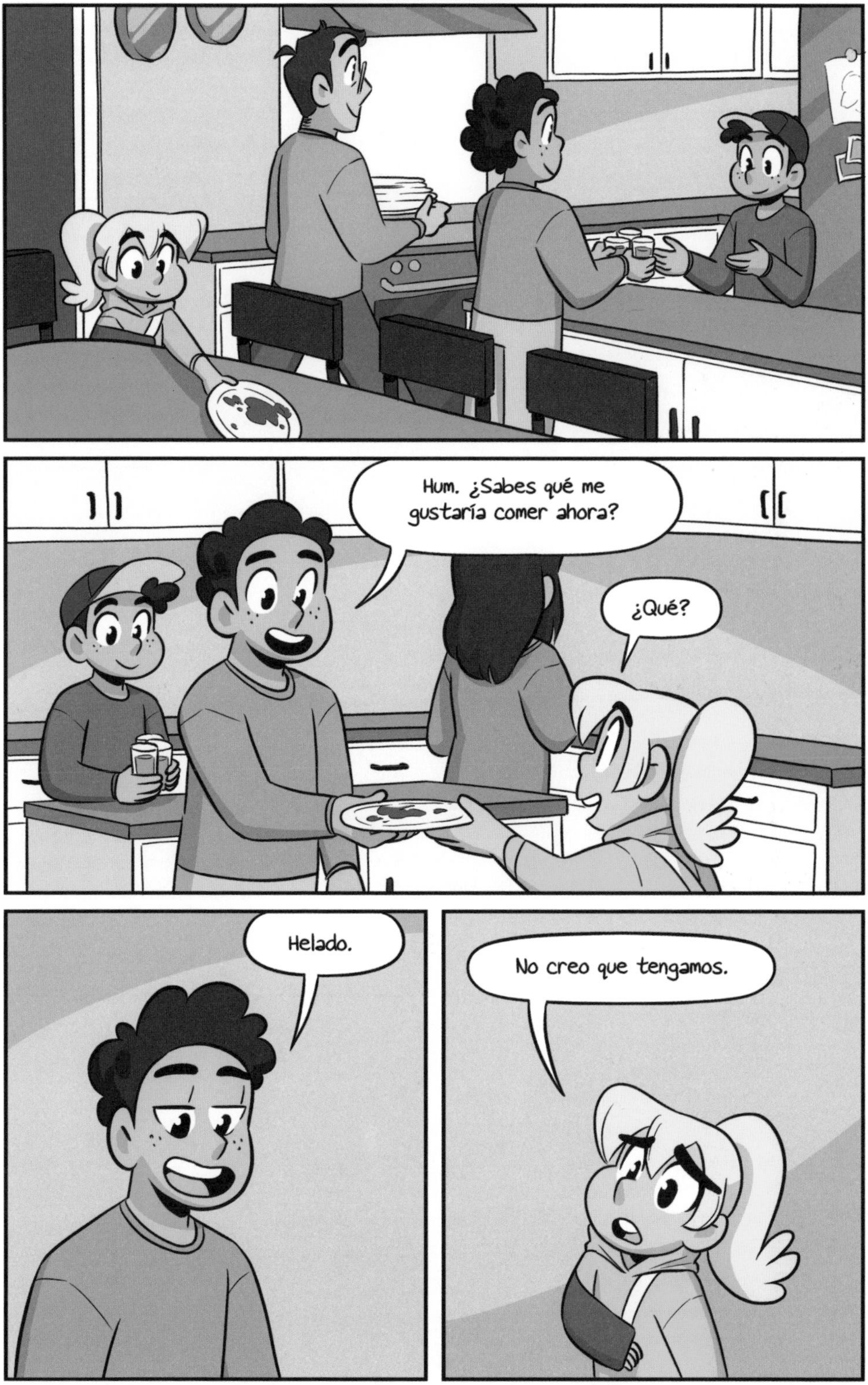

Hum. ¿Sabes qué me gustaría comer ahora?
¿Qué?
Helado.
No creo que tengamos.

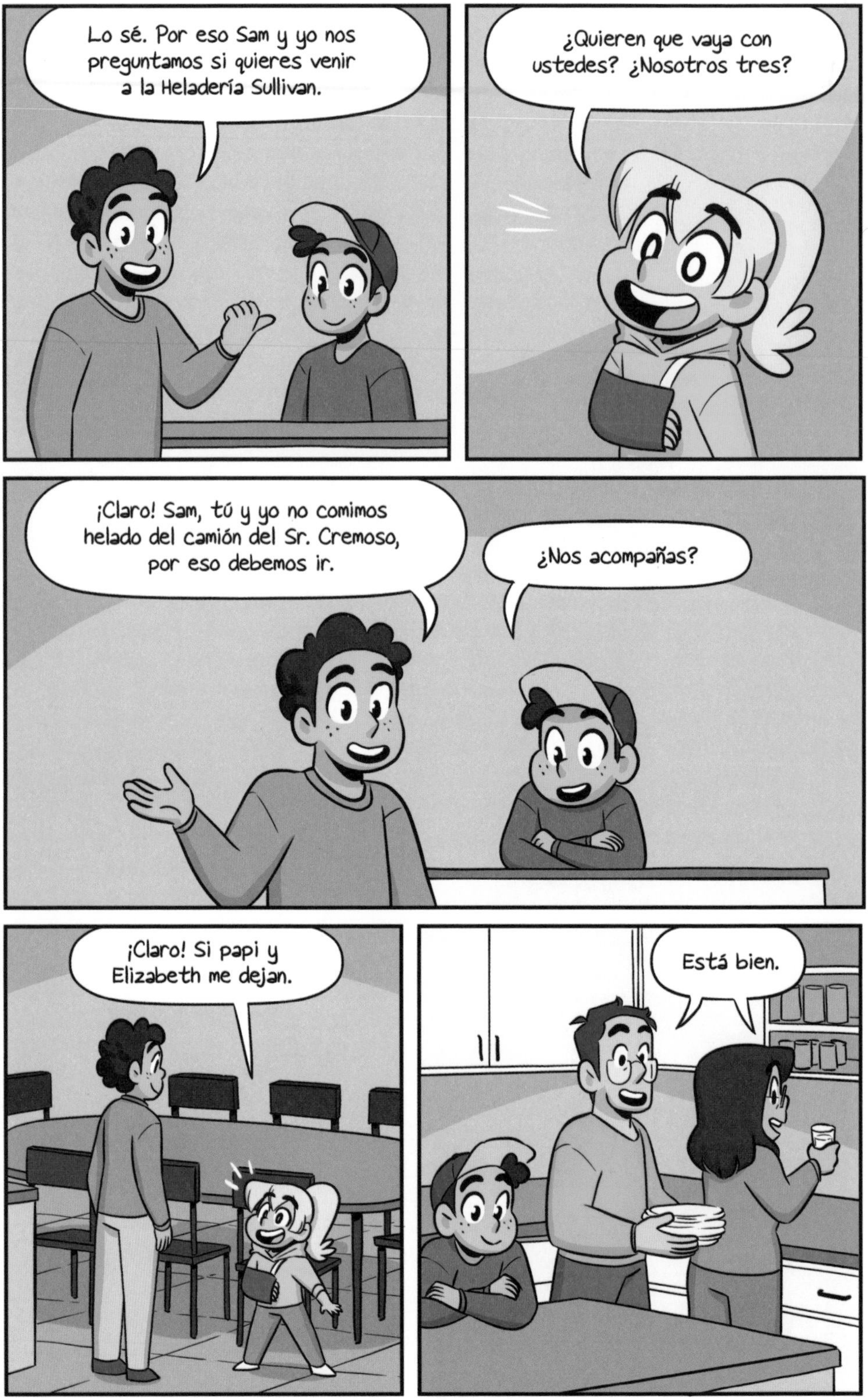
Lo sé. Por eso Sam y yo nos preguntamos si quieres venir a la Heladería Sullivan.
¿Quieren que vaya con ustedes? ¿Nosotros tres?
¡Claro! Sam, tú y yo no comimos helado del camión del Sr. Cremoso, por eso debemos ir.
¿Nos acompañas?
¡Claro! Si papi y Elizabeth me dejan.
Está bien.

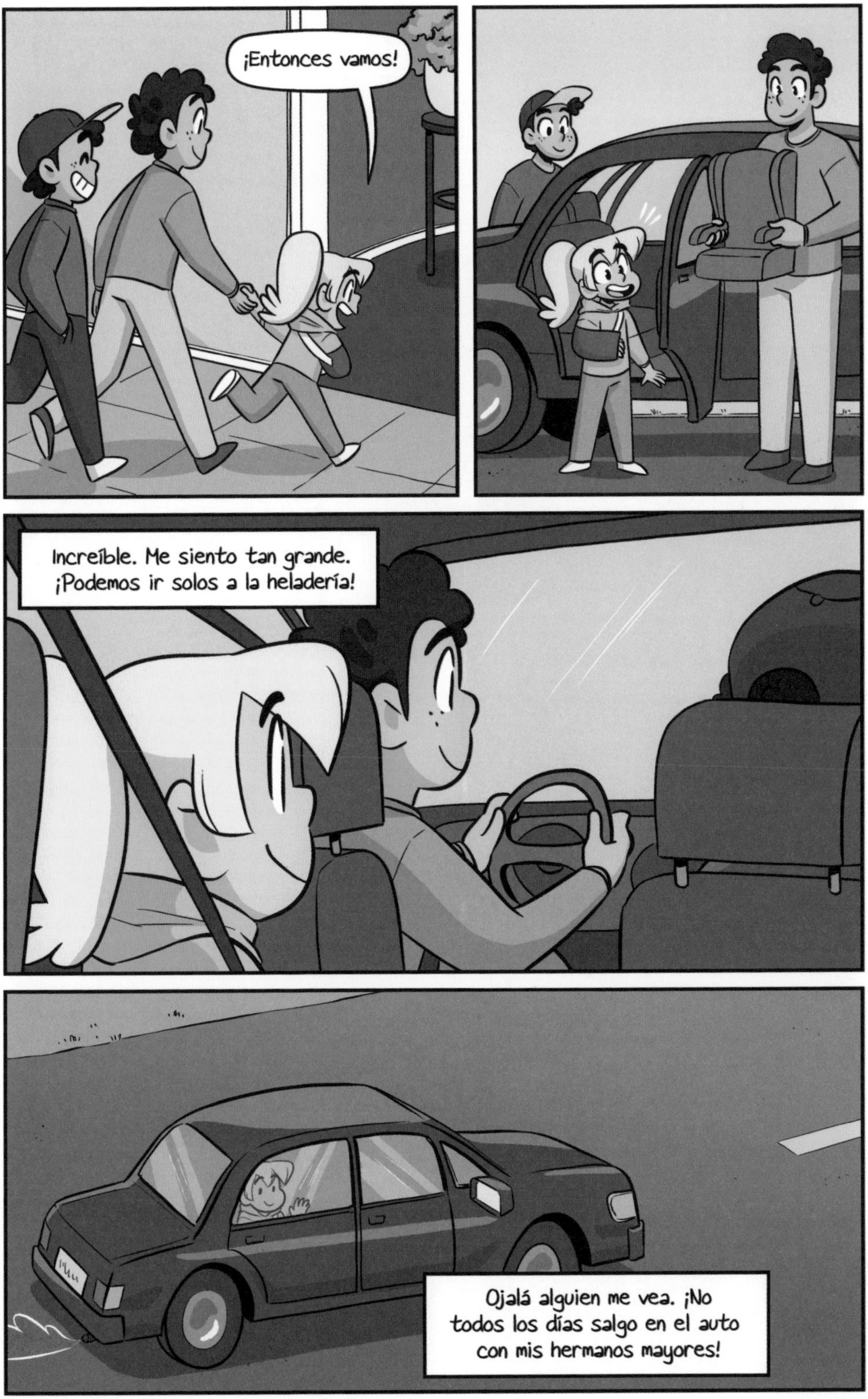
¡Entonces vamos!
Increíble. Me siento tan grande.
¡Podemos ir solos a la heladería!
Ojalá alguien me vea. ¡No
todos los días salgo en el auto
con mis hermanos mayores!

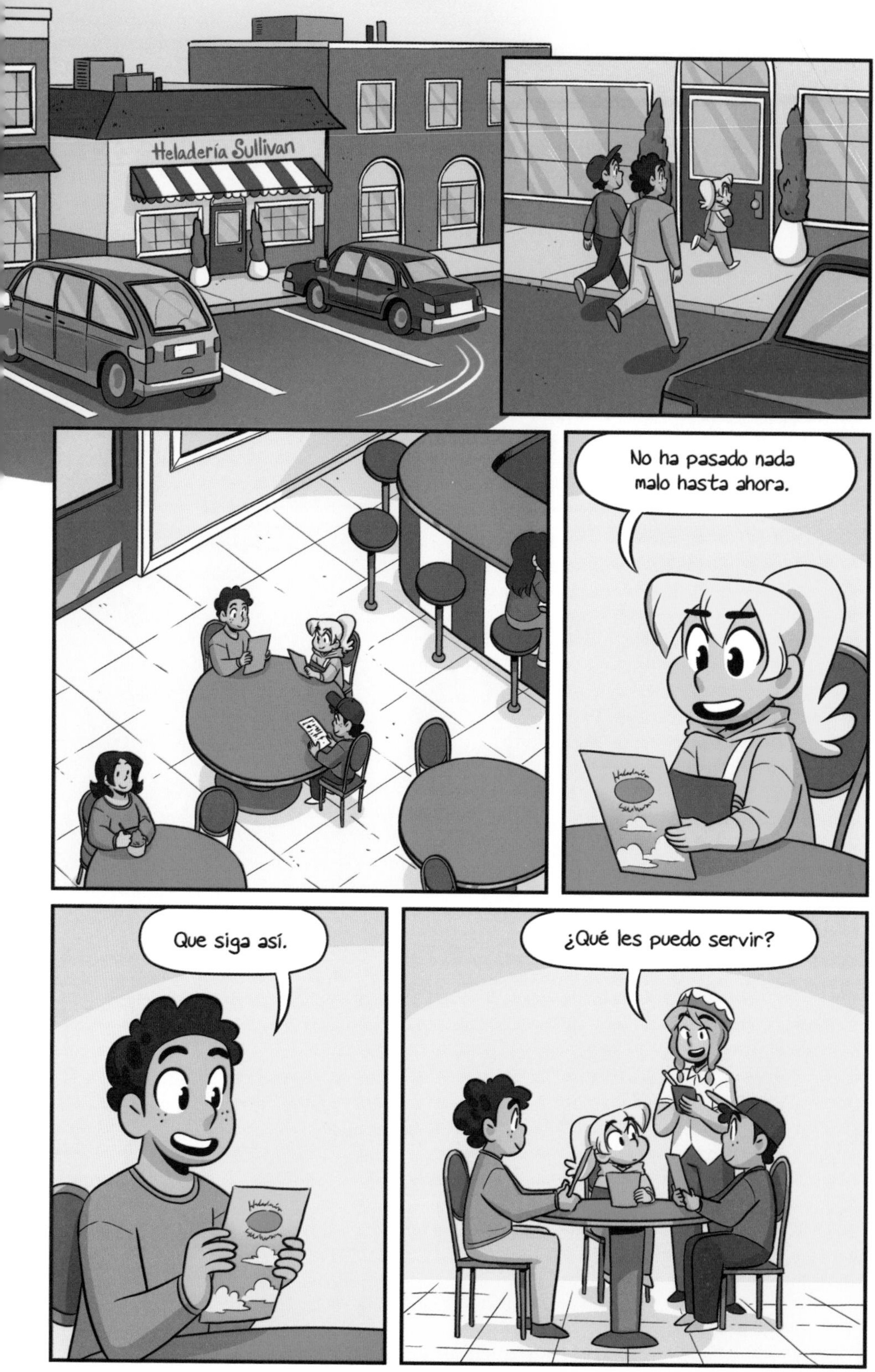
Heladería Sullivan
No ha pasado nada malo hasta ahora.
Que siga así.
¿Qué les puedo servir?

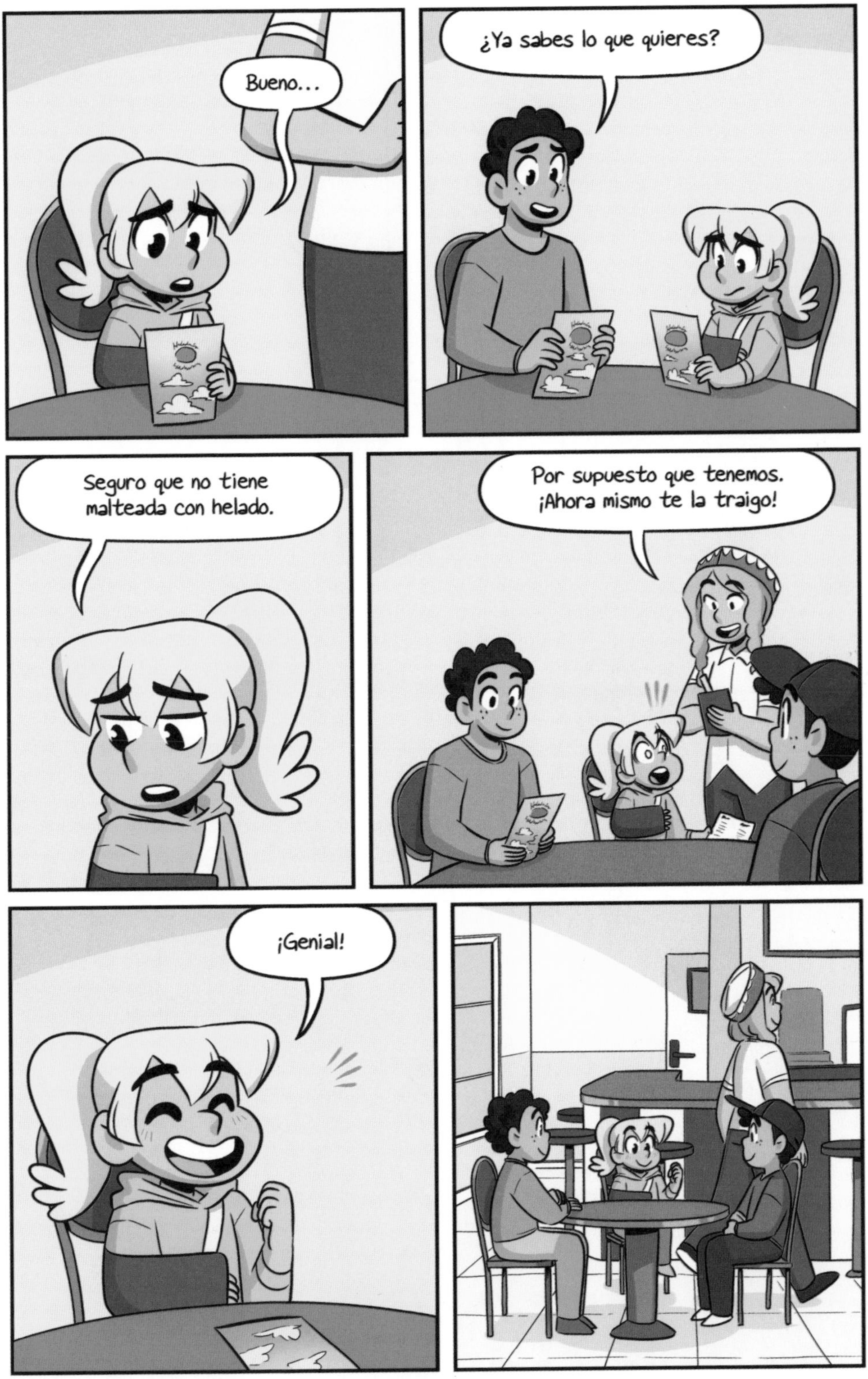
Bueno...
¿Ya sabes lo que quieres?
Seguro que no tiene
malteada con helado.
Por supuesto que tenemos.
¡Ahora mismo te la traigo!
¡Genial!

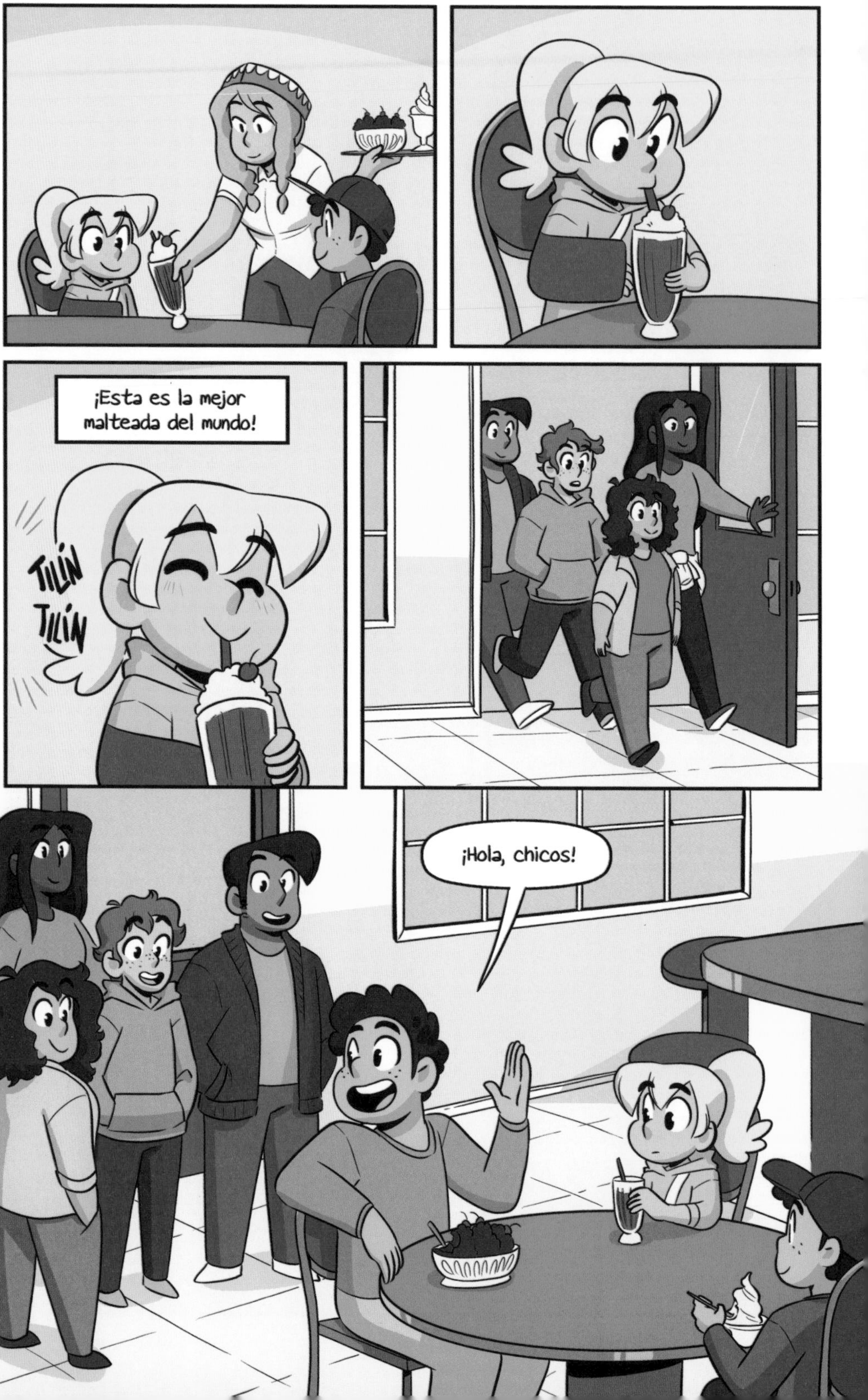
¡Esta es la mejor malteada del mundo!
TILÍN TILÍN
¡Hola, chicos!

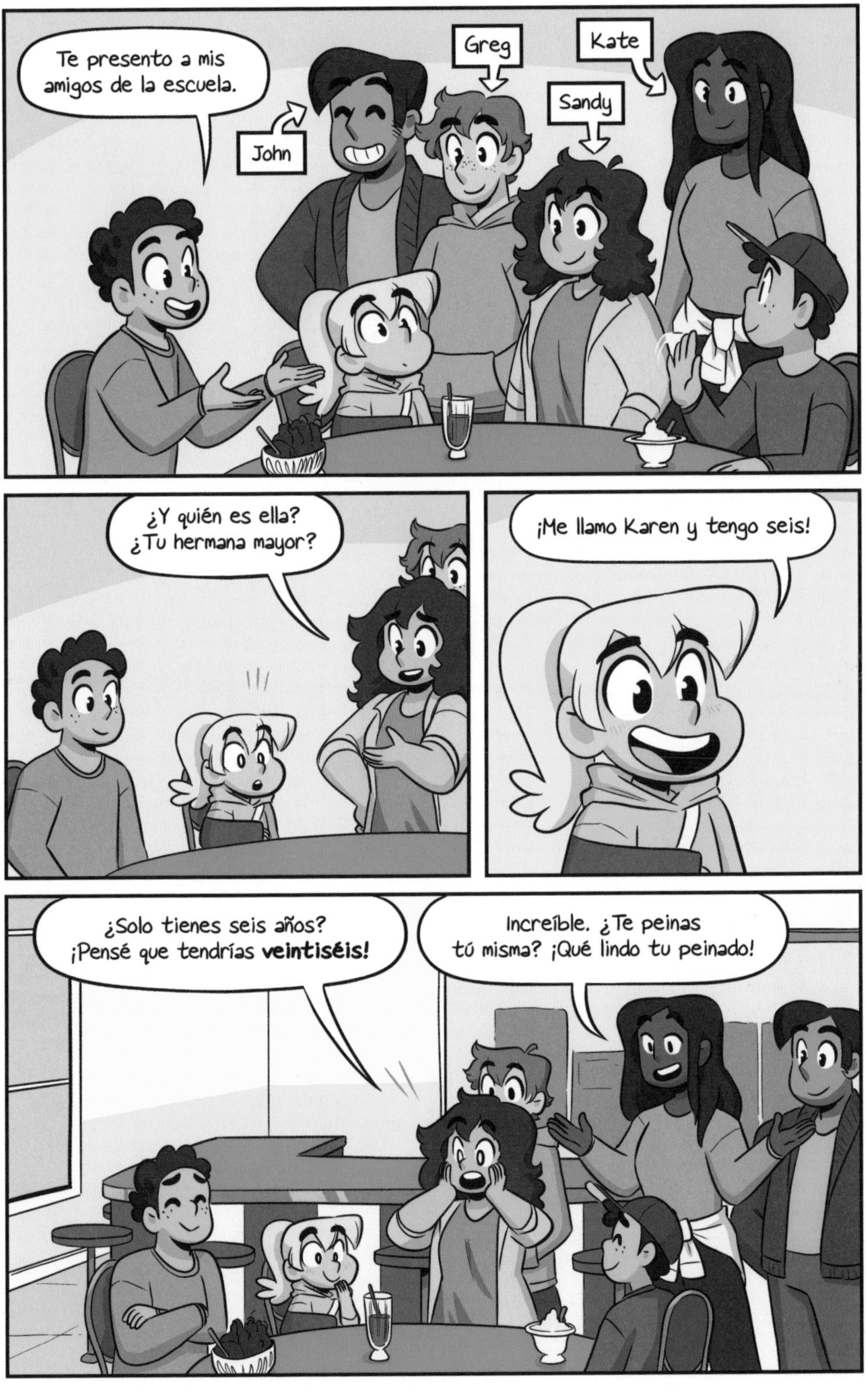
Te presento a mis amigos de la escuela.
John
Greg
Sandy
Kate
¿Y quién es ella? ¿Tu hermana mayor?
¡Me llamo Karen y tengo seis!
¿Solo tienes seis años? ¡Pensé que tendrías **veintiséis!**
Increíble. ¿Te peinas tú misma? ¡Qué lindo tu peinado!

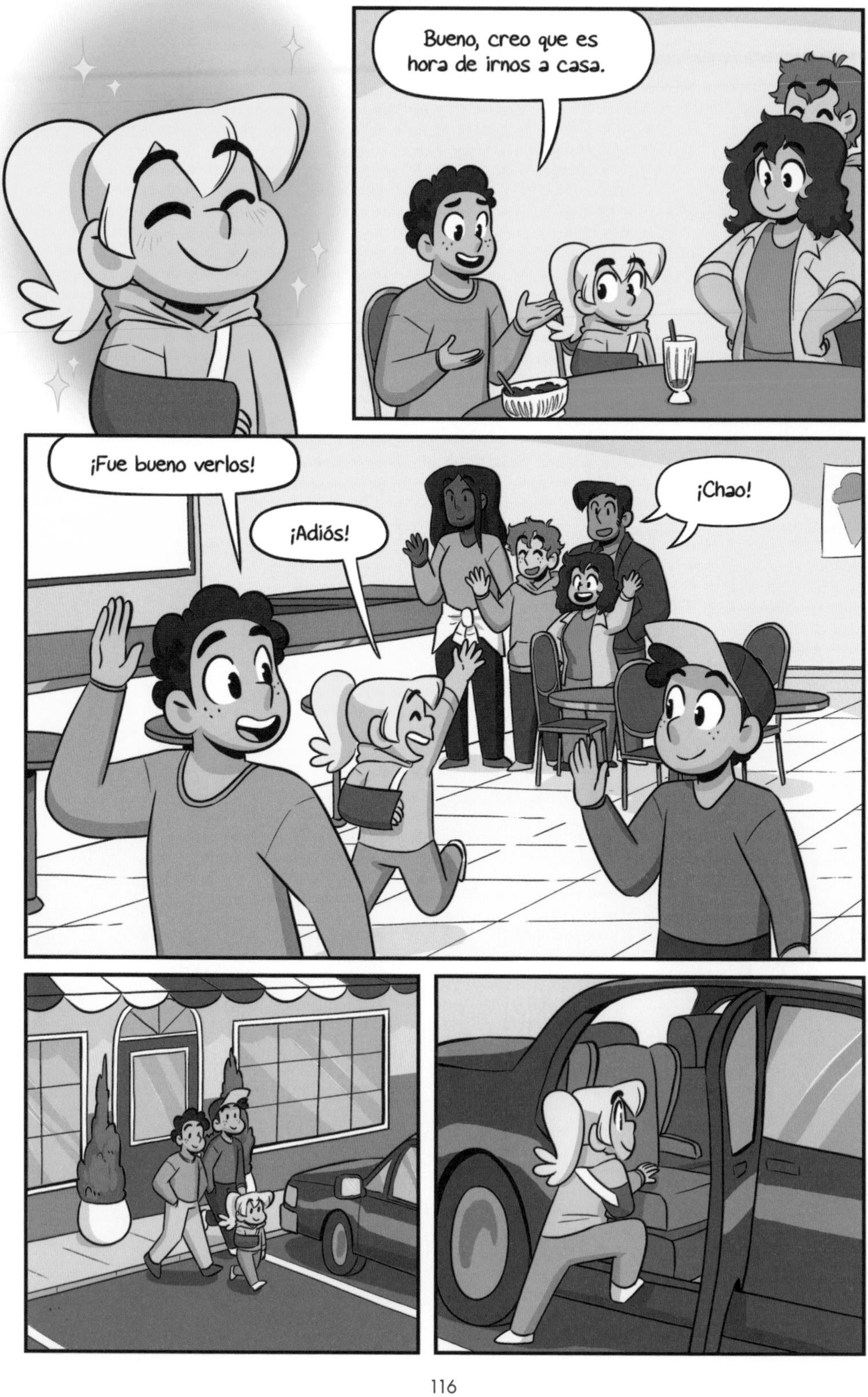
Bueno, creo que es hora de irnos a casa.
¡Fue bueno verlos!
¡Adiós!
¡Chao!

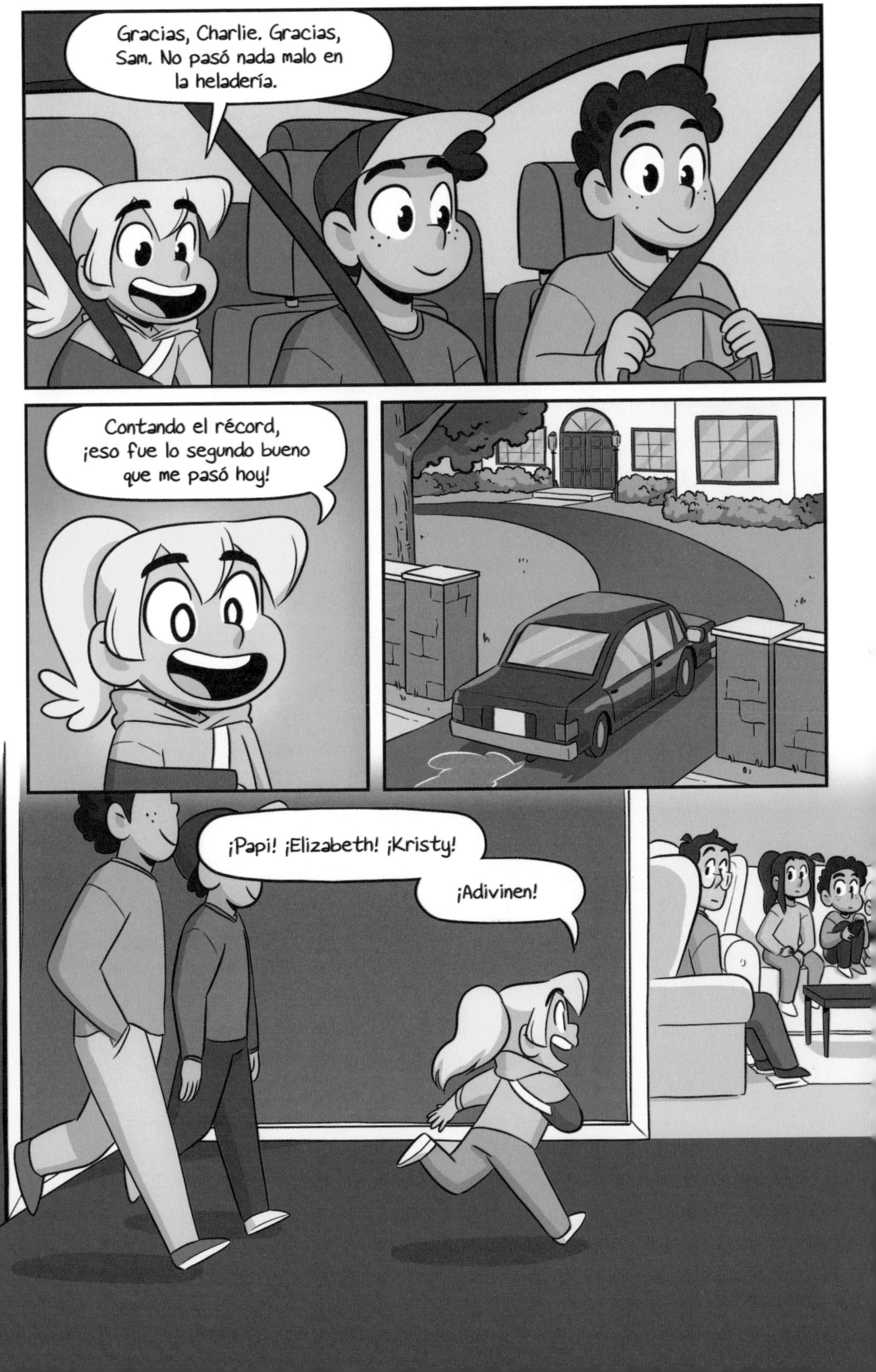
Gracias, Charlie. Gracias, Sam. No pasó nada malo en la heladería.
Contando el récord, ¡eso fue lo segundo bueno que me pasó hoy!
¡Papi! ¡Elizabeth! ¡Kristy!
¡Adivinen!

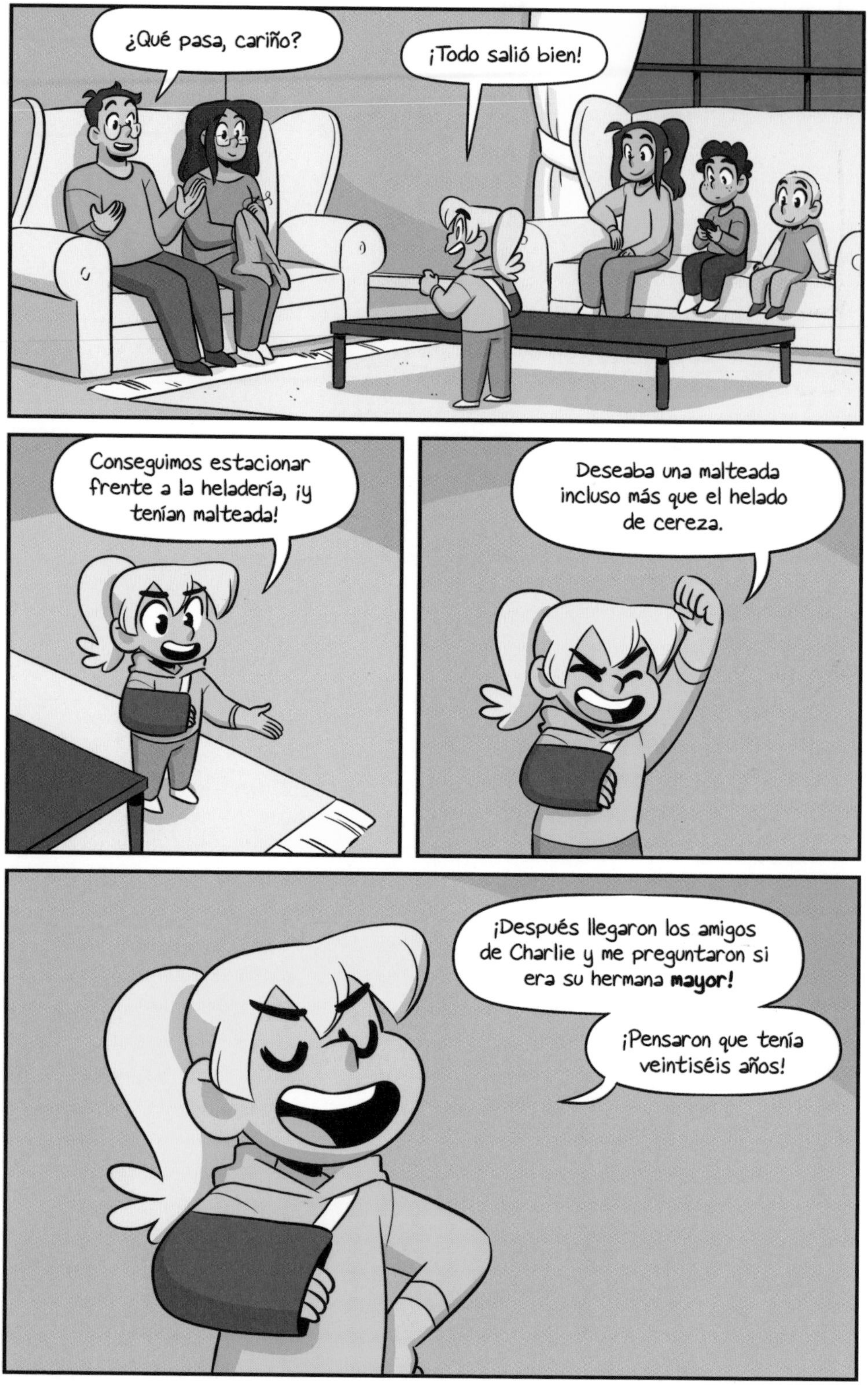
¿Qué pasa, cariño?
¡Todo salió bien!
Conseguimos estacionar frente a la heladería, ¡y tenían malteada!
Deseaba una malteada incluso más que el helado de cereza.
¡Después llegaron los amigos de Charlie y me preguntaron si era su hermana **mayor**!
¡Pensaron que tenía veintiséis años!

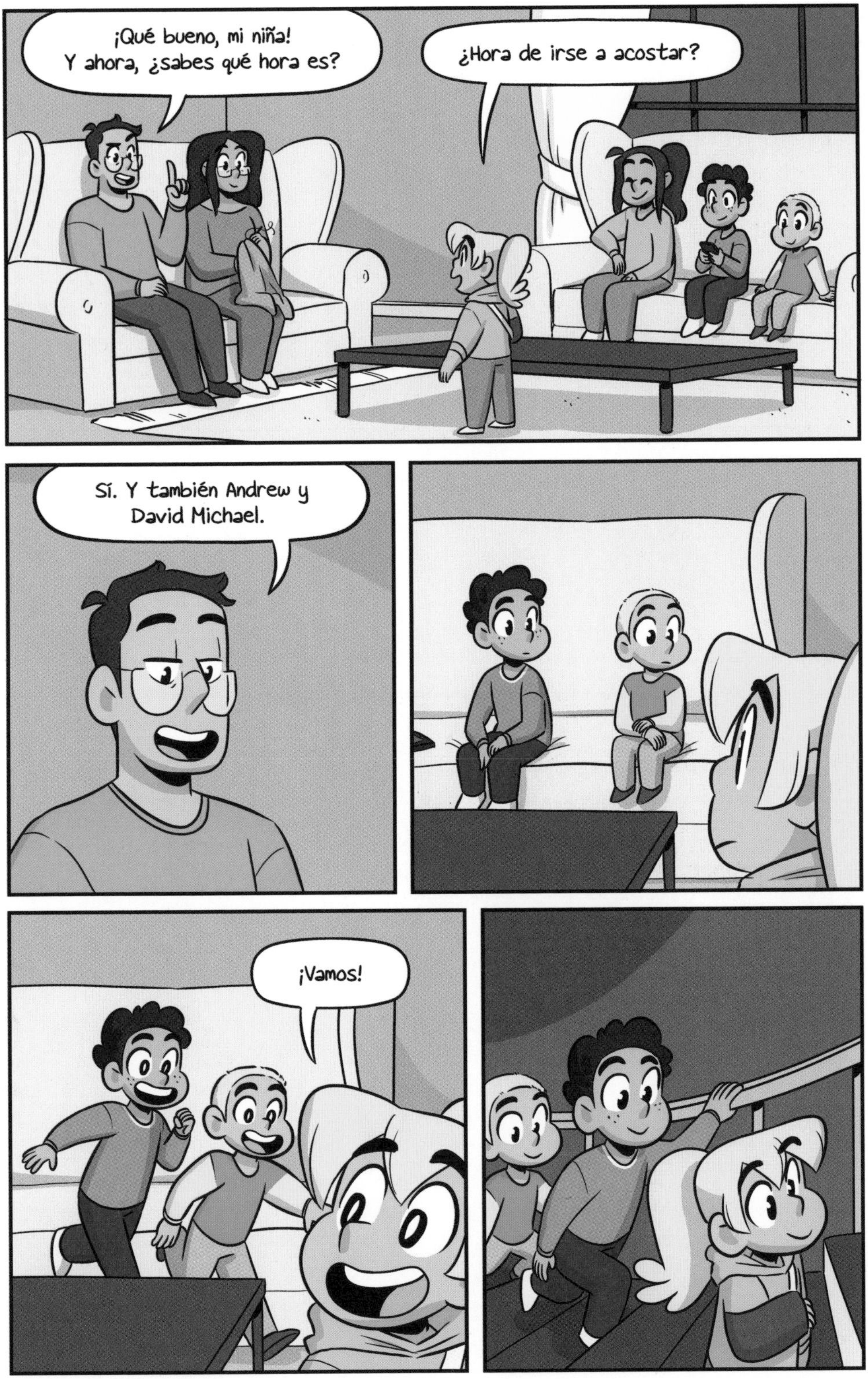
¡Qué bueno, mi niña!
Y ahora, ¿sabes qué hora es?
¿Hora de irse a acostar?
Sí. Y también Andrew y David Michael.
¡Vamos!

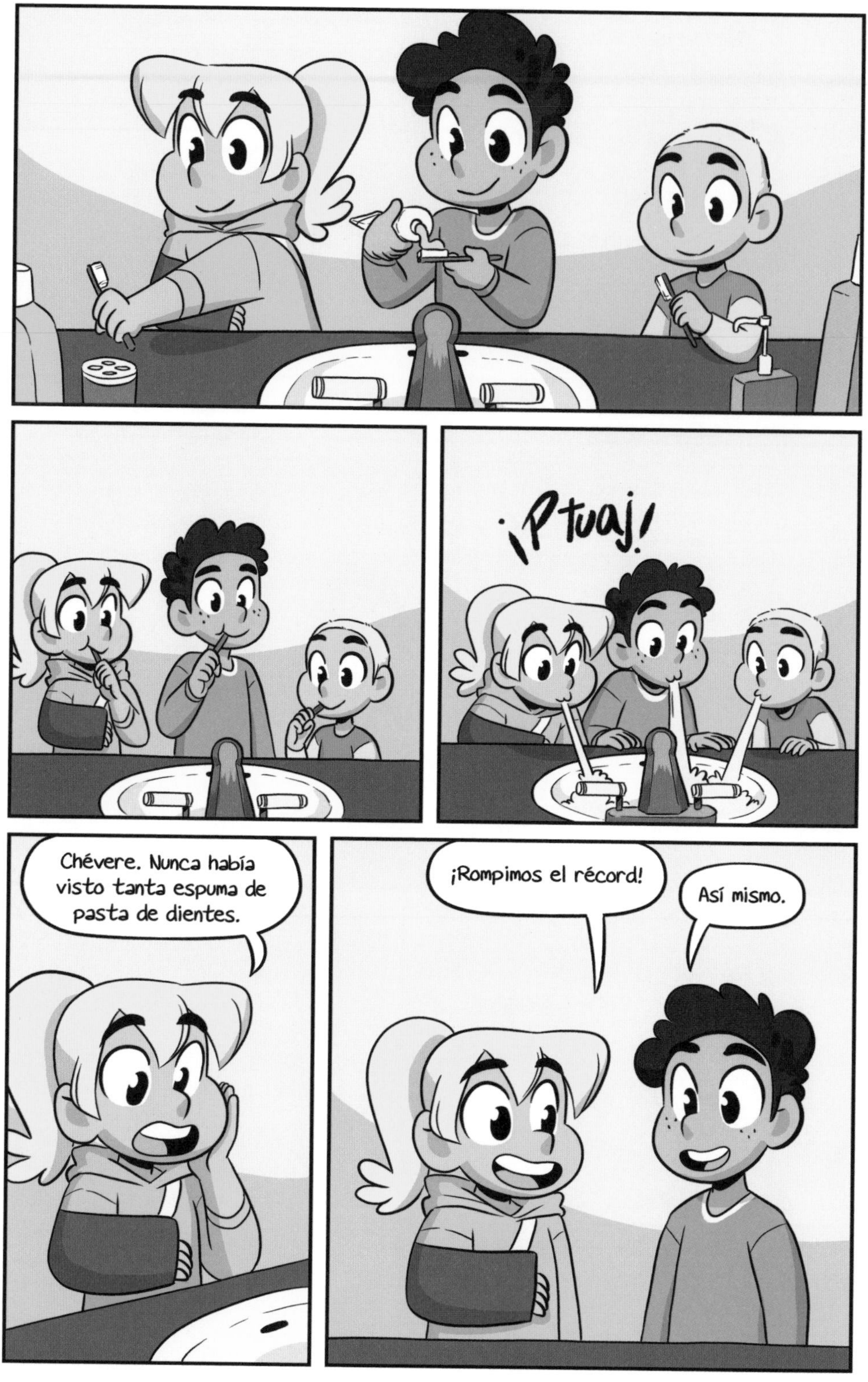
¡Ptuaj!
Chévere. Nunca había visto tanta espuma de pasta de dientes.
¡Rompimos el récord!
Así mismo.

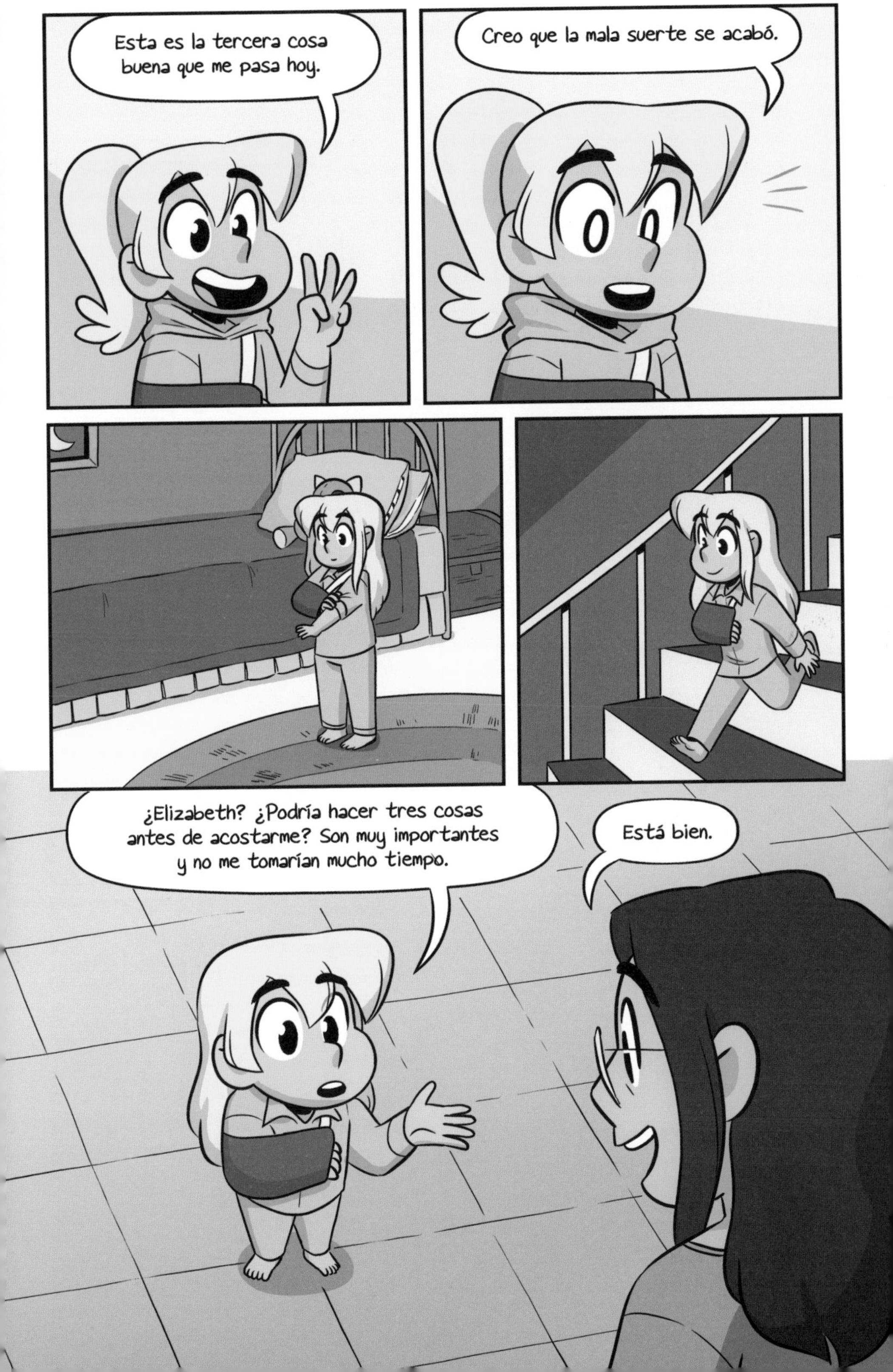
Esta es la tercera cosa buena que me pasa hoy.
Creo que la mala suerte se acabó.
¿Elizabeth? ¿Podría hacer tres cosas antes de acostarme? Son muy importantes y no me tomarían mucho tiempo.
Está bien.

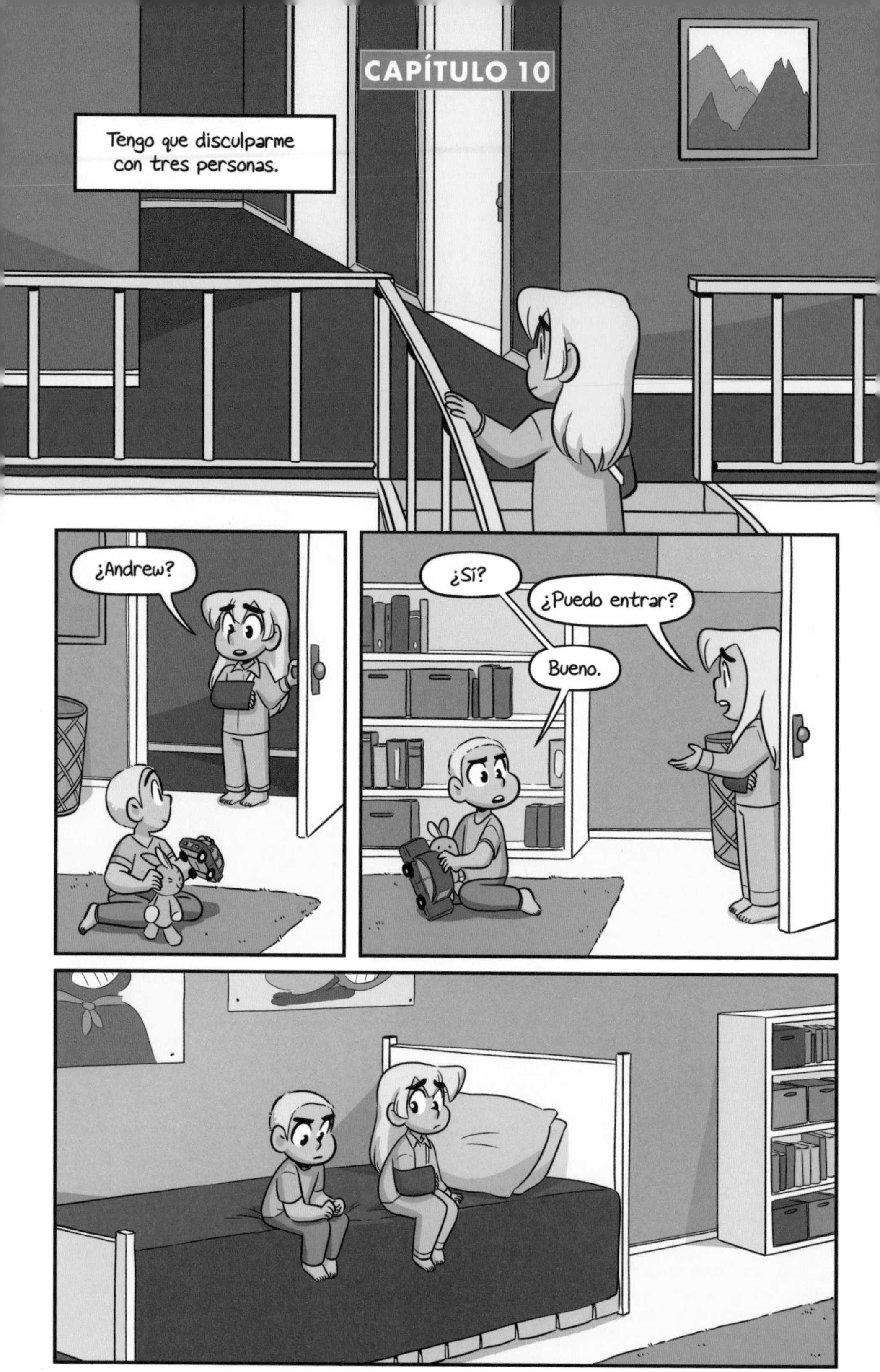
CAPÍTULO 10
Tengo que disculparme con tres personas.
¿Andrew?
¿Sí?
¿Puedo entrar?
Bueno.

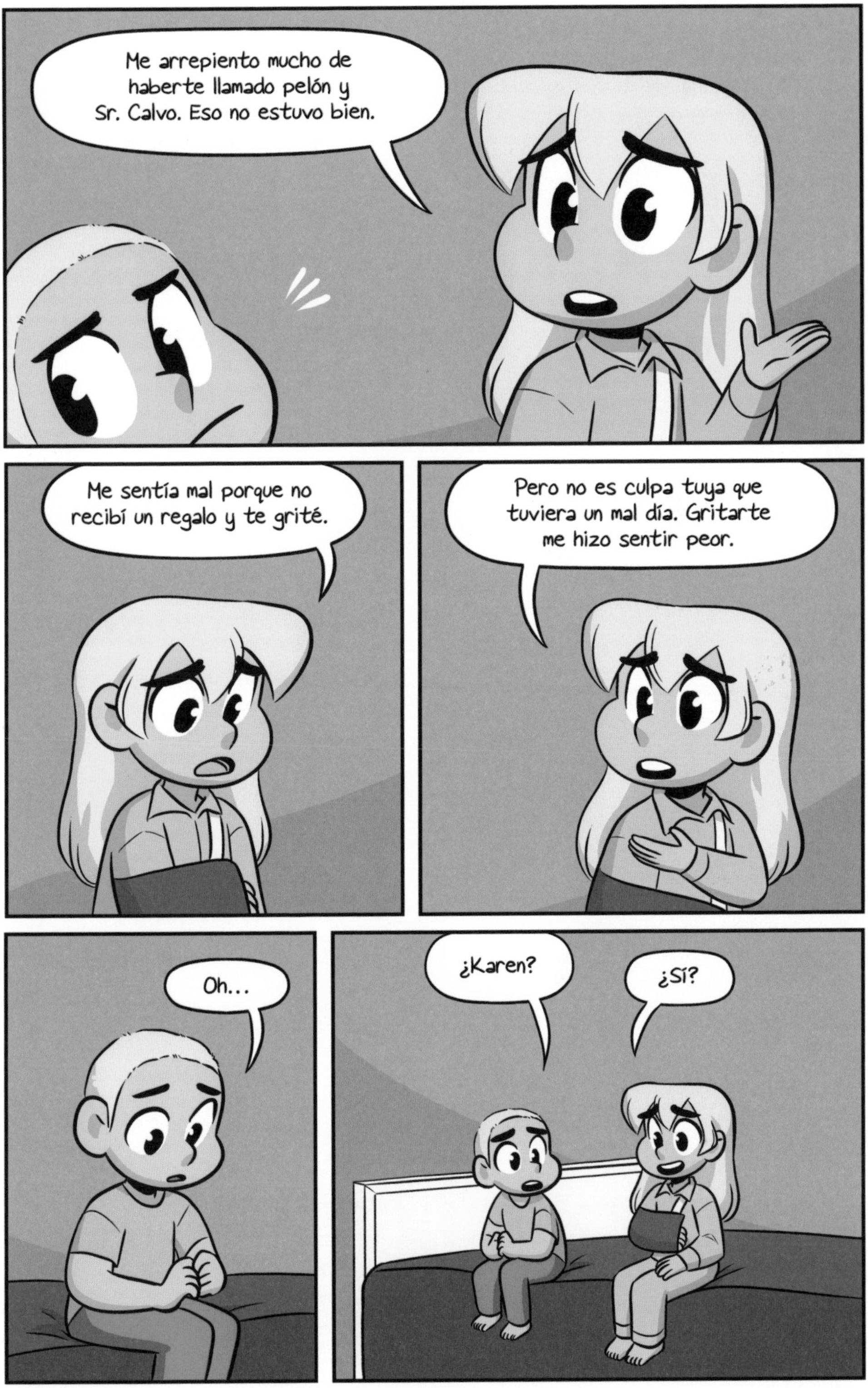
Me arrepiento mucho de haberte llamado pelón y Sr. Calvo. Eso no estuvo bien.
Me sentía mal porque no recibí un regalo y te grité.
Pero no es culpa tuya que tuviera un mal día. Gritarte me hizo sentir peor.
Oh...
¿Karen?
¿Sí?

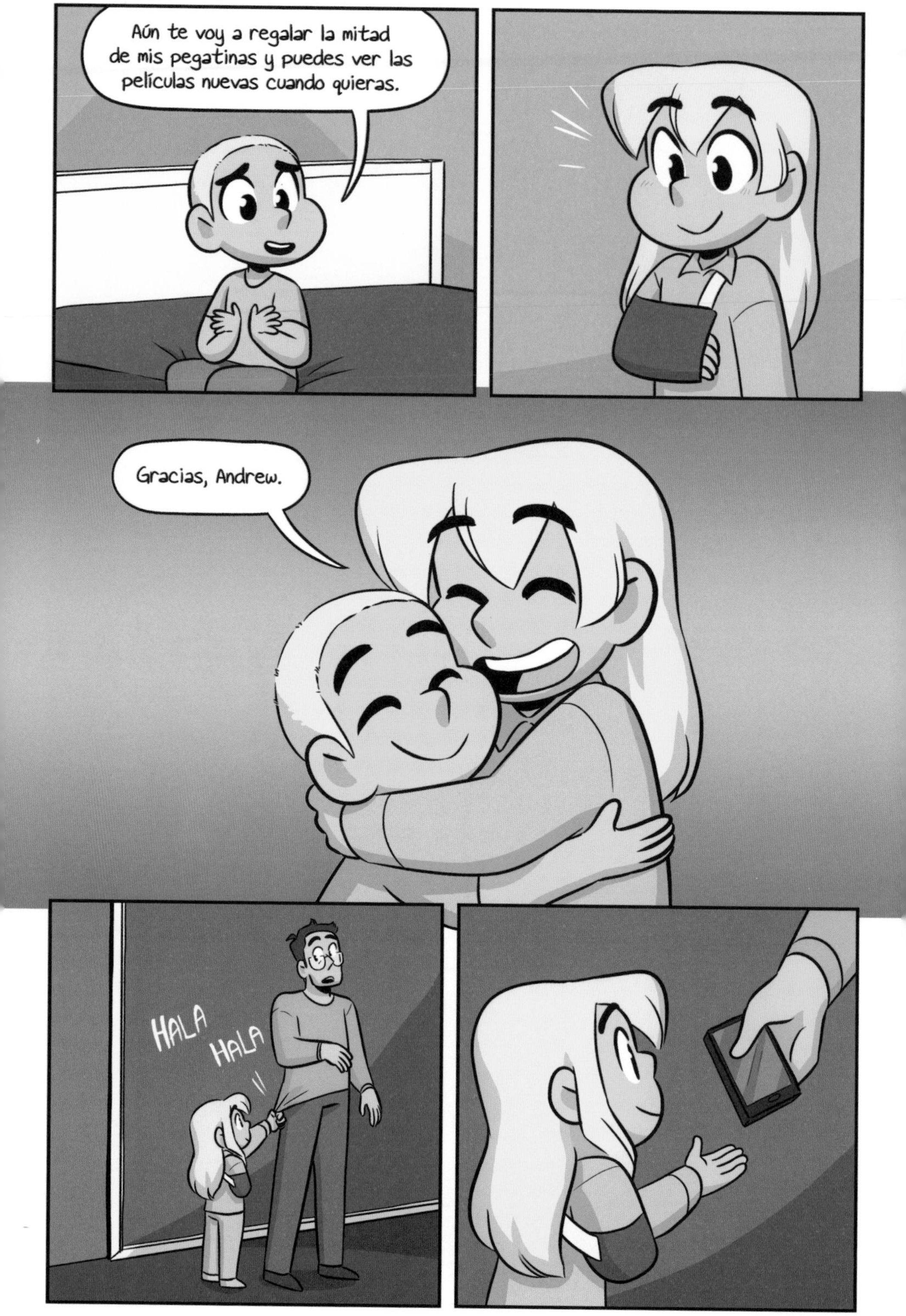
Aún te voy a regalar la mitad de mis pegatinas y puedes ver las películas nuevas cuando quieras.
Gracias, Andrew.
HALA
HALA

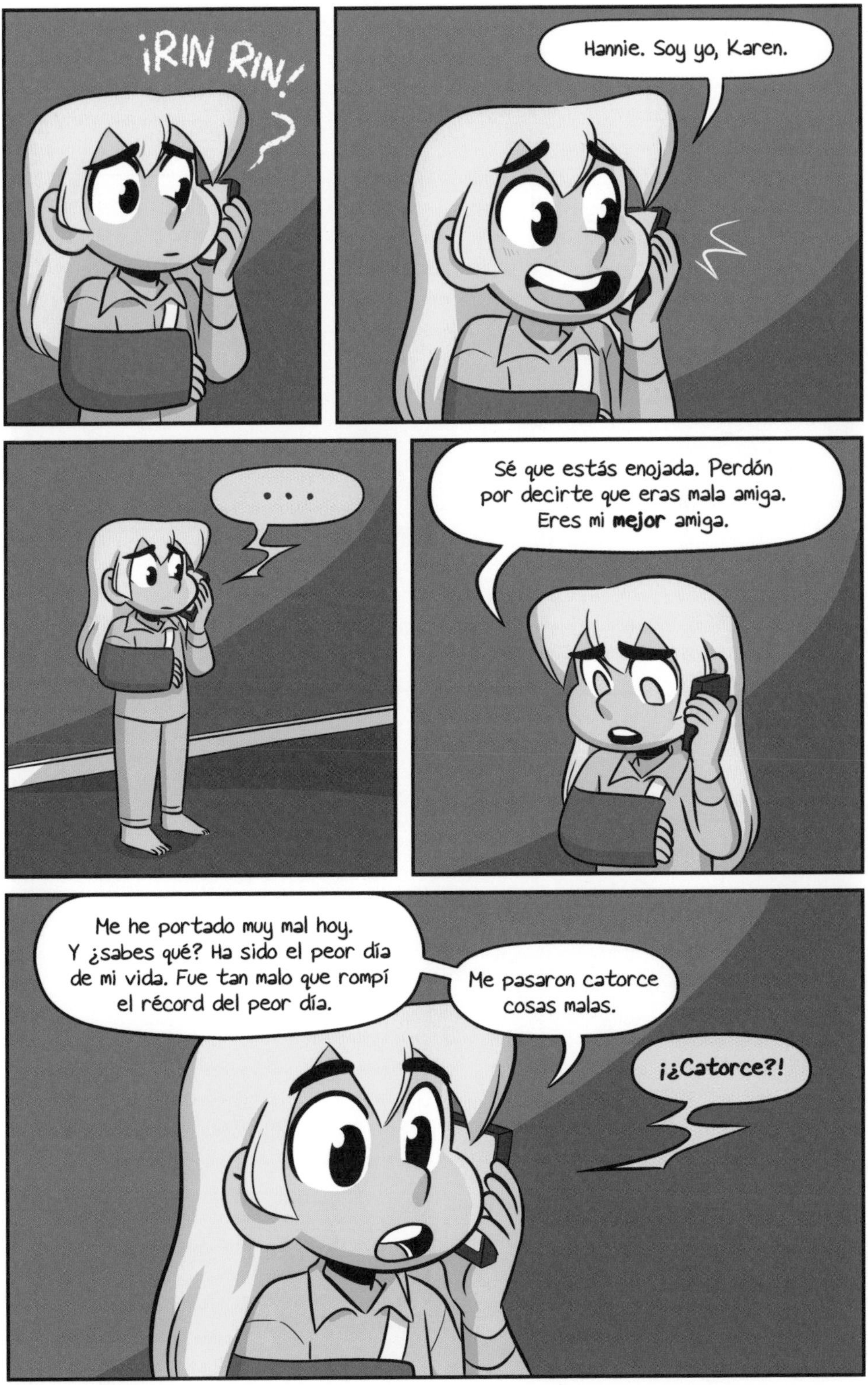
¡RIN RIN!
?
Hannie. Soy yo, Karen.
. . .
Sé que estás enojada. Perdón por decirte que eras mala amiga. Eres mi **mejor** amiga.
Me he portado muy mal hoy. Y ¿sabes qué? Ha sido el peor día de mi vida. Fue tan malo que rompí el récord del peor día.
Me pasaron catorce cosas malas.
¡¿Catorce?!

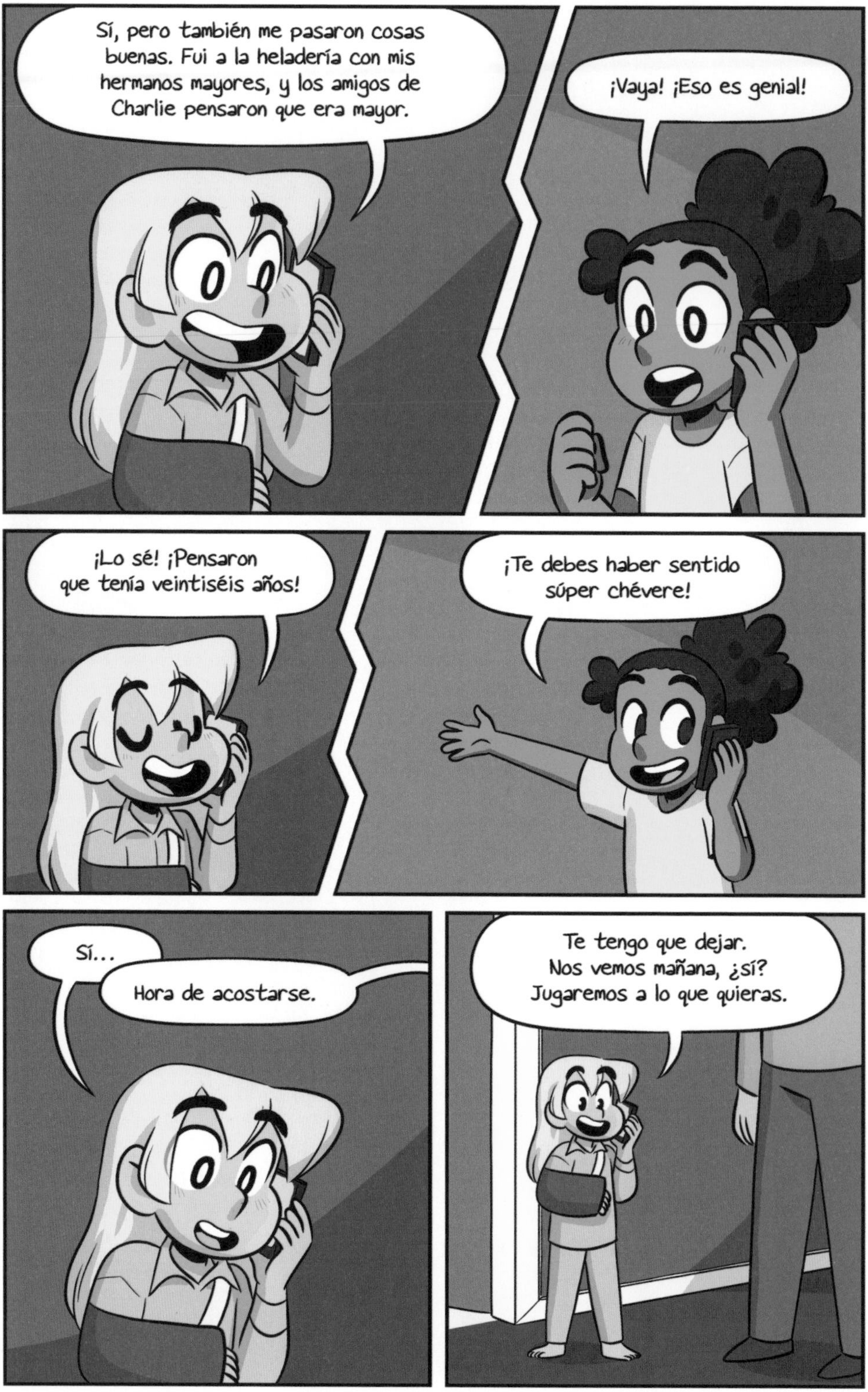
Sí, pero también me pasaron cosas buenas. Fui a la heladería con mis hermanos mayores, y los amigos de Charlie pensaron que era mayor.
¡Vaya! ¡Eso es genial!
¡Lo sé! ¡Pensaron que tenía veintiséis años!
¡Te debes haber sentido súper chévere!
Sí...
Hora de acostarse.
Te tengo que dejar. Nos vemos mañana, ¿sí? Jugaremos a lo que quieras.

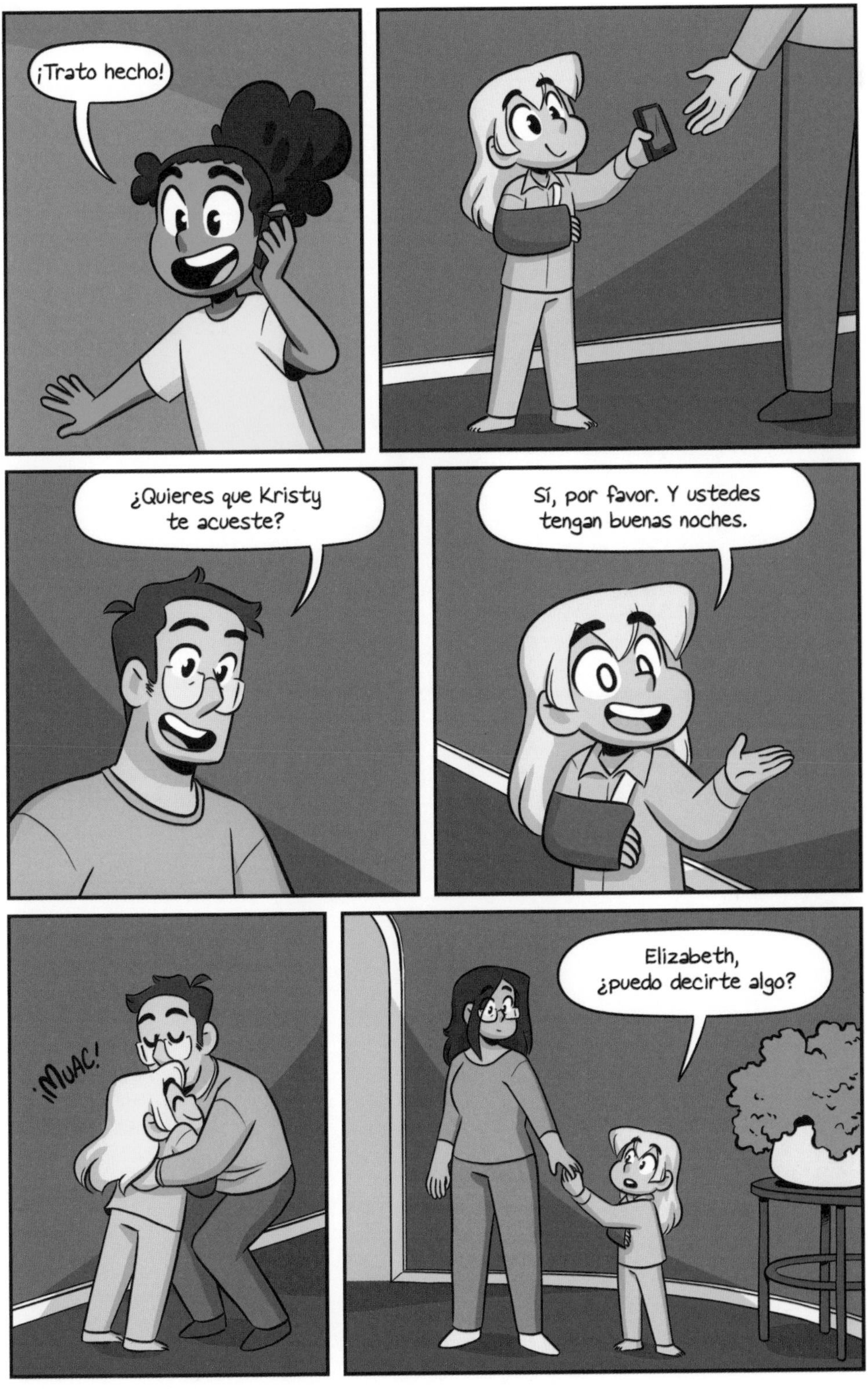
¡Trato hecho!
¿Quieres que Kristy te acueste?
Sí, por favor. Y ustedes tengan buenas noches.
¡MUAC!
Elizabeth, ¿puedo decirte algo?

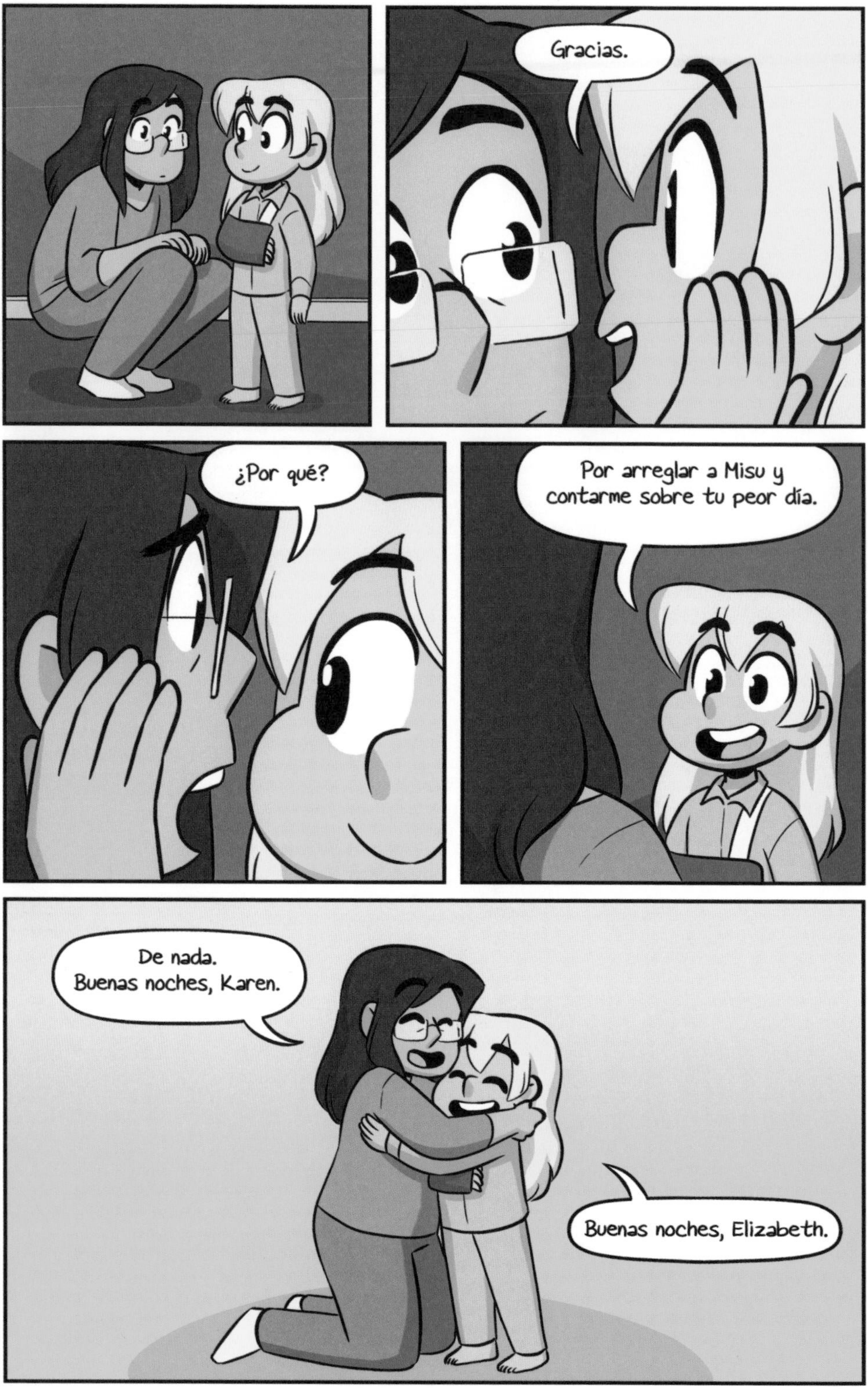
Gracias.
¿Por qué?
Por arreglar a Misu y contarme sobre tu peor día.
De nada. Buenas noches, Karen.
Buenas noches, Elizabeth.

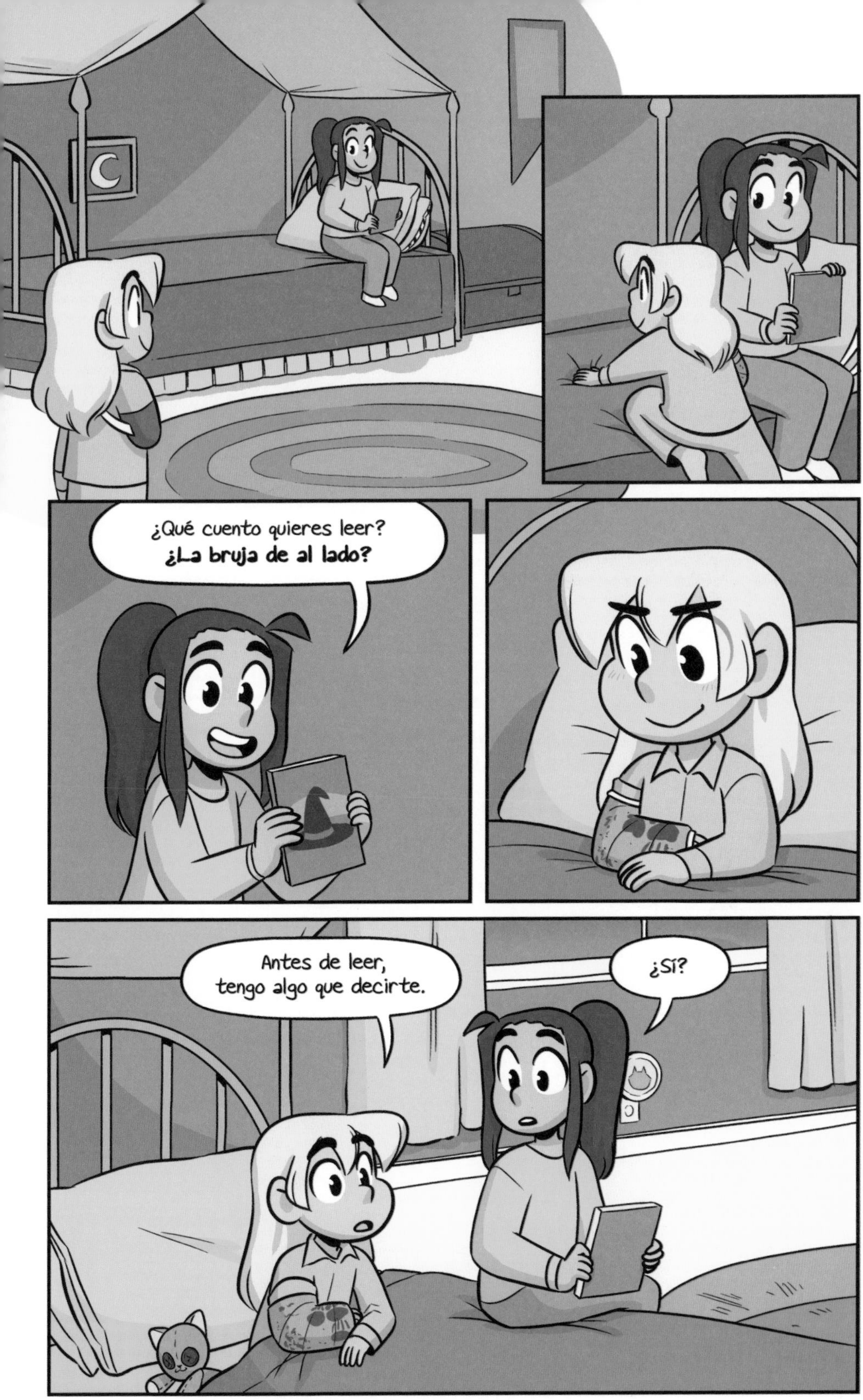
¿Qué cuento quieres leer?
¿La bruja de al lado?
Antes de leer,
tengo algo que decirte.
¿Sí?

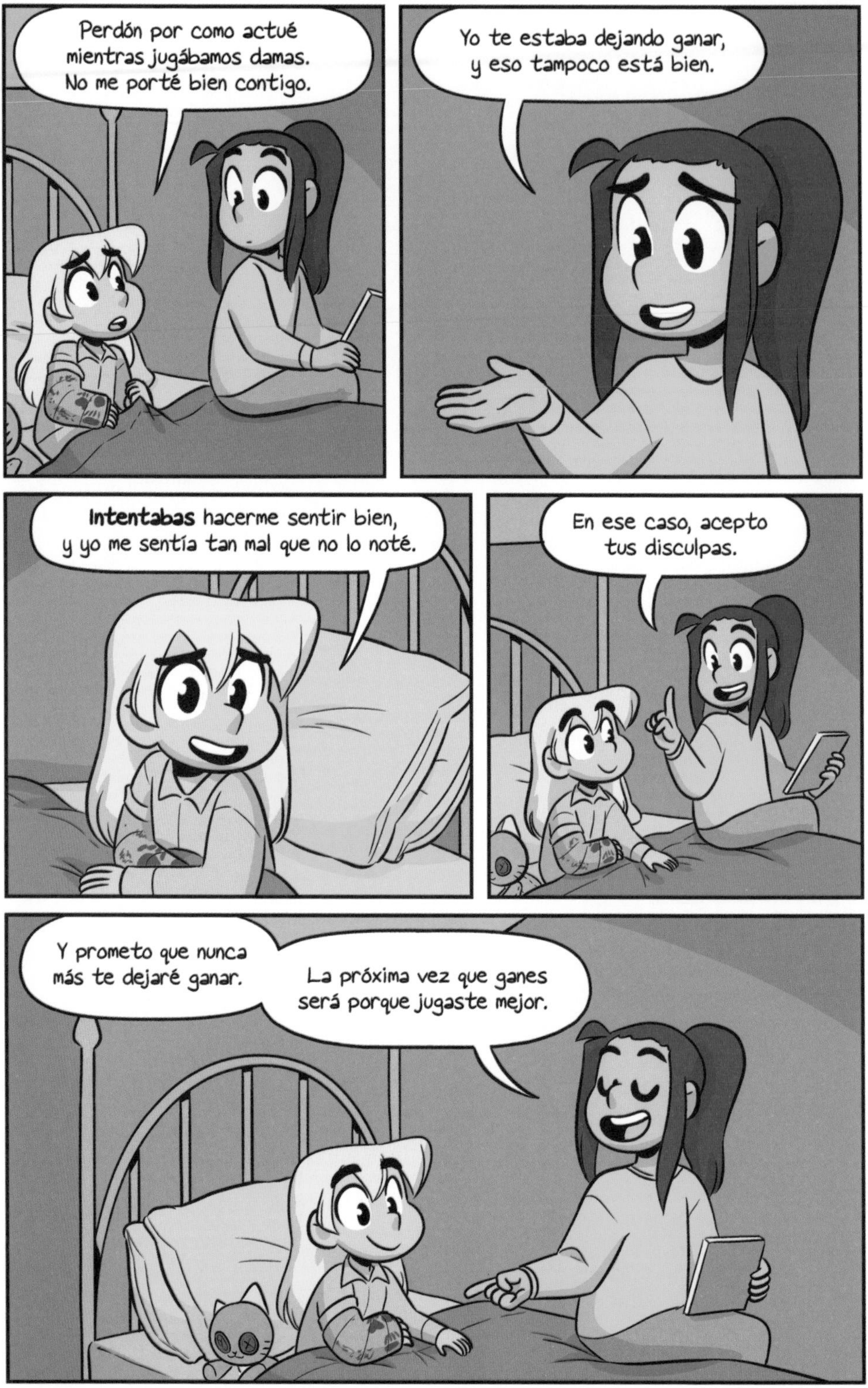
Perdón por como actué mientras jugábamos damas. No me porté bien contigo.
Yo te estaba dejando ganar, y eso tampoco está bien.
Intentabas hacerme sentir bien, y yo me sentía tan mal que no lo noté.
En ese caso, acepto tus disculpas.
Y prometo que nunca más te dejaré ganar.
La próxima vez que ganes será porque jugaste mejor.

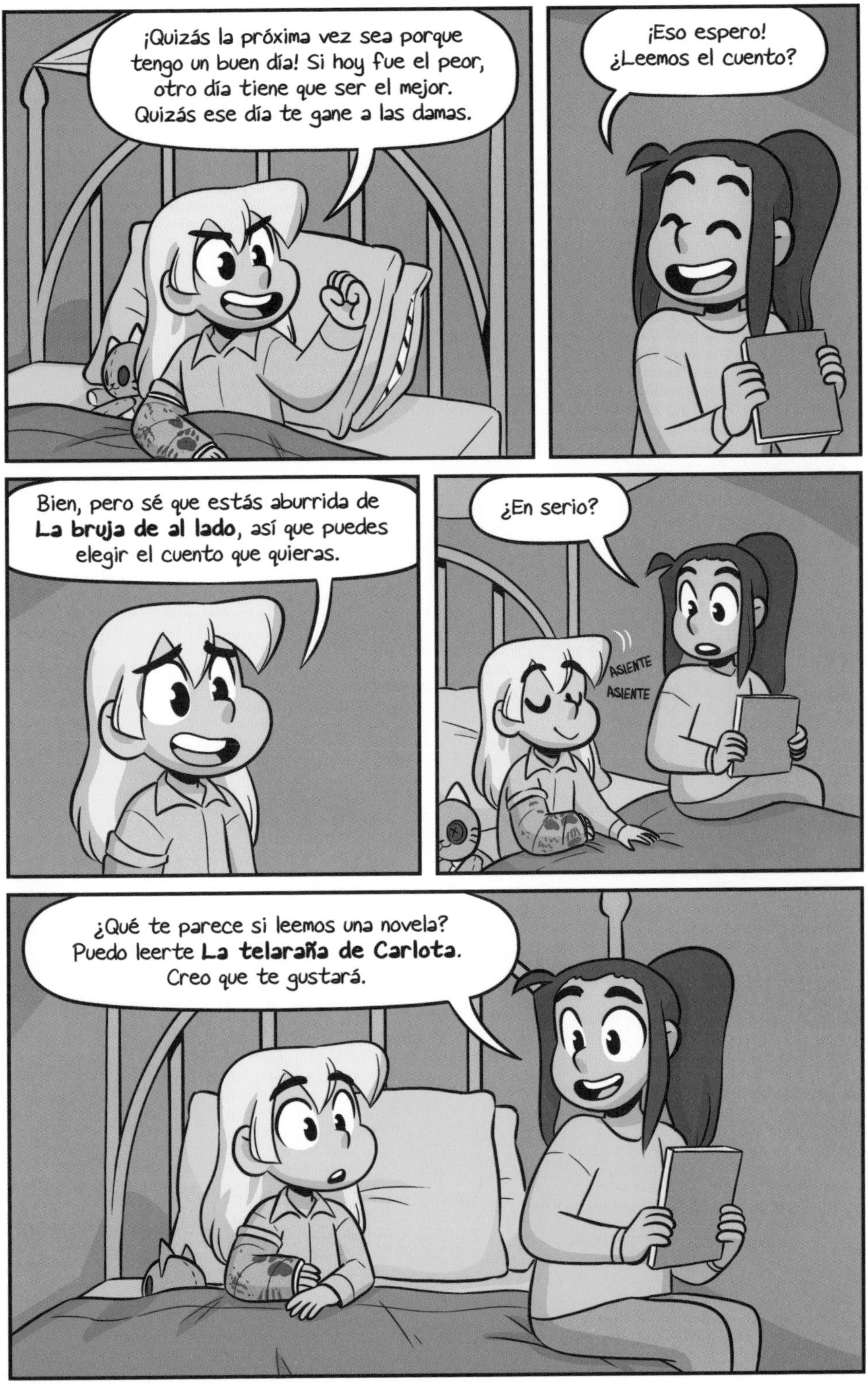

¡Quizás la próxima vez sea porque tengo un buen día! Si hoy fue el peor, otro día tiene que ser el mejor. Quizás ese día te gane a las damas.
¡Eso espero! ¿Leemos el cuento?
Bien, pero sé que estás aburrida de **La bruja de al lado**, así que puedes elegir el cuento que quieras.
¿En serio?
ASIENTE
ASIENTE
¿Qué te parece si leemos una novela? Puedo leerte **La telaraña de Carlota**. Creo que te gustará.

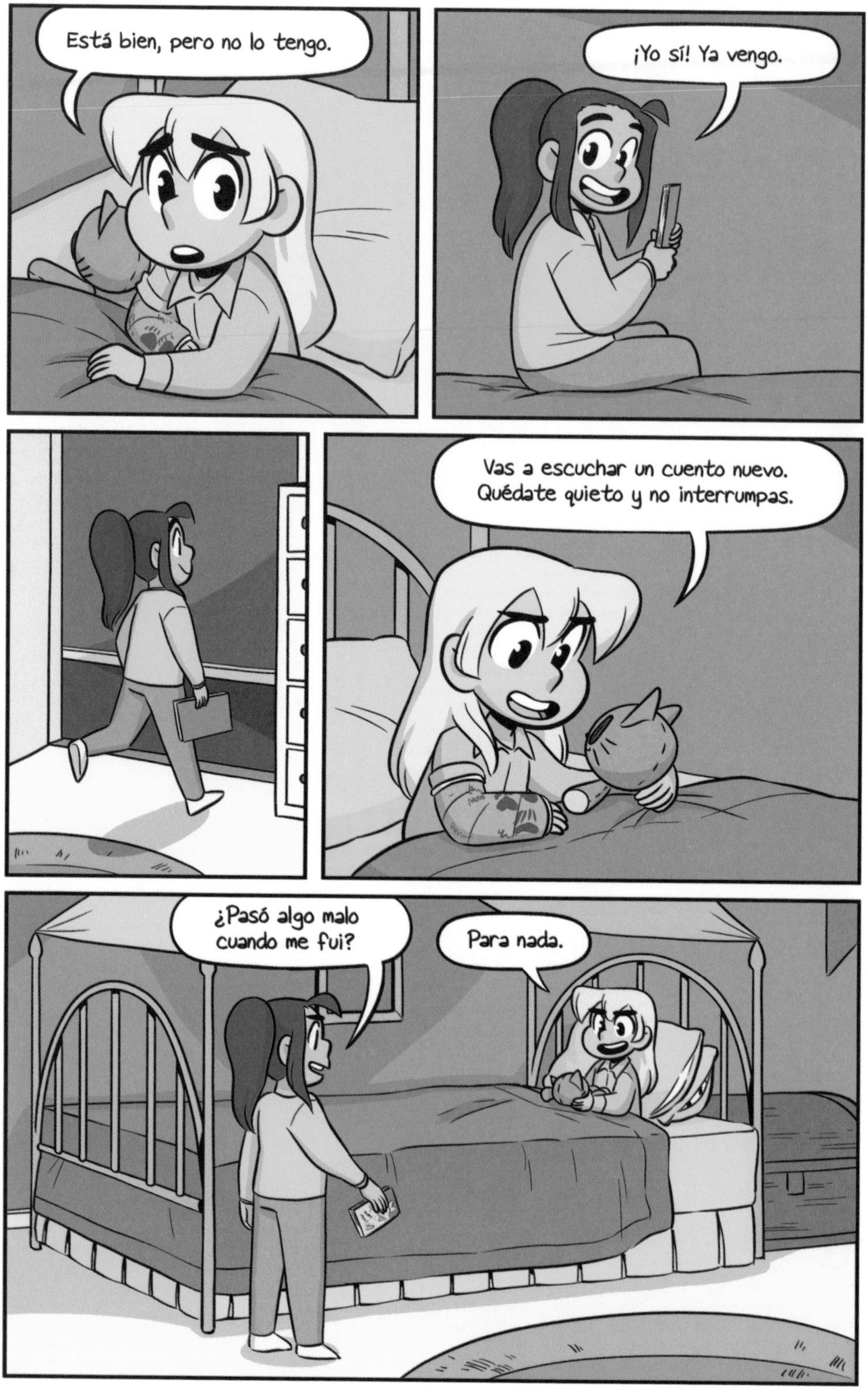
Está bien, pero no lo tengo.
¡Yo sí! Ya vengo.
Vas a escuchar un cuento nuevo. Quédate quieto y no interrumpas.
¿Pasó algo malo cuando me fui?
Para nada.

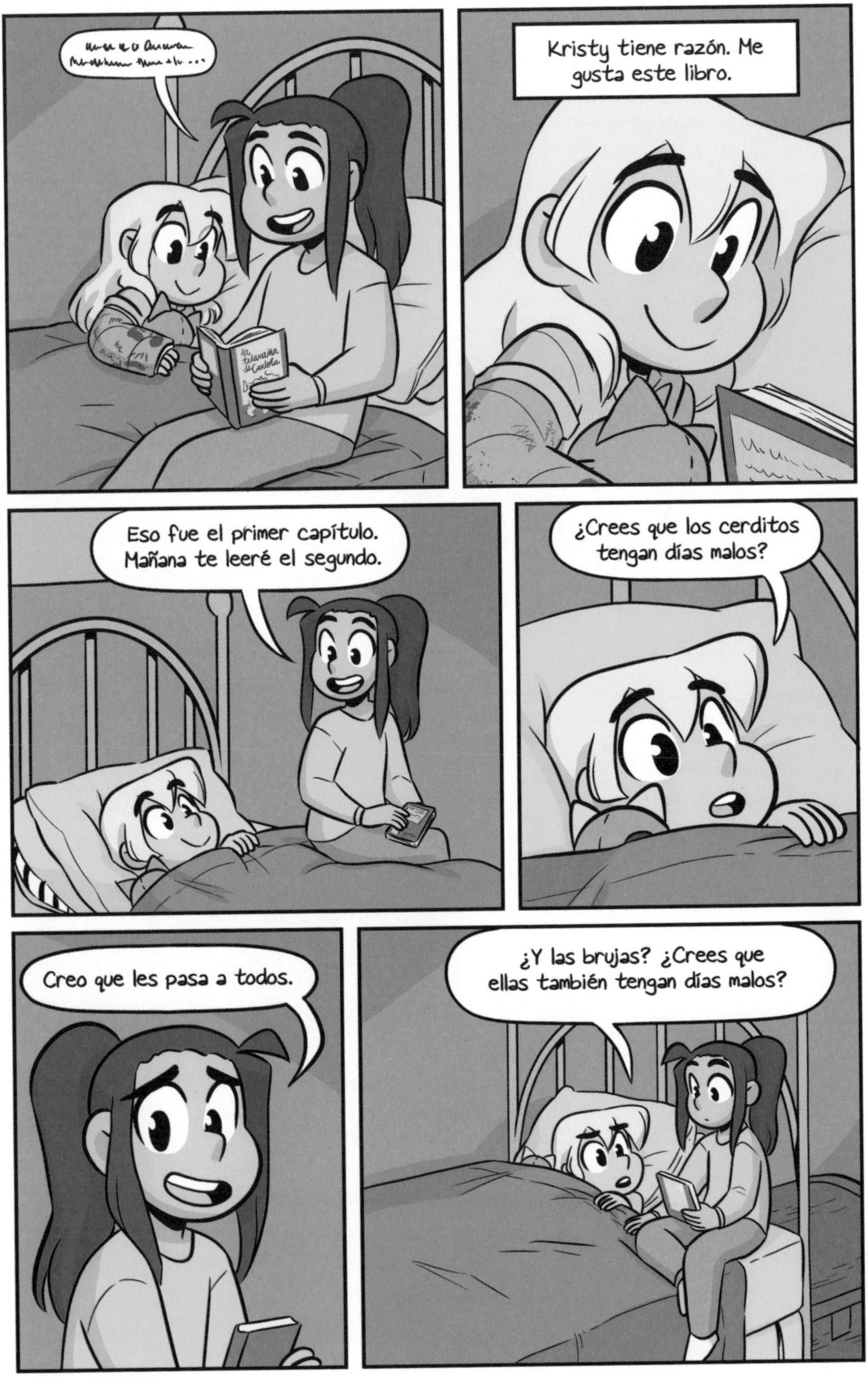
Kristy tiene razón. Me gusta este libro.
Eso fue el primer capítulo. Mañana te leeré el segundo.
¿Crees que los cerditos tengan días malos?
Creo que les pasa a todos.
¿Y las brujas? ¿Crees que ellas también tengan días malos?

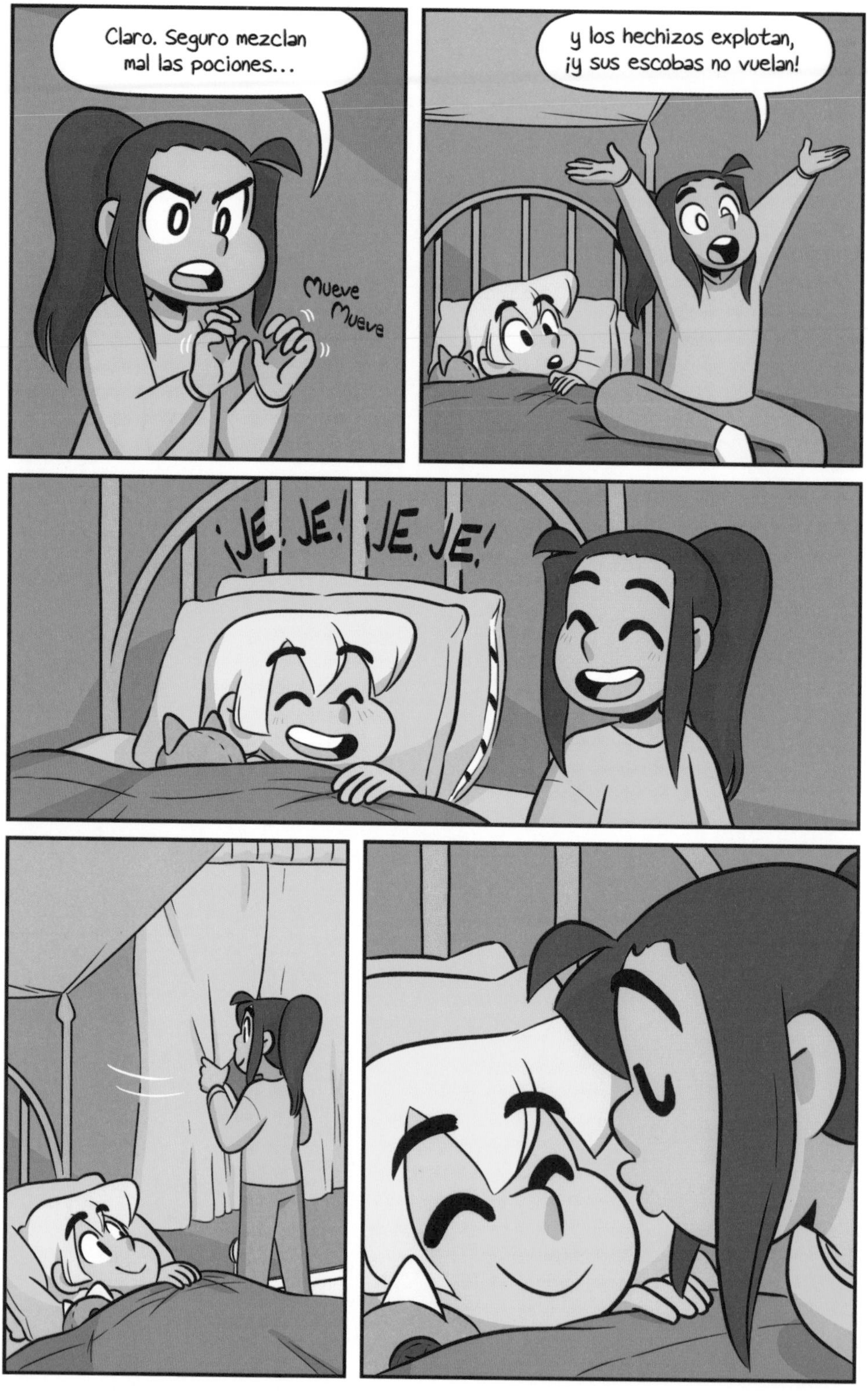
Claro. Seguro mezclan mal las pociones...
Mueve Mueve
y los hechizos explotan, ¡y sus escobas no vuelan!
¡JE, JE! ¡JE, JE!

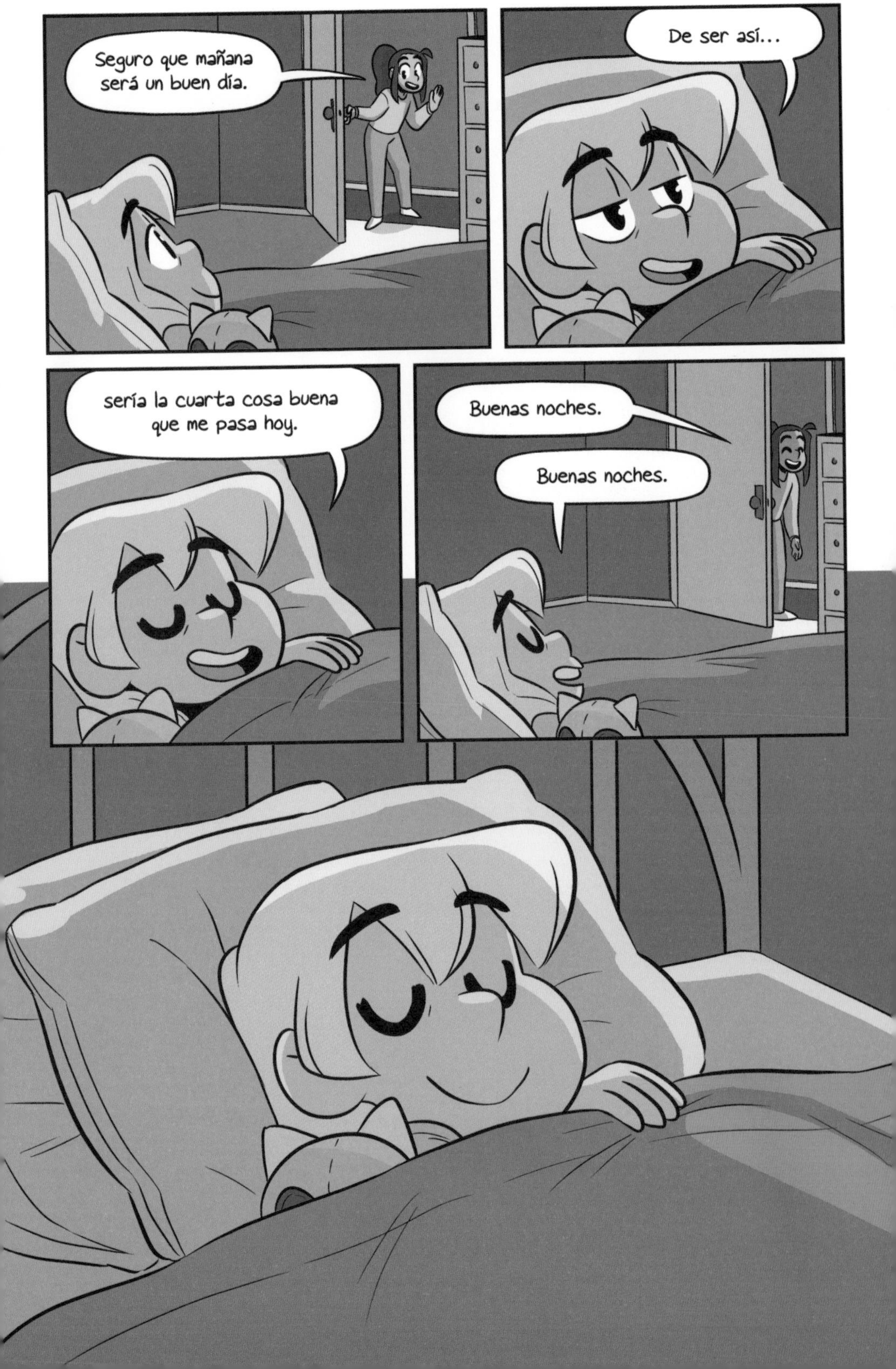
Seguro que mañana será un buen día.
De ser así...
sería la cuarta cosa buena que me pasa hoy.
Buenas noches.
Buenas noches.

ANN M. MARTIN'S es la autora de El Club de las Niñeras, una de las series más populares en la historia del mundo editorial, con más de 180 millones de libros impresos en todo el mundo, y ha inspirado a una generación de jóvenes lectores. Sus novelas incluyen *Belle Teal, A Corner of the Universe* (libro ganador del Newbery Honor), *Here Today, A Dog's Life* y *On Christmas Eve*, al igual que las muy adoradas colaboraciones con Paula Danziger, *P.S. Longer Letter Later* y *Snail Mail No More*, y *The Doll People* y *The Meanest Doll in the World*, escritos con Laura Godwin e ilustrados por Brian Selznick. Ann vive al norte del estado de Nueva York.